Dagmar H. Mueller

Die Chaosschwestern leben wild!

cbj

© Philip Price

DIE AUTORIN

Dagmar H. Mueller arbeitete als Skilehrerin, Musiklehrerin und PR-Texterin. All das konnte sie aber nicht von ihrer wahren Passion abhalten, dem Schreiben von Büchern. Dagmar H. Mueller arbeitet heute hauptberuflich als Autorin und lebt in Hamburg und England.

www.dagmar-h-mueller.de

Von Dagmar H. Mueller ist bei cbj erschienen:

Die Chaosschwestern legen los! (Band 1)
Die Chaosschwestern sind unschlagbar! (Band 2)
Die Chaosschwestern starten durch! (Band 3)
Die Chaosschwestern voll im Einsatz ! (Band 4)
Die Chaosschwestern sind die Größten! (Band 5)
Die Chaosschwestern gegen den Rest der Welt! (Band 6)

Mehr von den Chaosschwestern unter www.die-chaosschwestern.de

Dagmar H. Mueller

Die Chaosschwestern leben wild!

Mit Illustrationen von
Franziska Harvey

cbj

Dieses Buch ist auch als E-Book erhältlich.

Mit Dank an meine großartige Familie, vor allem meine Für-immer-Schwester, an meine beiden unglaublich talentierten Lieblingsbrüder und alle, die wunderbarer eise dazugehören, ganz besonders auch Oma Wilma und Opa Harald, und – allen voran und immer – Aaron! Ich hab die beste Familie der Welt. Ohne euch geht gar nix!

D. H. M.

MIX
Papier aus verantwortungsvollen Quellen
FSC® C014496

Verlagsgruppe Random House FSC® N001967

1. Auflage
Erstmals als cbj Taschenbuch Juli 2017

Lektorat: Kerstin Weber
Umschlagbild und Vignetten: Franziska Harvey
Umschlaggestaltung: basic-book-design,
Karl Müller-Bussdorf
cl · Herstellung: LW
Satz: Uhl + Massopust, Aalen
Druck und Bindung: GGP Media GmbH, Pößneck
ISBN: 978-3-570-22640-7
Printed in Germany

www.die-chaosschwestern.de
www.cbj-verlag.de

Malea

Martini

11 Jahre

ist …

… Weltbürgerin (das zeigt doch wohl schon der hawaiianische Name!).

… Tiefseeforscherin (später).

… eine knallharte, gerissene, mit allen Wassern der Weltmeere gewaschene Spionin (so etwa wie James Bond, nur weiblich natürlich).

… keine Welle hoch genug. Als echte Surferin schreckt sie auch auf dem Land vor kaum einer Herausforderung zurück.

Kenny Martini

7 Jahre

ist …

… Sternenguckerin (abends durchs Dachfenster).

… Ponybesitzerin (im Traum).

… große Schwester (eines Tages, wenn sie Mama endlich überredet hat, noch ein weiteres Kind zu bekommen. So lange ist sie leider nur »eine« Schwester. Aber ist doch völlig egal, ob die anderen älter oder jünger sind. »Klein« ist sie jedenfalls nicht.).

… gut drauf (»Lasst mich bloß in Ruhe!«).

… auf jeden Fall groß genug, um jederzeit mitzumachen, mitzureden und mit aufzubleiben.

Livi

Martini

13 Jahre

ist …

… irgendwie fehl am Platz in dieser Familie (nach Aussage von ihr selber) und kann den Gedanken nicht ganz aufgeben, als Baby im Krankenhaus vertauscht worden zu sein, nur leider sprechen alle familiären Fakten gegen diese Hoffnung versprechende Theorie.

… langweilig (nach Aussage von Malea).

… gaaanz toll (nach Aussage von Kenny, weil Livi oft mit ihr malt, bastelt oder ihr vorliest).

… eben eine von unzählig vielen Schwestern (nach Aussage von Tessa).

Tessa

Martini

15 Jahre

ist …

… schön (das ist nun mal so, dafür kann Tessa ja nichts).

… interessiert an fast allem (besonders am anderen Geschlecht, schließlich muss sie sich aufs Leben vorbereiten, und zu Hause hat sie nur wenig Anregung in der Beziehung – zumindest, was das andere Geschlecht angeht).

… wirklich nicht dumm.
(Wenn die Lehrer das endlich mal einsehen würden!)

… jeden Tag schwer beschäftigt (da gibt es ständig neue Telefonnummern zu sortieren, Make-up-Produkte zu vergleichen und Mails an Dodo, Tessas beste Freundin, zu schicken).

Livi

Wir haben in der Klasse neulich ein Spiel gespielt: Was wäre jemand, wenn er eine Frucht oder ein Gemüse wäre? Und klar wie Kräuterbutter, als Gregory an der Reihe war, schrien natürlich alle: »Spargel!« Gregory lachte am lautesten. ICH war erstaunlicherweise KEINE Tomate (meine roten Haare!), nein, ich war eine Mandarine. Das fand ich eigentlich sehr nett. Keine Ahnung, warum ich ausgerechnet jetzt an das Spiel denken muss. Möglicherweise, weil ich gerade ein klatschklares und sehr gemüsiges Bild vor meinem inneren Auge habe? Nämlich von meiner Schwester Tessa als wunderbar knackige – und gleichzeitig ein klitzeklein wenig sabschige – Gurke! (Hihi!)

Es regnet seit drei Wochen. Ständig. Jeden Tag. Ist das normal? Ich meine, es ist JUNI!

Ich halte meinen Kopf aus dem Fenster und schaue die trübe Kastanienallee entlang. Für drei Sekunden. Dann ziehe ich den Kopf schnell wieder ein. Regen besteht aus Wasser. Toll, jetzt hab ich auch noch nasse Haare!

Und außerdem schlechte Laune. (Na gut, die hatte ich sowieso schon.)

Nur fünf Minuten bin ich heute Morgen unten in der Küche gewesen, schon hat es mir gereicht. Der Abwasch stapelt sich. Natürlich! Keiner ist auf die praktische Idee gekommen, die Spülmaschine mit den sauberen Sachen vielleicht mal auszuräumen und das dreckige Geschirr wieder einzuräumen. (Und warum sollte immer ICH das tun?) Im Kühlschrank war gähnende Leere – außer zwölf grünen Gurken, die zwei volle Fächer einnehmen.

Gurken zum Frühstück? Aus purer Verzweiflung habe ich eine mit rauf in mein Zimmer genommen und nage nun an dem Ding, als wäre es eine Banane. Das nennt sich jetzt »gemütliches Samstagmorgen-Frühstück«. Großartig!

Den blöden Aufkleber, der an jeder Gurke pappt (*NICHT essen! Tessa*) hab ich in den Papierkorb geknallt.

Echt! Meine sich Nahrungsmittel ins Gesicht schmierende Schminkschwester denkt an nichts anderes als an ihr Aussehen! Vielleicht sollte ihr mal jemand sagen, dass man am besten aussieht, wenn man sich gesund ernährt – und nicht unbedingt durch eine Gemüsemaske? (Mit der sie übrigens wirklich *gar* nicht vorteilhaft rüberkommt!! Ich sollte von ihrem grünen Gesicht mal ein Foto machen und Javi schicken!)

Muffig schmeiße ich mich aufs Bett, mümmele die matschige Gurke (die jetzt auch noch auf meine Bettdecke tropft – grrrr!) und starre dabei die Decke an. Spinnweben!

Huch? Wann wurde denn hier das letzte Mal sauber gemacht? Ich gucke in alle vier oberen Ecken. Noch mehr Spinnweben! Wie oft im Jahr MUSS man Räume eigentlich sauber machen? Als hätte man sonst nichts zu tun!

Kein Mensch war zu sehen, als ich eben unten war. Weder Iris noch Cornelius. Die beiden sind übrigens unsere Eltern. Und sollten uns ja wohl morgens fröhlich am GEDECKTEN Frühstückstisch erwarten. (Wenn man schon sein Zimmer selber saugen muss.) So ist es doch in den meisten Familien, oder?

Na ja, so ist es bei uns eigentlich auch. Normalerweise. Zurzeit aber eher nicht. Ich weiß wirklich nicht, was mit allen los ist.

Tessa arbeitet ja jeden Samstag mit ihrer herzallerliebsten Freundin Dodo im städtischen Seniorenheim, der Lauschigen Eiche. Die ist also samstags entschuldigt. Dass sie das jetzt schon so lange durchhält, ist allerdings ein wahres Wunder, finde ich. Es scheint ihr sogar richtig Spaß zu machen. Und was noch erstaunlicher ist: Die Leute in der Lauschigen Eiche sind total glücklich mit Tessa und Dodo. Nicht nur die Oldies, sondern auch die Heimleitung. Sieht ganz so aus, als ob meine ältere Polierte-Fingernägel-Schwester durchaus arbeiten KANN. Wenn sie WILL. Die Spülmaschine heute Morgen ausräumen, neu einräumen und anstellen, bevor sie los ist, wollte sie offensichtlich *nicht*.

Von Malea und Kenny, meinen beiden kleinen Schwestern, war auch keine Spur zu sehen. Nicht mal zu hören. Dabei ist Kenny Frühaufsteherin und trommelt gerne mal vor dem Aufstehen (aller anderen) in Cornelius' Übungsraum unten im Keller auf seinem Schlagzeug rum.

Unser Vater Cornelius ist nämlich Schlagzeuger. Von Beruf. Er spielt in einer Band, die Rainbow heißt.

Tja, offenbar kann man beinahe alles »seinen Beruf« nennen. Egal, ob man damit Geld verdient oder nicht. Ich persönlich finde ja, dass auch »Mutter und Vater sein« ein Vollzeit-Beruf sein sollte. Aber mit dieser Ansicht stehe ich in dieser Familie ziemlich allein da.

Na schön, ich will nicht ungerecht sein. Ohne Zweifel gibt es üblere Eltern als unsere. Obwohl ... Iris ist ein bisschen komisch in letzter Zeit. Ich meine, sie dreht ja ab und zu gern mal am Rad, besonders wenn der Abgabetermin einer ihrer Liebesschmöker droht. (Das ist nämlich Iris' Beruf. Liebesromanschreiberin. Und im Gegensatz zu Cornelius verdient sie damit tatsächlich Geld!) Aber dass sie total hektisch ist und ständig aussieht wie ein gejagtes Kaninchen, bereit, sich im erstbesten Erdloch zu verkriechen, also das ist neu. Das kenne ich gar nicht von ihr. Eigentlich hat sie total gern Leute um sich.

Gestern hat sie nicht mal mehr gekocht. Obwohl kochen ihre absolute Lieblingsbeschäftigung ist. Sie behauptet sogar immer, das entspanne sie nach den langen Stunden am Schreibtisch. Gestern hat es sie anscheinend nicht entspannt. Stattdessen haben wir sie in Remas Zimmer in einer sehr merkwürdig verrenkten Position auf dem Teppich gefunden. (Rema ist unsere REnate-oMA, die beste Omi, die man sich vorstellen kann!) Und als Malea und ich reinkamen, kreischte Iris nur: »Ich muss über meine Story nachdenken! Kann man sich denn nicht mal HIER ein paar Minuten verstecken?«

Verstecken? Äh, hallo? Vor UNS?

Rema kam eilig aus der Küche gelaufen und versuchte, uns wegzuscheuchen. »Lasst Iris ein Momentchen entspannen! Jeder braucht mal Zeit allein.«

Ich wollte gerade meinen Mund aufmachen, um zu protestieren. Warum konnte sie sich nicht wie immer beim Kochen entspannen? Ich *brauche* mein Abendessen! Selbst, wenn es eins von Iris' berüchtigten Gerichten ist und daher bestimmt etwas, das man nur mit viel gutem Willen als Mahlzeit bezeichnen kann … Aber ich war *echt* hungrig. Schließlich hatte ich um achtzehn Uhr dreißig noch ein wichtiges Treffen mit *Auroras Freunden*, unserer Tierschutzgruppe. Und mit nüchternem Magen kann ich mich schlecht konzentrieren.

Zum Glück kam mir Malea zuvor.

»Und *wann* kochst du?«, fragte sie in ihrer unerschütterlich direkten Art.

Und fing sich direkt Iris' Gewitterantwort ein: »Ich mache YOGA! Lasst mich in RUHE!«

In diesem Moment wisperte Rema hinter uns: »Ich backe Pfannkuchen für alle. Kommt mit in die Küche!«

Pfannkuchen – hurra! Solange Rema fürs Abendessen sorgt, kann Iris meinetwegen ihre Glieder verrenken, bis sie Knoten in den Beinen hat.

Heute Morgen stand Rema leider nicht in der Küche. Vermutlich ist sie im Nebenhaus bei Walter Walbohm und lässt sich von ihm verwöhnen. Ob ich ihm auch mal einen Besuch abstatten sollte? War schon lange nicht mehr drüben. (Mein Magen knurrt. Von Gurken kann man doch nicht leben!)

Cornelius ist gestern Abend mit seinen Kumpeln von Rainbow zu einem Festival bei uns in der Nähe gefahren, wo sie auch über Nacht zelten wollten. Wahrscheinlich ist er noch gar nicht zurück. Die reden seit Wochen über nichts anderes als Mattes Hochzeit mit Katrin Dornkater. Matte ist einer aus Cornelius' Band und Katrin Dornkater ist – ich fasse es immer noch nicht, dass die beiden zusammen sind und tatsächlich heiraten, die Welt ist einfach zu klein! –, also Katrin Dornkater ist Lehrerin bei uns an der Bettina-von-Arnim-Schule. Und zwar eine ganz schön strenge. Aber wie anders die privat ist! Und erst recht, wenn sie mit Matte zusammen ist. Total lustig und entspannt.

Die Hochzeit ist nächstes Wochenende. Bei uns! Das war Cornelius' Geschenk. Also, dass die Hochzeit bei uns im Garten stattfindet. Nächste Woche werden die Zelte geliefert und ein Monstergrill und Bierfässer und alles, wovon Cornelius meint, dass man es bei einer guten Hochzeit braucht.

Iris war von Cornelius' Geschenk nicht *so* begeistert. Ich kann es ihr nicht übel nehmen. Die ganze Arbeit mit der Vorbereitung wird wohl an ihr hängen bleiben.

Jetzt muss ich mich doch mal anziehen und gucken, ob überhaupt irgendjemand im Haus ist. Die Stille ist geradezu bedenklich. Leise ist es bei uns nun wirklich nie!

Ich gucke noch mal raus. Immer noch strömender Regen. Auch drüben bei Gregory sind alle Fenster geschlossen, obwohl es ja Hochsommer ist und wirklich nicht kalt. (Nur nass.) Ob ich mal im Hause Hahn Guten Morgen sage? Seit Gregorys Mutter, die berühmte Fernsehmoderatorin Sybille Hahn, wieder mit Gregorys jahrelang verschollenem Vater zusammen ist, ist sie richtig nett geworden. Seit Neuestem gibt's da sogar Croissants zum Frühstück! Und zufälligerweise liiiiebe ich Croissants! Also nix wie rüber!

Ich schlüpfe in mein blau-weißes Ringelshirt und meine alten Jeans. Wobei mir direkt wieder einfällt, dass ich doch noch mal versuchen sollte, mit Gregory eine vernünftige Hose zu kaufen. Seine dämlichen Army-Hosen sind echt so was von peinlich! Außerdem hab ich irgendwie Lust, in die Stadt zu gehen und ein bisschen mit ihm rumzuschlendern.

Hihihi, Tessa würde jetzt denken, dass irgendwas nicht mit mir stimmt! Ich *schlendere* sonst wirklich nie irgendwo rum. Ich meine, wer hat schon Zeit, in der Gegend rumzuschlendern, wenn hunderttausend Dinge auf der Welt darauf warten, endlich angepackt zu werden!?

Gerade gestern habe ich wieder einen schauerlichen Zeitungsartikel über die Lebensbedingungen von Kälbchen und ihren Müttern in der Milchindustrie gelesen. Kein Wunder übrigens, dass das Milch-INDUSTRIE genannt wird, so als handele es sich um eine Fabrik mit Maschinen – und nicht um lebende Wesen! Aber genauso sehen heute leider viele Milchbetriebe aus, wie Fabriken nämlich. Grausam. Mit dem, was man sich so unter *Leben auf dem Bauernhof* vorstellt, hat das für die armen Kühe absolut nichts mehr zu tun, meistens zumindest. Die stehen eingepfercht nebeneinander in riesigen Hallen, angebunden vom ersten Moment ihres Lebens an, und können überhaupt NIEMALS freie Schritte machen. Und alles bloß, damit die Milch in unseren Supermärkten billig genug verkauft werden kann. Glückliche Kühe auf einer schönen Weide zu halten, wäre natürlich viel, viel teurer.

Echt! Ich meine, hat sich einer von diesen Milchbauern mal überlegt, wie das wäre, wenn er *selbst* sein GANZES Leben so angekettet verbringen müsste?

Ich will mir das nicht mal vorstellen. Ich werd ja schon irre, wenn ich nicht genug Platz am Esstisch habe. (Wir alle, also meine drei Schwestern und ich, unsere Rema und Iris und Cornelius sind ja schon reichlich viele, aber bei uns sitzen oft noch ziemliche viele andere Leute beim Essen. Iris lädt gern jeden ein, den sie trifft.)

Ich gucke auf den ausgeschnittenen Zeitungsartikel mit den traurigen Kühen, der auf meinem Schreibtisch liegt. Eigentlich wollte ich ja heute einen Bericht für unsere *Auroras-Freunde*-Website schreiben, damit die Leute wenigstens wissen, was da abläuft. Der Bericht dauert bestimmt ein paar Stunden. Darüber gibt's jede Menge zu sagen. Aber …

… ja, hihi, es wäre auch schön, ein bisschen mit Gregory durch die Stadt zu spazieren. Ohne dass wir dabei Flugblätter verteilen. Einfach nur so für uns.

Höhöhö, das werde ich Tessa aber lieber nicht verraten. Die denkt sonst, ich bin verrückt geworden (also, verrückt ist natürlich das, was meine Schminkschwester Tessa für normal hält!) und wird mir als Nächstes in den Ohren liegen, doch auch mal mit ihr und Dodo *schlendern* zu gehen. Na, vielen Dank auch! Ich habe nicht vor, kostbare Stunden meines Lebens damit zu verplempern, alle Lippenstifte, Pickelpasten und Wimpernverkleber dieser Welt zu vergleichen. Bloß, um danach auszusehen, als würde ich zum Fasching gehen. (Verkleidet als TESSA zum Beispiel, haha!) Nee!

Aber ein schöner Eiskaffee mit Gregory, vielleicht im Bella Roma … Ja! Und dabei könnte ich ihm auch gleich von dem Artikel erzählen und ihn fragen, ob er vielleicht ein paar gute Ideen für aufrüttelnde Aktionen zu diesem Thema hat. Gregory hat immer gute Ideen.

Puh, nach der wässrigen Gurke knurrt mein Magen noch mehr als vorher!

Ich ruschele mir schnell mit meiner Bürste über die Haare und gehe dann in den Flur. Nix. Kein Geräusch, nirgends. Nicht mal ein kleines Kichern von meiner kleinsten Flummi-Schwester Kenny oder ihrer Lieblingsfreundin Bonbon-Bentje ist zu hören.

Also, das wird ja jetzt fast unheimlich! Sind etwa Außerirdische gekommen und haben Schlafpulver über der Stadt verstreut und nur mich vergessen? Oder bin ich aus Versehen vielleicht mitten in der Nacht aufgestanden? Aber wieso ist es dann hell draußen?

Ich gucke auf meine Armbanduhr. Kurz vor zehn. Nee, also nee, wirklich! Normal ist das nicht!

Livi

Mit den Tieren bei uns zu Hause ist das wie mit uns Schwestern. Eigentlich passen die alle überhaupt nicht zusammen. Aber sie scheinen einander trotzdem zu lieben.

Als ich aus der Haustür trete, höre ich doch ein Geräusch. Ein sehr klägliches Geräusch. Es klingt fast leidend. Und es kommt von sehr hoch oben. Ist da was auf unserem Dach? Ich gehe ein paar Schritte rückwärts und recke dabei meinen Kopf so weit nach hinten, wie ich kann.

»Wiiiihiiiiauuuuiiiiii .«

Tzzzz, wenn es Mitternacht wäre, würde ich denken, da sitzt ein Gespenst auf unserem Dach. Aber erstens gibt es keine Gespenster und zweitens ist es nicht Mitternacht.

HUPS!

Autsch!

Okay, ich hab ganz vergessen, dass Rema Blümchen im Vorgarten gepflanzt und zur Dekoration mit Steinen umrandet hat. (Na ja, die Steine sind mehr von der Sorte kleine Felsbrocken.) Mist! Hinten hab ich natürlich keine Augen.

Ich rappele mich wieder hoch, reibe mir meinen etwas schmerzenden Po und versuche zu erkennen, was genau das ist, das da auf unserem Dach hockt. Jetzt heult es nämlich nicht nur, sondern bewegt sich auch.

Aaaaah! Nun kann ich endlich das Gespenst sehen! Und muss grinsen. Denn das kleine Dachgespenst heißt Mimi und gehört seit Neuestem ebenfalls zu unserem Haushalt.

Mimi hat mich anscheinend auch entdeckt.

»Mauuuiiiiii!«, maunzt sie mir von oben aufgeregt zu und reckt ihren Hals sehnsüchtig zu mir runter.

Ich bin bestimmt kein Profi, was Katzensprache angeht, aber dass das so was wie »Hiiiilfeee!« heißt, verstehe sogar ich.

»Vorsicht!«, rufe ich automatisch zu ihr rauf.

Unser Haus ist ziemlich groß (und hoch), und die regennassen Dachziegel sind glatt. Man sagt zwar, dass Katzen gut im Fallen sind und außerdem sieben Leben haben und so, aber ich kann mir kaum vorstellen, dass irgendein Tier einen Absturz aus dieser Höhe heil überstehen würde.

»Bleib, wo du bist, Mimi!«

»Mauuu!«, ruft Mimi zurück, was zum Glück schon etwas beruhigter klingt, wenn auch nicht sehr überzeugt.

Ich bin auch nicht sehr überzeugt davon, dass Dort-Oben-Bleiben auf lange Sicht eine gute Idee ist. Wie sollten wir denn ihr tägliches Fressi da hochkriegen?

Hm, im Ernst, wie kriegt man eine ausgewachsene Katze vom Dach runter?

Mimi gehört eigentlich der armen Frau Büntig, die jetzt zum Glück einen Platz in der Lauschigen Eiche gefunden hat. So ist die alte Dame nicht mehr den ganzen Tag allein, sondern unter anderen netten alten Leuten, und wird bestens versorgt. Nur ihre Mimi konnte sie leider nicht mitnehmen. Doch da schlug natürlich Iris' gutes Herz mal wieder zu. Sie kann einfach keinen unglücklich sehen. Und mit der Lösung, Mimi bei uns aufzunehmen, war nicht nur Frau

Büntig glücklich, sondern vor allem auch Kenny. (Obwohl danach *Cornelius* ein wenig unglücklich aussah. Aber vielleicht ist Iris gegen Cornelius immun.)

Tja, und jetzt haben wir also nicht nur Aurora, unser Huhn, sondern auch eine liebe alte Katze, die nun allerdings offensichtlich nicht mehr vom Dach runterkommt.

Wie ist sie da eigentlich raufgekommen? Ich meine, wo man raufkommt, müsste man doch auch wieder runterkommen? Okay, ganz offensichtlich weiß sie nicht mehr, wie sie da hochgekommen ist. Das arme Tier! Ob sie da schon die ganze Nacht gehockt hat, und keiner von uns hat es bemerkt?

Morgen ist Sonntag. Da kommt Frau Büntig zum Mittagessen. Macht bestimmt keinen guten Eindruck, wenn wir ihr sagen, dass wir ihre Katze auf dem Dach halten. Ich muss sie da irgendwie runterkriegen.

»Mauumauumauuiiiiiii!«

Oh Gott, jetzt klingt sie wirklich verzweifelt. Und – Hilfe! – nun rutscht sie auch noch mit ausgestreckten Beinen und steifem Katzenbuckel auf den blöden nassen Ziegeln in meine Richtung.

STOOOOPP!

Puh! Gerade noch mal gut gegangen! Das arme Viech hat sich im letzten Moment an der Regenrinne festgekrallt! Ich fürchte, bei der alten Frau Büntig hat Mimi nicht viel Training gehabt, was das Klettern auf Dächer angeht.

Wie holt man eine Katze vom Dach? Ob ich die Polizei rufen sollte?

Pah, bringt wahrscheinlich nichts. Ich schätze, die würden sofort wieder auflegen, wenn sie den Namen Martini hören. Die haben vermutlich die Nase voll von all dem, was ständig bei uns passiert.

Vielleicht die Feuerwehr? Die ist eigentlich eher selten bei uns.

»Mauuuhauuuhuuuuuuu!«

Ich *muss* was tun. Jetzt sofort. Das zieht einem ja das Herz zusammen! Was, wenn Mimi wirklich abstürzt? Ich hab's! Der Apfelbaum vor meinem Fenster! Bevor ich noch lange nachdenke, renne ich rüber und angele nach dem ersten Ast. Wenn Gregory das schafft, auf dem Baum bis zu meinem Zimmerfenster hochzuklettern, werde ich das wohl auch können!

Iiih, ist der glibschig! Der Regen ist nicht gerade hilfreich. Nicht nach unten gucken! Ich muss Mimi retten!

Ich komme ganz gut voran. Jedes Mal, wenn ich auf einer Astgabel verschnaufe, treibt mich Mimis Maunzen wieder an. Da ist bereits mein Zimmerfenster im ersten Stock. Ich wage mal einen Blick nach oben. Brrrrr! Doch noch ein ganzes Stück! Kein Wunder, über dem Stockwerk, in dem Malea, Tessa und ich wohnen, liegen ja noch Iris' und Cornelius' und Kennys Zimmer. Nicht nach unten gucken!

Aber besser auch nicht nach oben gucken! Am besten nirgendwo hingucken, außer auf die Äste. Und auch nichts denken. Schritt für Schritt.

Huch? Ist das schon das Dach da neben mir? Ich bin oben? Drei Stockwerke hoch über dem Erdboden? Waaaaaah, mir wird schwindelig!!

Ruhig! Jetzt reiß dich mal zusammen, Livi!, feuere ich mich an. Schließlich liegt Hysterie nicht in unserer Familie. Okay, jedenfalls nicht in *meiner* Generation der Familie. (Noch deutlicher brauche ich wohl nicht werden ...) Man kann meinen Schwestern ja viel vorwerfen und nerven tun sie alle mal, aber hysterisch ist keine.

Und ich werde das jetzt auch nicht. (Hiiiilfe!)

Mit zusammengebissenen Zähnen angele ich nach dem senkrecht nach unten verlaufenden Regenrohr neben mir. Auf der Verankerung, mit dem das Rohr an die Hauswand geschraubt ist, kann ich gerade einen Fuß absetzen. Sehr praktisch. Mit dem anderen Fuß versuche ich, mich gegen die Feuerleiter zu stemmen und mich so aufs Dach hochzuhieven.

Geschafft! Ich sitze keuchend auf den Ziegeln.

Moment mal! *Feuerleiter?* Bin ich DÄMLICH! Ich hätte ja auch auf der Feuerleiter hier hochklettern können!

Ich recke meine Nase ein winziges Stück über die Regenrinne am Dach. (Nicht abstürzen!) Nee, die Feuerleiter endet noch über meinem Fenster und reicht gar nicht bis zum Boden. Wozu, bitte, ist dann eine Feuerleiter gut? Ach so. Jetzt sehe ich, dass man die Leiter am unteren Ende anscheinend aushaken und dann auf volle Länge ausfahren kann. Aber WIE hängt man die aus? Besonders, wenn man hoch oben auf dem Dach sitzt?

Noch ein kleiner gewagter Blick nach unten. (Hui! Ich muss wirklich aufpassen, dass ich nicht das Gleichgewicht verliere.) Ähm … wie bin *ich* eigentlich hier hochgekommen? Der Baum scheint unerreichbar weit weg zu sein. Schon beim Gedanken daran werden mir die Knie weich. Toll! So viel zum Thema: Wenn man raufkommt, sollte man auch wieder runterkommen.

Wups – da schubst mich was! Och, Mimi, du armes kleines tropfnasses Wesen!

Die arme Socke hat sich langsam an mich rangeschlichen und reibt jetzt dankbar ihr triefendes Fell an meinem – na gut, ebenfalls fröhlich triefenden – T-Shirt. Ich kraule sie sanft im Nacken. Zum ersten Mal lässt das verschüchterte Tierchen ein winziges Schnurren hören. Ich befürchte, dass sie tatsächlich die ganze Nacht hier oben war. Scheint ziemlich unmöglich zu sein, hier wieder runterzukommen. Arme, kleine Mimi!

Ach du dickes Hühnerei – *arme kleine* LIVI!!! Ich sitze jetzt ja ebenfalls hier fest!

Wo ist denn eigentlich mein Handy? Hektisch wühle ich in meinen Hosentaschen.

Na, wunderbar. Natürlich in meinem Zimmer. Ach, ehrlich, Handys sind wie Jungs. Wenn man sie mal braucht …!

»GREGORY!«

Hups, das ist mir einfach so rausgerutscht. Sozusagen als Reflexreaktion. Aber wo ich schon den allerschönsten Ausblick auf sein Haus habe, könnte er dort jetzt doch wenigstens mal herausspazieren. Und mich und Mimi retten.

Bilde ich mir das nur ein oder wird der Regen gerade noch doller? »GREEEEGORYYYYY!«

Unten auf dem Gehweg der Kastanienallee gehen zwei Gestalten vorbei – dicht unter ihre Regenschirme geduckt.

»GREGORRRYYYYYY!« Wie taub ist der Kerl eigentlich? Das müsste der doch hören, wenn er im Haus ist?

Die beiden Gestalten unten heben erst ihre Schirme und dann ihre Köpfe. Einen Moment lang glotzen sie mich an, als hätten sie noch nie ein dreizehnjähriges Mädchen mit einer nassen Katze im Arm bei Hammerregen auf einem Dach sitzen sehen! Echt! Ich sollte denen einfach die Zunge rausstrecken.

Ach, schönes Ding! Es ist natürlich die Frau vom Bürgermeister, die am anderen Ende unserer Straße wohnt, mit noch einer anderen Frau. Vermutlich genauso eine Klatschtante wie Frau Bürgermeister selbst. Trotz des Regens kann ich hier oben klar und deutlich hören, wie sie ihrer Begleitung zuraunt: »Tu einfach so, als hättest du sie gar nicht gesehen! Das ist nur eine von den Martini-Mädchen, du glaubst nicht, was bei denen alles …!«

Super! In etwa zwölf Minuten wird der ganze Ort Bescheid wissen. Ist das peinlich! Ich kann nur beten, dass mich Frau Bürgermeister nicht mit Namen kennt. Vielleicht hält sie mich ja für Tessa?

Nein, schade, das ist wohl ziemlich unwahrscheinlich. Jeder, der Tessa nur allerflüchtigst kennt, weiß, dass sie NIEMALS auch nur einen abgebrochenen Fingernagel riskieren würde, um einer Katze in Not zu helfen. Selbstverständlich würde sie die Katze auch nicht im Stich lassen. Meine Schwester ist ja kein Unmensch, sondern immerhin meine Schwester! Nein, Tessa würde einfach die (für sie) einfachste Lösung wählen. Bei ihrem Glück würde nämlich garantiert genau im richtigen Moment ein – natürlich extrem gut aussehender – Hubschrauberpilot mitsamt seinem Fluggerät vorbeikommen, dem sie mit ihren meterlangen Wimpern in der Geschwindigkeit von Kolibri-Flügeln nur ein wenig zuklimpern bräuchte, um ihn auf sich und die Notlage aufmerksam zu machen. Und nur ein kleines himmelverzauberndes Lächeln später würde der arme Kerl auch schon loshubschraubern und Mimi in Sekundenschnelle vom Dach retten. Bloß, um von Tessa mit einem weiteren Lächeln belohnt zu werden.

Ich gucke missmutig zu den dunklen Wolken hoch. Kein Hubschrauber in Sicht. Nicht mal ein hässlicher Pilot, der vom Himmel fällt. Dafür tropft mir der Regen jetzt sogar in die Nasenlöcher rein. Schnaub!

Noch mal laut nach Gregory zu brüllen, traue ich mich nicht mehr. (Schlimm genug, dass ich in einer Familie lebe, in der ständig solche Sachen passieren! Da hat die Tratschtante-Bürgermeistergattin nicht ganz unrecht. Ach, womit habe ich das bloß verdient?)

Großartig, jetzt fange ich vor Nässe auch noch an zu frieren.

Trübe starre ich abwechselnd beide Seiten der Kastanienallee entlang. Und wäre beinahe leichtsinnig aufgesprungen – denn: hurra! Da hinten kommt Kenny mit ihrem kleinen Puppenwagen angeschoben. Die Rettung! Und das neben ihr ist bestimmt Bonbon-Bentje. Typisch Kenny, morgens im Regen mal ne Runde spazieren zu fahren!

»KENNY!«, rufe ich erleichtert (etwas weniger laut als vorhin) und schwenke meine Arme. »KE-NNY! Hier! Auf dem DA-HACH!«

»Hihihi, Liviiiiii!«, quietscht Kenny giggelnd, als sie mich endlich entdeckt, und winkt fröhlich zurück. »Was machst du denn da OBEN?«

Also, was ist das denn für ne superblöde Frage!

»Ich spiele ein bisschen mit Mimi«, gebe ich grummelnd zurück. (Kenny soll endlich Hilfe holen!) »Das siehst du doch!«

Genau in diesem Moment prasselt der Regen los, als hätten sie oben in den Wolken einen Gartenschlauch exakt auf unser Haus gerichtet. Ich kann gerade noch sehen, wie Kenny mir noch mal zuwinkt und dabei eilig weiterläuft. Und hat sie da eben »Dann viel Spaß noch!« gerufen?

»Huhuuu, Liviii!«, ruft Bentje auch schnell noch höflich hoch.

»KENNY! Bentje! Bleibt HIIIER!« Ich halte meine Hand schützend vor meine Augen. Die Tropfen knallen wie kleine Steinchen auf Mimi und mich runter.

»Kann nicht!«, brüllt meine siebenjährige Schwester im Laufen zurück, eifrig darauf bedacht, dass ihr Puppenwagen im Gras des Vorgartens nicht umkippt. (Vermutlich sitzt Aurora drin.) »Wir müssen rein, Livi. Es regnet voll doll, merkst du das nicht?«

Und weg sind die beiden. Fasst man es!

Wenigstens lässt der Regen wieder etwas nach.

Und hört jetzt sogar ganz auf.

Aber ich sitze immer noch hier.

»Mauiiii?«, macht Mimi neben mir.

Beruhigend streiche ich ihr über den Rücken. »Mach dir keine Sorgen, Mimilein! Uns kommt bestimmt gleich jemand retten. GANZ bestimmt! Es muss ja bloß irgendwer die Feuerleiter ausklappen.«

Doch wer? Die Kastanienallee ist ausgestorben wie nachts um vier.

Halt! Jetzt rauscht ein Taxi an und hält direkt vor Walter Walbohms Haus. Und im gleichen Moment geht auch schon bei Walter die Tür auf. Oh, Walter! Ein Glück!

Gerade will ich schon losbrüllen und lehne mich deswegen ein Stückchen vor, als ich erst einen dicken Koffer sehe und dann Iris, die sich hinter dem Koffer durch Walters Haustür nach draußen schiebt. Dicht gefolgt von Rema, die ebenfalls einen Koffer in der Hand hat.

Taxi? Koffer?? Wollen Iris und Rema verreisen??? Es sind doch gar keine Ferien. Wir haben ja alle noch Schule. Hab ich irgendwas nicht mitgekriegt?

Ich bin so perplex, dass ich meinen bereits geöffneten Mund wieder zuklappe, zurück auf die nassen Ziegel sinke und nur still beobachte.

»Vielen Dank, mein Lieber!«, sagt Rema unten vor Walter Walbohms Haus.

Sie umarmt ihn und gibt ihm einen Kuss. Auf den Mund!

Tss, ich weiß ja, dass Rema und unser supernetter Nachbar seit einiger Zeit ein Paar sind. Aber das mit eigenen Augen zu sehen, fühlt sich doch irgendwie komisch an. Vor uns küssen sie sich sonst nämlich nicht.

»Wir sind bald wieder da!« Walter kriegt noch einen zweiten Kuss von Rema. Diesmal auf die Wange. »Pass ja auf, dass du was Anständiges isst!«

Walter grinst wie ein kleiner Junge. »Nun macht schon, dass ihr wegkommt! Das Taxi wartet.«

»Wiedersehen, Walter!« Jetzt wird er auch von Iris gedrückt und sieht dabei aus wie ein etwas steifer Teddybär mit hilflosem Lächeln im Gesicht. »Und lass dich bloß nicht von den Wilden bei uns im Haus zum Arbeiten erpressen! Die müssen selbst sehen, wie sie klarkommen. Das wird ihnen eine Lehre sein!«

Walter zieht eine kleine Grimasse. Sehr glücklich sieht er nicht aus. Auch wenn er immer noch lächelt.

»Nun aber los mit euch!«, drängt er noch mal. Abschiede liegen ihm anscheinend nicht.

Und bevor das verwirrte Rattern in meinem Hirn auch nur den klitzekleinsten Sinn aus dieser Szene quetschen kann, sind Rema und Iris bereits im Taxi verschwunden.

»Ooooooh …«, entfährt es mir, als ich dem Wagen zusehe, wie er die Straße runterbraust. Ein immer kleiner und kleiner werdender Punkt. Bis ich nicht mal mehr den erkennen kann. Leicht geschockt starre ich trotzdem weiter auf die Stelle, an der das Taxi im Gewirr der Stadt verschwunden ist.

»Mauuiiii?«, macht Mimi neben mir und kuschelt sich an mich, so gut man eben auf rutschigen Dachziegeln kuscheln kann.

Ich schmiege meinen Kopf in ihren Nacken und lasse den Blick über die restliche Stadt schweifen. In Gedanken verloren kraule ich Mimis nasses Fell.

Aus weiter Ferne dringt das Rauschen der Autos leise an mein Ohr. Die tausend Dächer der Stadt liegen vor mir wie ein bunter Flickenteppich. Zwischen den roten Häuserspitzen lugt hier und da das Grün eines Gartens durch. Ganz hinten am Horizont schimmern die dunklen Töne des Flusses wie ein breites grün-grau-blaues Band. Ich kann sogar ein paar bunte Boote erkennen. Der Ausblick von so hoch oben ist einfach grandios.

Trotzdem muss ich ganz, ganz tief ausatmen. Als lägen nicht nur drei Stockwerke zwischen mir und der sicheren Erde, sondern auch ein scheußlicher Stein auf meiner Seele. Ich hab nicht mal mehr Lust, laut nach Hilfe zu schreien.

Iris und Rema sind einfach weggefahren. Mit Koffern. So, als gingen sie auf eine lange Reise. Und sie haben uns nicht mal Bescheid gesagt. Oder haben sie bloß *mir* nicht Bescheid gesagt?

Ein letzter Regentropfen landet auf meiner Nase. Möglichweise ist es aber auch Vogelpipi, denn zwischen den dunklen Wolken bricht gerade die Sonne durch… Was soll's! Drüben bei Walter Walbohm höre ich die Haustür zufallen, und unter mir in der dicken Hecke zu Walters Grundstück fangen ein paar Spatzen an, sich lautstark zu balgen.

Ich seufze still. Nur für mich.

Ich weiß nicht, ich fühle mich plötzlich… irgendwie… sehr allein.

Kenny

Bentje ist meine allerliebste beste Freundin. Niemanden sonst hab ich so lieb. Na ja, außer meiner Familie. Und außer Sinan natürlich. Aber Sinan ist ja nicht meine Freundin, Sinan ist mein Freund. Wir gehen nämlich zusammen, Sinan und ich. Schon unheimlich lange. Schon mehrere Monate. Zusammen gehen heißt aber nicht, dass man überall hin zusammen geht, sondern man tut das nur ab und zu. Zu ganz vielen Sachen will ich natürlich auch mit Bentje gehen. Und manchmal auch mit beiden zusammen. So ist das.

Boah, ey, boah, bloß gut, dass Bentje hier ist! Die hätte mir das sonst wieder voll übel genommen. Die besten Sachen passieren bei uns nämlich meistens dann, wenn Bentje gerade in ihrem eigenen langweiligen Zuhause ist. Und nicht zugucken kann.

Dabei tut sie das so gern. Mit der Martini-Familie zusammen sein, ist besser als Fernsehgucken, sagt Bentje immer.

»Juchhuuuuu, SONNE!«, hat Bentje vorhin geschrien und ist sofort wieder rausgerannt.

Und ich natürlich hinter ihr her.

Und Aurora natürlich hinter mir her.

Und dass Aurora dabei vor Aufregung so ne komische Vase von der Anrichte bei uns in der Küche mir ihren Flügeln runtergewedelt hat, das hab ich erstens gar nicht gesehen und weiß davon deswegen auch jetzt echt nichts. Und zweitens kann das ja wohl jedem Huhn mal passieren. (Und drittens stand die voll blöd auf der Ecke. Man sollte keine Sachen auf Ecken stellen, wenn Hühner im Haus sind! Das muss ich Mama irgendwann mal sagen.)

Ein Glück war Mama gerade nicht da. Wenn sie die Scherben erst heute Mittag sieht, kommt sie bestimmt nicht mehr auf die Idee, dass Aurora oder ich das waren, hihi!

»Los!«, hat Bentje gerufen. »Lass uns rüber zu Walter rennen und gucken, ob die Kirschen auf seinem Baum endlich reif sind!«

(Das tun wir schon seit ein paar Wochen. Leider sind deswegen nicht mehr allzu viele Kirschen am Baum, die reif werden könnten.)

Und schon ist Bentje zum Zaun gelaufen und drübergeklettert.

Bentje und ich lieeeben Kirschen. Und Aurora pickt die auch echt gerne.

Als Bentje und ich uns gerade zu den untersten Ästen hochreckten, guckte Walter Walbohm aus dem Fenster und winkte uns zu.

Dann steckte er seinen Kopf raus. »Na, ihr? Habt ihr schon gefrühstückt?«

Boah! Wie konnte Walter das ahnen? Denn tatsächlich hatten Bentje und ich erst zwei Schachteln Kekse gefrühstückt, weil irgendwie heute Morgen bei uns niemand in der Küche war und im Kühlschrank nur Tessas Schminksachen liegen.

Und klar, da ließen wir die Kirschen erst mal sein und rannten zu Walter rein. Walters Tisch war mit superleckeren Sachen gedeckt, aber komischerweise standen da bereits drei benutzte Teller.

»Hattest du heute schon Besuch?«, fragte ich und schob mir erst mal ein tolles Schokohörnchen in den Mund. Es war nämlich nur noch eins da. Deswegen konnte ich natürlich nicht warten, bis Walter für Bentje und mich saubere Teller brachte.

Das fand Bentje doof und guckte mich böse an. »Das Hörnchen wollte ICH haben«, meinte Bentje. (Ich sag ja, ich konnte nicht warten.)

»Och«, grinste ich und schluckte schnell den Rest runter, »tut mir leid.«

Da guckte Bentje noch böser.

»Na, na!«, grinste Walter. »Die jungen Damen werden sich doch nicht streiten! Es ist noch reichlich da!«

Und das war es auch. Wir mampften so lange und so viel, dass ich nicht mal mehr Hunger auf Kirschen habe. Aber das Gute an Obstbäumen ist, dass man davon essen kann, wann immer man will. Also haben wir die Kirschen auf später verschoben und mampfen jetzt immer noch.

»Und Livi und Malea?«, fragt Walter. »Schlafen die noch?«

»Weiß nicht«, sage ich.

Woher soll ich wissen, was alle meine Schwestern ständig machen?

»Livi sitzt auf dem Dach«, erinnert mich Bentje.

»Ach ja«, nicke ich und schlürfe noch ein bisschen Kakao, denn der hat noch Platz in meinem Bauch.

»Auf dem DACH?«, quietscht Walter, als ob das voll was Ungewöhnliches wäre.

Bentje und ich gucken ganz erstaunt, doch Walter ist schon rausgerannt – und wir hinterher – und steht drei Sekunden später vor unserem Haus und schreit zu Livi hoch, sie soll sich nicht bewegen.

Und – hui – da kriege nicht nur ich, sondern wohl auch

Bentje so ein Gefühl, als ob gleich was Spannendes passieren könnte.

Es stellt sich nämlich heraus, dass Livi nicht mehr runter kann vom Dach.

»Muss sie jetzt für immer da oben bleiben?«, fragt Bentje.

»NICHT BEWEGEN!«, brüllt Walter noch mal, ohne auf Bentje zu achten. »Ich ruf die Feuerwehr!«

»Uuuuuh!«, macht Bentje und zieht eine wilde Grimasse. »Uuuuh! Spritzen die dann Livi vom Dach runter?«

»Hihihi!«, giggeln wir beide gleich danach. Denn das war natürlich ein Witz. Natürlich weiß Bentje, dass die Feuerwehr nicht einfach Leute von Dächern spritzt. Die spritzen doch nur mit Wasser, wenn es irgendwo brennt.

Nee, um Leute von Dächern zu retten, da kommen die mit so Riesenleitern an und steigen dann zu den Leuten hoch und packen sich die auf den Rücken (also, die Leute, nicht die Leitern), und dann kommen sie ganz langsam wieder runter.

Bentje kann es kaum erwarten, all die Feuerwehrautos in unserem Garten zu sehen. Ich auch nicht.

Aber ich glaube, die kommen doch nicht. Livi ruft nämlich gerade zu uns runter, dass am Haus eine Feuerleiter ist.

»Ich komme da nicht ran!«, schreit Walter, was mich nicht überrascht, denn das ist eine ziemlich komische Leiter, die gar nicht bis zum Boden geht, und besonders groß ist Walter Walbohm ja nicht. Also für einen Erwachsenen, meine ich.

Doch Livi meint, dass es irgendwo eine Stange geben muss, mit der man irgendwas aushaken kann. Also fangen wir alle total eifrig an, nach einer Stange zu suchen. Aber es ist schwer, nach etwas zu suchen, wenn man keine Ahnung hat, wo ungefähr das Ding liegen könnte.

Bei uns in der Küche ist jedenfalls keine Stange. Und auch nicht in Auroras Nest drüben bei Walter im Haus. Und überall, wo Walter sucht, ist auch keine.

»Ich ruf doch die Feuerwehr!«, ruft Walter schließlich zu Livi hoch.

»NEIN!«, schreit Livi zurück.

Dabei hätte das bestimmt voll Spaß gemacht. Manchmal ist Livi echt langweilig. Ich kann überhaupt nicht verstehen, dass sie auf so ne tolle Gelegenheit verzichtet.

Genau in diesem Moment kommt Gregory aus seinem Haus und fragt, was denn los ist und warum wir alle so schreien. Und als Walter hoch zum Dach zeigt, fällt Gregory fast um.

»LIVIIII!«, krächzt er. »Was machst du denn da oben?«

»Ich rette Mimi«, antwortet Livi und lächelt entschuldigend.

Und dann fängt es wieder an zu regnen.

Ich glaube, Livi hat jetzt doch nicht mehr so viel Spaß da oben auf dem Dach, denn sie beginnt zu bibbern und mit den Zähnen zu klappern und sieht echt ziemlich fröstelig und auch ein bisschen unglücklich aus. Sie fängt an, mir richtig leid zu tun.

»Vielleicht doch die Feuerwehr?«, schlage ich vor.

Bentjes Augen leuchten sofort auf.

Doch da kommt Papa mit seinem neuen Bandbus vorgefahren (also, der neue Bus ist auch schon alt und nicht neu, aber Papa hat ihn gerade erst gekauft) und steigt lächelnd aus und geht zu uns rüber. Aber gerade als er den Mund aufmacht, um irgendwas zu sagen, kommt nur ein Schrei raus. Denn das ist der Augenblick, in dem er Livi sieht.

Danach kann Papa nur noch hauchen: »O-li-viaaa!«

»Dort oben hängt eure Feuerleiter, aber wir kriegen sie

nicht runter, wir kommen nicht an den Haken ran«, erklärt Walter Walbohm schnell, was Sache ist.

Doch – boooooh – als wir alle noch mal zu dieser komischen Feuerleiter gucken, sehen wir, dass Gregory schon total hoch auf den Apfelbaum geklettert ist und sich nun mit einer Hand an einem Ast festhält und mit der anderen an der Feuerleiter rumfummelt.

»Oh, Himmel, pass auf!«, ruft Papa zu Gregory hoch. »Komm lieber wieder runter, sonst fällst du uns noch vom Baum! ICH mach das.«

Und bevor Walter »NEIN!« brüllen kann oder Bentje und ich einen Fotoapparat holen können, hat Papa auch schon sein Bein ruckizucki um einen der unteren Äste geschwungen (das sieht echt cool aus). Und liegt – PLUMPS – genau eine Sekunde später mit dem Rücken im nassen Gras, wo er mit den Beinen in der Luft strampelt wie ein zappelnder Käfer. (Okay, das sieht jetzt leider nicht mehr ganz so cool aus).

»AU! AU-MIST, verdammter!«, raunzt Papa und rappelt sich mühsam wieder auf.

»Alles in Ordnung?« Gregory, der hoch oben immer noch an der Leiter fummelt, beugt sich besorgt runter. Seine nassen Haare hängen ihm ins Gesicht. Und es sieht so aus, als würde ihm das Wasser sogar aus der Nase laufen. Aber das kann doch nicht sein, oder?

»Natürlich ist alles in Ordnung!«, bellt Papa ärgerlich. »Ich bin nur abgerutscht. Verdammt rutschig, die Rinde!«

Papa scheint die Idee mit dem Klettern wohl aufzugeben. Stattdessen geht er jetzt an die Hauswand ran, um sich die Feuerleiter mal von unten anzusehen. Zur gleichen Zeit wird oben auf dem Dach die arme Mimi plötzlich unruhig. Vielleicht wird ihr kalt oder sie kriegt ein bisschen Angst vor all den vielen Leuten hier unten. Jedenfalls fängt sie an zu miauen und mit den Pfoten zu scharren und dann… verliert sie den Halt.

»Sie ruuuuutscht!«, schreit Livi aufgeregt und schmeißt sich natürlich sofort nach vorne, um Mimi zu stoppen.

Aber das war vielleicht keine allzu super Idee, denn nun rutscht Livi auch. Während Mimi sich im letzten Moment noch an der Regenrinne festkrallen kann.

»Livi ruuuutscht!!«, schreit Walter Walbohm in höchsten Tönen.

OOOOH! Das lässt auch Papa panisch nach oben gucken. Aber – oh, mein Papa ist so ein Held! – er stellt sich sofort breitbeinig hin und breitet die Arme aus, damit Livi genau da reinplumpsen kann.

Eine winzige Sekunde lang überlege ich, ob das wohl wirklich klappt. Nicht dass ich meinem Papa nicht voll vertraue! Mein Papa kann alles. Aber unser Haus ist echt ziemlich hoch. Drei Stockwerke.

Doch – HA! – das ist meinem Helden-Papa ganz egal.

»Ich bin HIER, Olivia!!!«, brüllt er zu Livi hoch. »Ich fang dich auf!«

»Boah!«, wispert Bentje neben mir und kneift mich in den Arm. »Boah, ist das aufregend oder ist das aufregend?«

Wir merken erst, dass wir alle den Atem angehalten haben, als wir wieder ausatmen. Als wir nämlich sehen, dass Livi zum Glück doch nicht vom Dach fällt, sondern sich gerade noch, wie Mimi, an der Regenrinne festkrallt. Aber die eine Hälfte von ihr baumelt nun frei da oben in der Luft rum.

Puh, das sieht wirklich GAR nicht mehr nach Spaß aus! Es sieht voll so aus wie in einem von Maleas Schäms-Bond-Filmen. Da hängen auch immer alle Leute nur mit einer Hand an Hochhäusern oder Hubschraubern oder so.

Sogar Bentje ist ganz weiß im Gesicht und haucht leise: »Ooooooh! Ist das spannend, Kenny, oder ist das megaspannend?«

Ich sage nichts. Ich halte nur ganz fest beide Daumen und wünsche mir, dass Livi die doofe Regenrinne nicht loslässt.

Doch plötzlich brüllt Gregory laut wie ein Löwe: »ACHTUNG, Cornelius, sie rutscht! Sie RUUUUUTSCHT!«

Oh, mein Papa ist so mutig! Ohne zu zögern geht er sogar noch einen Schritt näher ans Haus – die Beine noch weiter gespreizt, die Hände zum Auffangen bereit.

Ich hab jetzt doch ein kleines bisschen Angst, dass Papa total platt sein wird, wenn Livi auf ihn drauffällt. Aber noch mehr Angst habe ich, dass Livi von so hoch oben voll auf die Erde kracht.

»Gott steh uns bei!«, sagt Papa laut und hat dabei einen ganz doll entschlossenen Ausdruck im Gesicht.

Doch das ist das Letzte, was er sagt. Denn sie rutscht wirklich!

Aber nicht Livi vom Dach, sondern die Leiter an der Hauswand entlang!

Oh, puh, was für ein fieses, schabendes, quietschendes und sooo lautes Geräusch das ist! Das tut richtig weh in den Ohren.

Fast so wie Papas Aufschrei, als ihm die Leiter auf sein linkes Bein knallt, nämlich auf das Bein, das der Wand am nächsten steht.

»Hrrrrgh!«, röchelt Papa danach nur noch leise und fällt um.

Walter Walbohm, Bentje und ich stürzen sofort zu ihm hin.

Mann, Mann, Mann, ich hab ja schon oft meinen Papa

auf der Erde liegen sehen, aber – echt – das muss ich mal sagen, das ist jedes Mal *gar* kein schönes Gefühl!

»PAPA!«, rufe ich laut in sein Ohr. »PAPA, wach auf!«

Endlich schlägt Papa seine Augen wieder auf und guckt mich groß an. »Wo ist Olivia?«

»Immer noch auf dem Dach, Papa«, antworte ich wahrheitsgemäß.

»Ich heiße Corneee…«, fängt Papa an. (Das ist immer ein gutes Zeichen. Dass es ihm gut geht, meine ich.)

Doch Walter Walbohm unterbricht ihn. »Das ist doch jetzt wirklich egal, Cornelius! Pass auf, ich helfe dir hoch. Kannst du dein Bein bewegen?«

»NEIIIIN!«, schreit Papa. »Nein, oh-oh-oh, nein!«

»Mist!«, sagt Walter Walbohm. »Das ist wohl gebrochen. Dann müssen wir einen Krankenwagen rufen.« Er guckt zu Livi hoch. »Und die Feuerwehr für deine Tochter.«

»Nein!«, schreit nun Livi. Wenigstens hat sie es geschafft, fest mit einem Bein auf der obersten Stufe der Leiter zu stehen. »Ich schaffe das schon allein!«

»Pass auf, die Leiter ist nass!«, ruft Walter Walbohm.

(Als ob Livi das nicht selbst weiß! Echt, wir tropfen alle wie undichte Gartenschläuche!)

»Gott steh uns bei!«, murmelt Papa noch mal.

Und dann kommt Livi langsam, Stufe für Stufe endlich runter. Leider liegt Papa ja ein bisschen im Weg rum, sodass Livi von der letzten Stufe aus über Papa drüberspringen muss. Aber das schafft sie voll locker.

Und zum Schluss rettet Gregory unsere Mimi. Oh, Gregory ist auch so ein Held!

Er steigt vom Apfelbaum rüber zur Leiter, klettert darauf ganz hoch, greift sich Mimi (die nur ganz wenig miaut), packt sie sich ins Genick (wo Mimi sich festkrallt und dann doch ein wenig mehr miaut) und klettert vorsichtig mit ihr die Leiter wieder runter. Bis er zu Papa kommt, der immer noch den Weg blockiert. Doch zum Glück kann Gregory genauso gut springen wie Livi, und Mimi sogar noch besser.

»Gott steh uns bei!«, sagt Papa ein drittes Mal, als Mimi einen Riesensatz quer über sein Gesicht macht, und seufzt ganz tief.

Genau da steckt meine jüngste große Schwester Malea plötzlich ihre Nase aus Livis Zimmerfenster. »Hey, was macht ihr alle da draußen im Regen? Hab ich was verpasst? Und – HUCH – Cornelius! Warum liegst du denn auf der matschnassen *Erde*?«

Tessa

En el variedad está el gusto – *Abwechslung macht das Leben süß! (Hach, man kann so viel Lernen durch neue Sprachen!)*

R*ingelingelingdingdong!*

»Moment, Dodo, ich muss mal eben an mein Handy!« Könnte ja schließlich mein allerliebster Javi sein.

Javier und Dodos Freund Ramón sind zwar zurzeit noch in Spanien, aber diesen Freitag – pünktlich zur Hochzeit von Cornelius' Bandkollegen Matte am Wochenende – kommen sie mit dem Auto her und werden dann mindestens drei Wochen bleiben, hurra!

Kann es kaum erwarten, mich endlich wieder in Javis Arme zu schmeißen.

Ringelingelingdingdong!

Ich richte mich eilig auf und lasse Dodo allein weiter an dem dusseligen Laken zerren.

Wir sind ja nun echte Profis, was Betten beziehen und Seifenbehälter auffüllen und Staubsauger schwingen angeht. All die Wochen, die wir schon hier in der Lauschigen Eiche arbeiten, machen sich natürlich bezahlt. Die Arbeit geht uns ganz wunderbar *muy rápido* – also ruckizucki – von der Hand. Aber manche Laken scheinen einfach kleiner als andere zu sein und passen dann irgendwie nicht richtig auf die Matratze. So sehr man auch zieht und zupft.

Ringelingelingdingdong!

Mist, wo ist denn das Ding? Meine Handtasche ist einfach zu voll. Muss mir dringend ne größere zulegen.

»Ja, hallo? Hier ist Tessa-Tiara Martini?« Während ich mich melde, werfe ich Dodo einen aufmunternden Blick zu. Sie wird ja wohl auch allein mit dem Laken-Biest klarkommen. »WER ist da?«

Ups, na, nun guckt Dodo aber böse. Ach so, höhö, jetzt ist das Laken wieder an allen vier Ecken gleichzeitig runtergeflutscht.

»Oh, hi Malea, ja, hallo! Ist was?« Meine kleine Schwester ruft mich bei der Arbeit an? Ungewöhnlich.

»Cornelius hat WAS?« Ich muss mich vor Schreck aufs Bett setzen. »Das gibt's doch nicht!« Wieso passieren solche Dinge eigentlich *ständig* bei uns? Oder besser gesagt, wieso passieren sie ständig unserem Vater?

»Was ist denn?«, wispert Dodo und setzt sich daneben, um ein bisschen mitlauschen zu können.

Ich mache eine abwehrende Handbewegung, dass sie mich nicht stören soll. Malea redet wie ein Wasserfall, ich hab Mühe, alles mitzukriegen.

»WAS? Ich arbeite, Malea!« *Sinceramente,* also ehrlich! Meine Schwestern scheinen zu denken, wir sitzen hier den ganzen Tag nur rum und machen Fußgymnastik! (Übrigens tatsächlich SEHR wichtig, damit die Muskeln flexibel bleiben!) »Bitte Livi, dass sie im Krankenhaus anrufen soll! Ich hab dafür wirklich keine Zeit.«

»Krankenhaus?«, flüstert Dodo. »Oh Gott! WER?«

Ich rolle bloß mit den Augen und konzentriere mich dann wieder auf Malea. »Wie meinst du das, Livi sitzt nur stumm am Küchentisch rum? Ist sie auf den Kopf gefallen?«

Puh! Meine Familie ist doch echt unglaublich! Nicht mal ungestört Geld verdienen kann man!

»NEIN, Malea!«, grunze ich genervt. »Das habe ich NICHT als Witz gemeint. Ich meinte, ob es sein kann, dass Livi auch irgendwo runtergestürzt ist und sich dabei ihren Kopf verletzt hat. Ich versuche nur zu verstehen, was passiert ist.«

Ein neuer Wortschwall, aus dem garantiert niemand schlau werden würde, schwappt mir ins Ohr.

»Hol mal Livi ans Telefon!«, verlange ich schließlich. Aus Malea ist ja kein klares Wort rauszuholen.

»Tessa?«, kommt Livis zartes Stimmchen von weit her.

Madre mía – meine Güte! Die ist aber wirklich nicht gut drauf!

»Warte!«, wispert sie. »Ich nehm dich kurz mit hoch in mein Zimmer. Kleinen Moment, bleib dran!«

Nanu? Geheimnisse, von denen unsere kleinen Schwestern Kenny und Malea nichts wissen dürfen? Klarer Fall! Livi hat schon wieder Liebeskummer. Was für ein Glück für sie, ausgerechnet mich als große Schwester zu haben! Wenn in dieser Richtung einer helfen kann, dann Dodo oder ich.

Ich lächele Dodo beruhigend an. »Das Haus ist nicht eingestürzt, aber Cornelius hat sich ein Bein gebrochen. Frag nicht wie, ich hab's auch nicht wirklich verstanden. Irgendwie hat Livi auf dem Dach gesessen. Und jetzt will sie mich alleine sprechen. Im Vertrauen. Du weißt schon …!« Ich zwinkere Dodo vielsagend zu.

Natürlich kapiert auch Dodo sofort. Und grinst. Dodo ist ja nicht blöd. Sonst wäre sie wohl kaum meine beste Freundin.

Dummerweise schaut gerade Andrea, unsere Chefin, zur

Tür rein und sieht nicht allzu erfreut aus. »Kaffeepause ist erst später, das wisst ihr doch?«

»Äh, ja, *claro,* ähm, ich meine, klar...«, murmele ich schnell. »Nur zwei Minuten! Bei uns zu Hause gibt's grad ne kleine Krise.«

Andrea guckt, als ob sie die Ausrede schon mal gehört hätte. So was! Zum Glück wird unsere Chefin gleich wieder woanders gebraucht und eilt schon weiter.

»Livi? Livi, bist du noch dran?« Ich höre meine Schwester die Treppe raufkeuchen. »Du, Livi, ich kann grad schlecht. Ich...«

Doch meine ignorante Schwester unterbricht mich einfach.

Und tatsächlich werde ich ganz still. Und lausche. Und springe schließlich sogar vor Schreck vom Bett auf. »Iris ist WAS? Spinnst du? – Was sagst du? Mit REMA?«

Einen Moment bin ich verunsichert. Doch das, was Livi mir da erzählt, kann natürlich gar nicht sein. *Qué va!* Blödsinn! Als ob Iris und Rema einfach so, ohne uns was zu sagen...!

Nee. Also, jetzt hat Livi wirklich einen Knall.

»Livi, hör mal, ich weiß nicht, was du gesehen hast. Aber wenn die beiden mit Koffern in ein Taxi gestiegen sind, dann gibt es dafür ganz sicher eine einfache Erklärung. Wahrscheinlich wollten sie nur... nur... hm... Na, vielleicht wollten sie einer Bekannten von Iris ein paar Sachen bringen, die in den Koffern sind? Vielleicht alte Klamotten von uns?«

Uiiii! Jetzt kommt Livi aber in Fahrt. Und klingt gar nicht mehr leise.

Puh, ich muss direkt das Handy etwas von meinem Ohr weghalten. »Livi! Nun bleib mal auf dem Teppich! Iris haut doch nicht einfach so ab. Und wieso die beiden zu Walter gesagt haben, dass er sich nicht von uns zum Arbeiten einspannen lassen soll, weiß ich wirklich nicht. Wieso sollte Walter überhaupt in so eine Lage kommen? Bei uns im Haushalt klappt doch alles hervorragend.«

Doch dem scheint Livi nicht ganz zuzustimmen. *Socorro* – Hilfe! Was hab ich denn nun wieder gesagt? Wieso brüllt die plötzlich so?

»Was ist los?«, wispert Dodo neben mir.

Ich zucke mit den Schultern und halte das Handy so weit wie möglich von mir entfernt. (Echt, dank Livi krieg ich von der Lautstärke noch nen Ohrkollaps!) Jetzt dröhnen nur noch vereinzelte Worte zu Dodo und mir, die absolut keinen Sinn machen.

»KOFFER!«, können Dodo und ich hören.

Und: »GURKEN!«

»Also, nach Liebesproblemen klingt das aber nicht«, flüstert Dodo und guckt ein bisschen verwirrt.

Dann kreischen schrill die Worte »SPÜLMASCHINE« und »EINKAUFEN!« aus meinem Handy. Dicht gefolgt von: »KÄLBCHEN!« (Das war besonders laut.)

Dodo neben mir giggelt leise. »Will sie Kälbchen und Gurken einkaufen gehen?«

Ich versuche stattdessen, praktisch zu denken. (Eine meiner Stärken.) Brauchen wir neue Gurken? Nein, es müssten noch reichlich im Kühlschrank liegen. Die dürften für mich und Dodo heute Abend reichen. Allerdings – gerade neulich habe ich gelesen, dass die hautaufbauenden Inhaltsstoffe von Gurken leichter ins Gewebe dringen, wenn man die Dinger klein gehackt mit Quark anrührt und erst dann das Ganze ins Gesicht einmassiert und die Maske dann ganz normal für etwa eine halbe Stunde einwirken lässt.

Ich hole das Handy wieder näher ran.

»Du, Livi«, sage ich mal auf gut Glück (echt keinen Schimmer, wovon sie da eigentlich redet), »ich glaube nicht, dass wir irgendwelche Kälber brauchen, aber wenn du schon einkaufen gehst, könntest du vielleicht zwei große Päckchen Quark mitbringen – das wäre nett, du, danke!«

KLICK!, macht mein Handy.

WIIIIIEEE bitte?? Aufgelegt? Also, das ist ja nun aber wohl *muy*, nein sogar mega-*muy* frech! Was fällt der denn ein? Ich war ja wohl ausgesprochen nett und höflich!

»Jetzt spinnt sie *totalmente*! Echt kompletto neben der Kappe!«, teile ich Dodo empört mit und feuere das Handy wütend zurück in meine Handtasche. »Die hat sie doch nicht alle! Was hab ich ihr denn getan?«

Oh, es gibt Momente im Leben, wo man einfach mal den Mund groß und weit aufreißen und einen RIESENURSCHREI loslassen möchte! Nur so! Nur, um Frust abzubauen. WaaaAAAAAAH!!!

Doch was sollten dann die armen Opis und Omis unten im Tagesraum von mir denken? Die kriegen ja womöglich Herzflattern, weil sie glauben, ich würde hier oben von einem entlaufenen Gorilla angegriffen. Also hole ich stattdessen tief Luft und versuche, gaaaanz langsam wieder auszuatmen. Eine Lady hat sich natürlich immer im Griff. Sogar, wenn sie hirnverwirrte Schwestern hat.

Wunderbarerweise unterstützt mich die wunderbarste aller Freundinnen auch gleich: »Lockern, Tessa, lockern! Denk an deine Gesichtsmuskeln! Die meisten Falten graben sich *genau in Situationen wie dieser* in die Haut ein!«

Hach – natürlich hat Dodo recht! Das weiß ich ja alles selber.

Ich atme noch ruhiger aus und lächele sie dankbar an.

Ach, Dodo ist einfach die Beste! Was würde ich nur ohne sie machen? (Na ja, und was würde erst Dodo ohne *mich* machen?)

»Laken?«, fragt Dodo und hält mir aufmunternd einen Stoffzipfel hin.

»Laken!«, nicke ich ihr grinsend zu – schon wieder deutlich besser gelaunt. Und im Nu kriegen wir das dusselige Ding doch noch auf die Matratze rauf. Wir klatschen uns ab. Ja, Dodo und ich sind das perfekte Team!

»Alle Zimmer fertig oben im Westflügel?«, fragt Andrea, als wir eine Stunde später die Treppe runterkommen.

»Alles bingo!«, gebe ich zufrieden zurück.

Dodo steuert sofort die Kaffeemaschine im Aufenthaltsraum an und brüht einen Espresso. Den haben wir uns jetzt auch verdient.

Ich nehme meinen entgegen – die Gute hat natürlich gleich zwei gemacht – und seufze nach dem ersten genussvollen Schluck tief auf. Ach, meine Schwestern haben ja gar keine Ahnung, wie es ist, wenn man ernsthafte Schritte ins Berufsleben macht.

Und was für erfolgreiche Schritte!

Heute Nachmittag haben wir wieder unsere Beauty-Sessions. Oh, die machen solchen Spaß!

In drei Gruppen mussten wir die Lauschige-Eiche-Ladys jetzt tatsächlich einteilen. So groß war der Andrang. Kein Wunder, diese Marktlücke – Schminktipps für die ältere Dame – hat vor mir und Dodo ja noch keiner entdeckt.

Komisch, dass überhaupt die meisten Dinge, die im Fernsehen oder so beworben werden, nur für Jüngere sind. Dabei sind die Senioren doch eine der kaufkräftigsten Gruppen überhaupt, das hört man doch immer wieder! Wie blöd sind die Menschen eigentlich, dass sie die Alten komplett vergessen und ihnen bestenfalls nette Seniorenheime bauen?

Wieder mal bin ich so super *maravilloso,* so wunderbar zufrieden mit mir, dass der Espresso doppelt gut schmeckt. Obwohl… mhm, ich glaube, ich ruf doch mal schnell im Krankenhaus an und frage nach Cornelius. Malea sagte zwar, so schlimm sei es nicht, aber sicher ist sicher. Und ich bin nun mal ein sehr sorgender und verantwortungsvoller Mensch!

»Ich komme auch gleich rüber!«, rufe ich Dodo zu, die mit ihrem Kaffee auf dem Weg in den Tagesraum der Senioren ist.

Ach, süß. Ich wette, da sitzen um diese Uhrzeit die lustige Frau Flieder und ihre Freundin Lore und warten bei einem kleinen gemütlichen Schwätzchen auf das Mittagessen.

»Hallo? Ist da das Krankenhaus? – Ja, ich wollte mich nach meinem Vater, Cornelius Martini, erkundigen. Der ist heute Vormittag eingeliefert worden. Vermutlich mit einem Beinbruch.«

Um ungestörter zu sein, bin ich kurz rausgegangen. Und habe natürlich das dämliche Wetter vergessen. So eng es geht, presse ich mich an den Stamm einer der dicken Eichen hier im Garten, um einigermaßen trocken zu bleiben. (Ist es normal, dass es im Juni so viel regnet?)

»Ja? Wie bitte?« Ich drücke mein Handy fester ans Ohr. »Er ist gerade eben schon wieder abgeholt worden und auf dem Weg nach Hause? Oh, prima! Vielen Dank!«

Erleichtert stecke ich das Handy weg und laufe wieder ins Haus.

Honesto, ehrlich, Eltern machen einem doch ständig Sorgen! Als hätte man nicht schon genug im Leben zu tun! Ich muss mal ein ernstes Wort mit Cornelius reden. Hat der vor, den städtischen Krankenhausrekord eines einzelnen Vaters zu brechen?

Nachdem ich ins Haus gehuscht bin, taste ich kurz über meine Frisur. *Vale*, alles klar! Dieses exzellente Spray, das Dodo und ich neulich entdeckt haben, ist wirklich sein Geld wert.

Als ich den Tagesraum betrete, winken Frau Flieder und ihre Freundin schon fröhlich zu mir rüber. Ach, in der Lauschigen Eiche zu sein, macht echt Spaß! Ich kriege immer sofort gute Laune, wenn ich all die netten Leutchen hier sehe.

Überhaupt macht Geldverdienen Spaß. Aber nur, wenn man das Richtige tut. Und hier, mit diesen supersüßen Oldies, fühlt es sich ganz mega-*muy* und *mucho maravilloso* richtig an.

Malea

Ich bin Geheimagentin. Wenn ich Zeit dazu habe. Geheimagentin zu sein, ist ein toller Job. Außerdem bin ich eine von zwei mittleren Schwestern. Immer. Das ist ein nicht ganz so toller Job. Man ist nicht die Größte und darf nicht bestimmen. Und man ist nicht die Kleinste und wird nicht automatisch in Schutz genommen. Livi und ich haben in der Beziehung ziemlich meermatschige Karten. Wenn ich groß bin, werde ich NIEMALS bloß doof in der Mitte stehen. Nee, ich stehe dann nur noch GANZ vorn!

Iris behauptet immer, ich könne schlafen, bis das Haus einkracht.

Das stimmt natürlich überhaupt gar nicht. Erstens bin ich aufgewacht, BEVOR unser Haus mal einkrachte. Und zweitens wache ich sogar schon davon auf, wenn Feuerleitern am Haus entlangrutschen. Kratzender Krakenarm, war das ein fieses Geräusch!

Ich bin vor Schreck praktisch aus dem Bett gefallen und sofort zum Fenster gestürzt. Wo ich natürlich nichts sehen konnte, weil mein Zimmer nach hinten raus geht, aber die Schreierei, die dem fiesen Geräusch folgte, von der Straßenseite her kam. Also bin ich rüber in Livis Zimmer gerast, hab ihr Fenster aufgerissen und die ganze Bescherung gesehen.

Heiliger Klabautermann! Da schläft man ein Mal aus und schon ist meine andere mittlere Schwester hilflos auf dem Dach gefangen, und Cornelius bricht sich vom bloßen Zugucken ein Bein!

Jetzt ist er schon wieder aus dem Krankenhaus zurück und sitzt mit verbundenem Bein bei uns am Küchentisch. Das gebrochene Bein war nämlich dann zum Glück doch nicht gebrochen, aber die Leiter hat es ihm der ganzen Länge nach aufgeratscht.

»Keine harmlose Verletzung! Ich habe schwere Prellungen, sagt der Arzt!«, betont Cornelius. »Sehr schmerzhaft!«

Aber ich vermute meerwasserstark, ein Bruch wäre schlimmer gewesen.

Walter hat ihn netterweise mit dem Auto abgeholt. Obwohl Cornelius sogar selbst fahren könnte. Aber er ist ja im Krankenwagen zum Krankenhaus gebracht worden und hatte deshalb kein eigenes Auto dabei.

»Gemeingefährlich!«, wiederholt Cornelius bereits zum dritten Mal. »Diese Leiter ist einfach gemeingefährlich.«

»Wieso ist die Leiter gemein und gefährlich, Papa?«, fragt Kenny ebenfalls zum dritten Mal. »Sie war doch total nett und hat Livi und Mimi gerettet. Und sie konnte ja nichts dafür, dass du direkt unter ihr standest.«

Und zum dritten Mal gibt Cornelius meiner kleinen Schwester darauf keine Antwort.

»Wo IST Iris überhaupt?«, fragt er stattdessen und guckt sich in der Runde um, als ob wir noch mehr wüssten als das, was er aus mir und Livi und Walter Walbohm bereits rausgequetscht hat.

Dabei weiß ich eigentlich gar nichts. Ich weiß ja nur das, was Livi mir erzählt hat. Und Livi weiß nur das, was sie vom Dach aus gesehen hat. Und Walter schwört, dass er nur weiß, dass Iris und Rema eine kleine Reise in den Süden machen wollen und ihm extra nicht verraten haben, wo genau es hingeht. Damit er nicht in Versuchung kommt, es uns zu erzählen. Und damit Iris endlich in Ruhe ihren großen Roman fertigschreiben kann, wozu sie hier bei uns anscheinend nicht kommt.

»Unfassbar!«, schreit Cornelius und stampft vor Wut zuerst mit seiner Kaffeetasse auf den Tisch und dann mit seinem Fuß auf den Boden.

Leider mit dem falschen Fuß.

»AUUU!«, brüllt Cornelius so vorwurfsvoll, als hätte ihm einer von uns gegen das verletzte Bein getreten.

Kenny, die die ganze Zeit schon mit Schmollschnute auf ihrer Sitzfläche hin und her gerutscht ist, gleitet vom Stuhl. »Papa, du, mir ist ein bisschen langweilig. Bentje und ich, wir gehen mal nach oben, ja?«

Bonbon-Bentje springt ebenfalls auf. Vielleicht war ihr auch ein bisschen langweilig. Muss doof sein, wenn alle so miesmuschelig gucken und man nicht weiß, was man sagen soll. Ich meine, wenn man nicht mal richtig zur Familie gehört.

»Hrrrrgh«, macht Cornelius und starrt trübe auf den Boden. (Oder vielleicht auf sein dick eingewickeltes Bein. Das kann ich von hier aus nicht so gut sehen.)

Bevor Kenny und Bentje verschwinden, umarmt Kenny aber noch mal unseren Beinbruch-Vater. »Freu dich doch für Mama und Remi, dass sie schön Urlaub machen! Sie kommen ja bald wieder!«

»Hrrrrmpffff.« Cornelius guckt Kenny an, als ob sie irre geworden ist.

Aber ich finde … eigentlich … ist da was dran. Ich meine, Iris schuftet echt am meisten bei uns zu Hause. Ich überlege gerade … Nee, ich kann mich kaum an Momente erinnern, wo Iris mal einfach irgendwo so rumgesessen hat. Eigentlich tut sie immer irgendwas. Und nachts schreibt sie ihre Romane. Warum sollte sie nicht einfach ein paar Tage wegfahren und ihre Romane zur Abwechslung mal tagsüber schreiben? Wir kommen bestimmt auch prima ohne sie klar.

Allerdings – matschiger Meerschlamm – sie hätte uns ja schon Bescheid sagen können, oder? Irgendwie fühle ich mich ganz schön doof, wenn ich genauer darüber nachdenke … Dass unsere Mutter einfach so abgehauen ist … Hauen Mütter einfach ab? Dürfen die das?

»Ich hab dich lieb, Papa!«, ruft Kenny, schmiert Cornelius einen fetten Kuss auf die Backe, und schon ist sie mit Bentje weg.

»Cornelius!«, schnauft Cornelius so matt wie ein nasser kleiner Hund nach einem Fünfzig-Kilometer-Lauf. »Ich heiße Cornelius.«

Ja, er sieht wirklich plötzlich unheimlich klein aus, wie er da zusammengesunken am Tisch sitzt. So kennen wir ihn gar nicht. Ob er – puuuuh – ob er Angst hat, dass Iris so richtig, ich meine, so *richtig* … für immer abgehauen ist?

Oh großgruseliger Meergott, das wäre ja so fürchterlich furchtbar, das wäre ja … das wäre ja …!

»Malea-Kind?« Walter Walbohm legt seinen Arm auf meine Schulter. »Alles in Ordnung? Du bist ja plötzlich so blass!«

»Walter?«, frage ich starr vor Schreck. »Iris und Rema haben doch gesagt, dass sie zurückkommen, oder?«

»Aber NATÜRLICH kommen sie zurück!« Walter sieht fast empört aus, als er mir das bestätigt.

»Kein Brief und nichts!«, jammert Cornelius trotzdem.

Genau in diesem Moment fliegt die Tür auf und Kenny hüpft schon wieder rein. »Guck mal, Papa, wir haben was gefunden! Der Brief hier klebte an eurer Schlafzimmertür.«

Cornelius reißt den Umschlag so gierig auf, als könne darin ein Lottogewinn versteckt sein.

»Ist der von Mama?« Neugierig schiebt Kenny ihr Näschen neben Papas Gesicht.

Doch Cornelius ist schon tief im Lesen versunken. Er macht nur ab und zu »HaaAAaa!« und »Tssss…« oder ruft »So was!« und »Stimmt doch gar nicht!«.

Endlich richtet er sich auf und verkündet: »Iris findet tatsächlich, sie braucht ein paar Tage vollkommene Ruhe, um ihr neuestes Buch ungestört zu Ende schreiben zu können.« Er grunzt muffelig. »Als ob sie HIER jemand stören würde!«

»Und Remi?«, fragt Kenny.

»Rema findet«, fährt Cornelius fort, »dass sie ein paar Tage Urlaub gebrauchen könnte.«

»Och«, nölt Kenny, »ich hätte doch auch mit Remi in Urlaub fahren können.«

»Du hast ja noch Schule«, gibt Walter zu bedenken.

»Ooooh, pffff…«, macht Kenny. Doch dann haut sie wieder ab nach oben.

Und wir anderen sitzen immer noch am Tisch.

Livi hat die ganze Zeit kein Wort gesagt. Stumm wie ein Fisch kratzt sie Kerzenwachsreste von unserem Küchentisch. Komisch, mir ist vorher gar nicht aufgefallen, dass da welche waren. (Ob die noch von Weihnachten sind?) Gregory sitzt ihr gegenüber und sagt noch weniger. Sehr merkwürdig. Dabei ist er doch der große Retter und sollte voll in Jubelstimmung sein, oder etwa nicht?

Nun seufze ich aber auch mal. Und zwar meerestief. Denn ich hab gerade zur Küchenuhr gesehen. Beinahe drei Uhr!

Erstens knurrt mein Magen und ZWEITENS bedeutet das, dass es in einer halben Stunde halb vier ist!!

»In einer halben Stunde ist es halb vier!«, sage ich deshalb sehr laut und sehr auffordernd in die Runde.

»Hrrrgh«, macht Cornelius.

Und »Ja, ja, wie die Zeit vergeht!« findet Walter.

Aber ich – ich finde, jetzt reicht's!

»Ihr habt es alle vergessen, oder?«, brülle ich den trüben Haufen vor mir an und stehe mit funkelnden Augen auf. »Oder? ODER?«

Und damit sie auch kapieren, dass ich ernsthaft sauer bin, stemme ich meine Hände in die Hüften und starre einen nach dem anderen angriffslustig an. Cornelius, Livi, Walter Walbohm, ja und sogar Gregory, der eine echt mega-miesmuschelige Laune hat.

Meine Funkelaugen scheinen tatsächlich zu wirken.

Gregory hebt seinen Kopf. »Hast du Geburtstag?«

Walter Walbohm lacht. »Es hat doch keiner um Punkt halb vier Geburtstag!«

Doch als ich immer noch SEHR böse aussehe, guckt Walter doch erschrocken. »Du hast NICHT heute Geburtstag, Malea-Schätzchen, oder?«

Jetzt schnaufe ich genauso empört wie Cornelius. Geburtstag! Ich hoffe, jeder hier weiß, dass ich erst Ende Juli Geburtstag habe.

Cornelius sieht zum Glück aber doch auch etwas alarmiert aus. »Ähm … ähm … war heute was, Malea, meine kleine Hula-Blume?«

Da schlägt sich endlich Livi die wachsverklebte Hand vor den Kopf. »Ach, du meine Güte! Unser HUND!«

»HUND?«, krächzt Cornelius. »Der kommt ausgerechnet HEUTE?«

Und schon seufzt er wieder, als wäre das nun wirklich das Ende der Welt. Dabei ist es doch der Anfang! Der Anfang, auf den wir uns alle so gefreut haben!

Doch diesmal lasse ich ihm seine blöde Seufzerei nicht durchgehen. Denn wir brauchen Cornelius. Jetzt, wo Iris nicht da ist. Einer muss ja beim Tierheim all die Zettel unterschreiben, die man unterschreiben muss, wenn man ein Tier abholt und mit nach Hause nimmt. Und das wollen wir! Darauf freuen wir uns doch schon seit Wochen!

ICH habe ja – na gut, am Ende wir alle – also, wir alle haben ja vor ein paar Wochen eine ganze Hundefamilie gerettet. Und seitdem habe ich jeden einzelnen Tag auf meinem Kalender abgestrichen. Denn Iris und Cornelius haben uns erlaubt, eines der Babys zu behalten. Und wie wellenwunderbar ist das denn?

Ja, und heute ist es endlich so weit. Wir holen Hugo nach Hause! In ein Zuhause, in dem er nie, nie, nie hungern muss und auch nie, nie, nie in dunkle Schuppen eingesperrt werden wird, wie das dieser Fiesling mit Hugos Mama gemacht hat.

Ich gucke den supersüßen, weich gepolsterten Hundekorb in der Ecke neben dem Geschirrschrank an. Letzte Woche sind Iris und Kenny und ich extra in die große Stadt in einen riesengroßen Laden mit lauter Tierzubehör gefahren und haben das allerallerschönste Körbchen für unseren Hugo ausgesucht. Und jetzt ist Iris nicht mal hier, um *unseren* Hund abzuholen. Da soll man nicht traurig werden. Ich muss ein bisschen schlucken.

Aber gleich danach hole ich tief Luft, um die Situation tapfer allein zu meistern. (James Bond ist auch immer tapfer. Und James Bond ist mein Vorbild.) Und, okay, mir fällt wieder ein, dass Iris tatsächlich schon seit zwei Wochen ständig Schluckauf gekriegt hat (vor Stress, meinte sie), wann immer sie von ihrem Roman sprach. Und davon, dass es so schwer für sie sei, Zeit zum Schreiben zu finden.

Hm. Brrrr. Trotzdem blöd.

Na gut, ich kann verstehen, dass Iris Zeit zum Schreiben braucht... irgendwie. Also, jedenfalls mein Kopf versteht das. Ein bisschen. Aber nur ein bisschen. Mein Bauch versteht das nämlich eigentlich nicht. Gar nicht. Der ist böse. Und enttäuscht. Und... auch... traurig. Und das ist ja wohl auch wichtig!

Dann fällt mir noch mehr ein: Cornelius hat ja gar keine Ahnung von Hunden! Nur Iris. Und Rema natürlich. (Rema hatte nämlich schon Hunde zu Hause, als Iris noch ein Kind war.) Hugo ist ja schließlich noch ein Baby, das gar nicht weiß, wie man sich richtig benimmt als guter Hund. Wie sollen wir das jetzt ohne die beiden schaffen? (Würde James Bond es schaffen, einen jungen Hund zu erziehen?)

Ha! Wenn ich mir Cornelius' Gesicht angucke, hab ich das doofe Gefühl, dass er gerade ganz ähnliche Gedanken hat.

Mit mittelmäßig verzweifeltem Blick guckt Cornelius zu unserem lieben alten Nachbarn rüber. »Sag mal, Walter, hast *du* eigentlich Ahnung von Hunden?«

»Ach du je, ich weiß nicht...«, antwortet Walter etwas verlegen. »Ich hab mich ja in den letzten Jahren mehr auf Hühner spezialisiert. Hunde... hm... tja, also nein, da weiß ich wirklich nicht so genau...«

Müffeliger Meerschaum, offensichtlich weiß bei uns also keiner viel über Hunde. Und an dieser Stelle wird mir plötzlich meerwasserklar, dass ICH nur eins weiß: Ich muss Iris finden! Sie MUSS sofort zurückkommen!

Wie findet man eine Mutter, die *»in den Süden«* gefahren ist? Der *Süden* ist ja, glaube ich, ziemlich groß. Und ich hab noch nicht mal die kleinste fischige Ahnung, in welches Land sie überhaupt gefahren ist!

Hat James Bond schon mal seine Mutter gesucht? Ach nee, der ist ja Waisenkind. Der Ärmste hatte ja nie eine Mutter. Na ja, ich gebe zu, das ist wahrscheinlich noch blöder, als wenn einem die Mutter plötzlich abhanden kommt.

Aber wenn die Mutter nicht da ist an dem Tag, an dem man den ersten Hund seines Lebens abholen darf, also genau dann, wenn man sie mal braucht, dann ist das … ganz ehrlich … tintenfischfiese frustig.

Livi

Wir alle bei uns in der Familie passen eigentlich überhaupt nicht zusammen. Ich weiß nicht, wer es war, der sich das ausgedacht hat, dass ausgerechnet Kenny, Malea, Tessa, Iris, Cornelius, Rema und ich, also dass wir alle zusammengehören – obwohl ich wirklich jeden einzelnen ganz doll lieb hab (meistens zumindest). Aber wenn ich wüsste, wer das war, dann würde ich sie oder ihn fragen, was zum Mäusemelken sie oder er sich dabei gedacht hat! Ehrlich! Eine Familie mit so unterschiedlichen Leuten gibt es bestimmt kein zweites Mal auf der Welt.

Malea und ich sitzen mit Cornelius im Auto und brausen zum Tierheim auf der anderen Seite der Stadt, um unseren kleinen Hugo abzuholen.

Okay, wenn ich sage *brausen*, meine ich eigentlich eher *kriechen*. Und zwar im Schneckentempo. Cornelius fährt praktisch im ersten Gang. Noch einen Tick langsamer und wir rollen rückwärts! Ich bin kurz davor, auszusteigen und das Auto von hinten anzuschieben.

Das ist so GAR nicht Cornelius' gewohnter Fahrstil, der in Polizeikreisen bereits stadtbekannt ist. Wenn irgendwo Reifen quietschen, ist das bei uns im Ort nur selten ein durchgeknallter Führerscheinanfänger und noch seltener ein

Bankräuber, sondern mit großer Wahrscheinlichkeit mein Vater. Cornelius kriegt mehr Strafzettel als ich im Sommer Sommersprossen. (Und das will was heißen!)

Das sind natürlich alles Strafzettel für *zu schnelles* Fahren. Für SEHR viel zu schnelles Fahren. Ich schätze, die Polizei hat der Einfachheit halber sein Kraftfahrzeugkennzeichen schon in ihre kleinen Tablets eingespeichert und braucht zum Ausdrucken eines Tickets nur auf »C. Martini mal wieder!« drücken.

Heute allerdings nicht. Ich schätze, heute werden wir zur Abwechslung angehalten wegen Behinderung des fließenden Verkehrs. Quatsch, was rede ich? Die Mühe, uns anzuhalten, ersparen wir der Polizei sogar. Die Verkehrsbeamten können ja bequem neben unserem Wagen her spazieren und Cornelius den Strafzettel gemütlich durchs Fenster reichen.

»Äh, Cornelius?«, frage ich mal vorsichtig. »Meinst du nicht, der zweite Gang wäre auch eine interessante Alternative?«

Cornelius guckt mich an, als hätte ich ihn geohrfeigt. Soooo vorwurfsvoll.

»Die werden das Viech schon nicht jemand anderem geben, wenn wir ein bisschen zu spät kommen«, gibt er bissig zurück. Ein bisschen zu bissig.

Hunde, die Zähne zeigen, fühlen sich meistens bedroht. Fühlt Cornelius sich bedroht? Von einem süßen kleinen Hundewelpen? Es sieht tatsächlich nicht so aus, als wäre er besonders wild darauf, unseren Hugo abzuholen.

Malea auf dem Rücksitz rollt mit den Augen.

Ich seufze. Na, toll! Ein hundeängstlicher Vater, eine große Schwester, die nur an sich denkt (und vorhin allen Ernstes annahm, ich hätte nichts Besseres zu tun, als für sie einkaufen zu gehen!), und eine enttäuschte, saure kleine Schwester auf dem Rücksitz. Und das alles bloß, weil Iris unbedingt ein paar Tage ihre Ruhe haben will.

Und ICH? Fragt mich jemand, ob ich vielleicht auch mal Ruhe brauche? Oder vielleicht was anderes? Nee.

Ich weiß genau, wie es laufen wird. Natürlich wird alles an mir hängen bleiben. Wie immer. Dabei könnte ich gerade selbst ein bisschen Unterstützung brauchen.

Ich schaue zu Cornelius rüber und dann wieder unauffällig in den Rückspiegel zu Malea. Wenn ich mich nicht selbst so durchgeschüttelt fühlen würde, müsste ich grinsen. Beide sehen aus, als hätte ihnen jemand einen Eimer Wasser über den Kopf gekippt. Nur dass Malea darüber stinksauer ist, während Cornelius trübe den Kopf hängen lässt.

Merkwürdig. So kenne ich unseren Vater eigentlich gar nicht. Cornelius neigt – genau wie Malea – eher zu Wutausbrüchen und weniger zum Heulend-im-Sand-Liegen. Iris und Cornelius werden doch nicht schon wieder eine Ehekrise haben, und Iris ist aus diesem Grund …? Vielleicht für längere Zeit, als wir glauben …?

Vielleicht hat sie das mit dem Buch-in-Ruhe-schreiben-Müssen nur vorgeschoben? Und deshalb ist Cornelius so am Boden zerstört?

HILFE! Das wäre ja noch grauenvoller als das mit Gregory!

Ja, das mit Gregory …

Ach, DARAN will ich jetzt nicht auch noch denken!

Tu ich aber doch.

Seufz.

Und da Cornelius weiterhin mit dreieinhalb Stundenkilometern durch die Stadt trödelt, hab ich dazu ja auch reichlich Zeit. Wird wohl noch ne Weile dauern, bis wir endlich am Tierheim ankommen.

Ich hatte ja gleich heute Morgen so ein doofes Gefühl, als ob das nicht gerade der beste Tag meines Lebens werden würde. Meine schlechte Laune beim Aufwachen hat mich bereits vorgewarnt. Na ja, die kam natürlich eigentlich daher, dass Gregory schon gestern in der Schule so merkwürdig war. Wortkarg. Überhaupt nicht so weich und nett wie die letzten Wochen. Wir hatten so eine schöne Zeit!

Doch auf das, was dann kam, war ich nicht vorbereitet.

Vorhin nämlich… als Cornelius im Krankenwagen verschwunden war und wir Mimi (und ich mich!) trocken gerubbelt und mit leckerem Thunfischgelee versorgt hatten (nur Mimi, nicht mich!) und Walter Walbohm in unserer Küche heißen Kakao für Malea, Kenny, Bonbon-Bentje und mich kochte, da hat meine beste Freundin Gregory mich unauffällig im Flur zur Seite gezogen und auf unser leeres Wohnzimmer gedeutet. »Können wir mal kurz da rein? Ich will nicht, dass alle mithören.«

Genau da wurde mein doofes Gefühl natürlich noch doofer.

Brav trottete ich hinter Gregory her und setzte mich. Gregory ließ sich auf das Sofa gegenüber fallen. Er gab sich nicht viel Mühe, es mir schonend beizubringen.

»Wir ziehen nach London«, verkündete er knallhart und starrte dabei bewegungslos unseren abgelatschten dunkelgrünen Teppich an.

»Hä?«, machte ich – zugegeben, vermutlich nicht gerade sehr intelligent. Aber was soll man darauf auch sagen?

Da seufzte Gregory tief und riskierte dann kurz einen Blick in meine Augen. Ausgedehnte zwei Sekunden lang etwa. Bevor er sich doch lieber wieder unserem Teppich zuwandte.

»Wir ziehen nach London«, wiederholte er, als hätte er den Satz auswendig gelernt.

Er ballte die Hände zu Fäusten, schob sie aber gleich danach unter seine Oberschenkel. »Meine Mutter will, dass wir – also wir alle drei, Mama, mein Vater und ich – noch mal ganz neu starten.« Er starrte die Flecken auf unserem Teppich nun fast verzweifelt an. »Und außerdem hat sie in London irgendein tolles Jobangebot bekommen.«

»WAAAS?«, platzte ich heraus. »Aber das geht doch nicht! Das ist doch total bescheuert. Und außerdem …« Ich holte tief Luft. »… könnt ihr doch auch HIER noch mal neu anfangen.«

Ich musste ein paar Mal schlucken, weil die grausige Nachricht gerade fett und kratzig von meinem Hirn durch den Hals runter in meinen Magen rutschte. Wo ich sie allerdings genauso wenig verdauen konnte wie in meinem Kopf.

Fast böse schrie ich ihm entgegen: »Ihr könnt doch wirklich hier, neben uns, in eurem eigenen Haus … ganz wunderbar …! Was soll denn das? Wieso LONDON?«

London ist ja hunderttausend Kilometer (oder so) weit weg. Da sehe ich Gregory ja nur noch alle fünfhundert Jahre!

NEIN!

Ich meine, ich hätte mich ja riesig für Gregory gefreut, wenn er gesagt hätte, dass sein Vater und seine Mutter es noch mal miteinander probieren wollen und sie deshalb jetzt zusammenziehen. Ganz, ganz superdoll hätte ich mich sogar gefreut!

Aber LONDON!

»Meine Mutter meint, das passe doch prima«, erzählte Gregory langsam weiter, »weil Goldi die letzten dreizehn Jahre ja sowieso in England gearbeitet hat. Er fühlt sich da ja praktisch zuhause.«

Natürlich stimmt das. Natürlich ist Gerold – Goldi – Grünberg, also Gregorys Vater, überhaupt erst seit ein paar Monaten wieder in Deutschland. Nämlich seit dem Zeitpunkt, an dem er plötzlich als der neue Direktor unserer Schule auftauchte. Und dann feststellen musste, dass er einen Sohn hat. So traf er seine alte Liebe Sibylle Hahn, also Gregorys Mutter, wieder. Und dann … tjaaa, in Iris' Kitschromanen heißt es an so einer Stelle immer: *Und der Rest ist Geschichte!*

Ja, die Geschichte mit Gregorys Vater ist toll. Noch toller ist aber, dass Gregorys wilde Karrieremutter Sibylle durch die erneuerte Freundschaft mit Goldi richtig mütterlich geworden ist. So richtig mit Kuchenbacken und morgens aufstehen und abends ins Bett gehen.

Der arme Gregory war das ja gar nicht gewohnt. Früher hatte Sibylle ihren Sohn für jede »wichtige« Party einfach drüben bei Walter Walbohm abgegeben und kam praktisch regelmäßig erst morgens nach Hause. Und schlief dann den ganzen Tag. Und Gregory durfte mutterseelenallein mittags Ravioli aus Dosen essen. Also kann man wohl verstehen, was für ein unglaublicher RIESEN-Glücksfall es war, dass sein Vater plötzlich in Gregorys Leben aufgetaucht ist.

Außerdem ist Gerold Grünberg der beste Vater, den man haben kann. (Auch als Schuldirektor ist er übrigens wirklich prima!) Ostern sind sie sogar alle drei – Sibylle, Gregory und Goldi – für ein erstes Ferienwochenende zusammen nach London geflogen. Wo sie sich alle einfach super verstanden haben, wie Gregory erzählte.

Obwohl … Wenn ich jetzt darüber nachdenke …

Das war ja auch London! Ob Gregorys Mutter Sibylle diesen Umzug schon lange und heimlich geplant hat? Ob dieser ganze Osterausflug nur ein Vorwand war, damit sie sich in England nach einem Job umgucken konnte? Zuzutrauen wäre ihr das.

HA! Von wegen mütterlich! Der blöden Sibylle ist und bleibt ihre Fernsehkarriere offensichtlich doch das Wichtigste auf der Welt. Oh, wie kann sich der nette Goldi nur darauf einlassen! Armer, armer Gregory!

Und arme Livi! Meine beste Freundin wird schon ganz bald weit weg in England wohnen! Ich seufze lang und tief aus voller Seele.

»Jetzt mach mir doch nicht so einen Druck!«, grunzt Cornelius neben mir.

»Wie?« Mühsam wühle ich mich aus meinen trüben *Gregory-in-London*-Gedanken wieder raus und zurück in unser Schneckenauto. Verständnislos sehe ich zu Cornelius rüber. Wovon redet er?

»Diesmal kann ich wirklich nicht schneller fahren«, grummelt er. »Guck doch, da vorne! Da steht ein Lastwagen quer.«

»Kein Problem«, gebe ich zurück und rutsche schlaff ein wenig tiefer in den Autositz, »lass dir Zeit!«

Und dann seufze ich einfach noch mal. Aber nicht, weil Iris abgehauen ist. Und auch nicht, weil Cornelius uns immer noch mit dem Tempo eines Rasenmähers durch die Innenstadt kutschiert. Und erst recht nicht, weil es schon wieder regnet.

Malea hinter uns knurrt wie ein ungeduldiger Hund an der Kette. Doch auch das ignoriere ich.

Wie *klein* manche Probleme doch werden, wenn man plötzlich viel, viel größere hat!

Malea

Auf einer wilden Jagd nach einem gefährlichen Juwelendieb bin ich in einem unterirdischen Tunnelsystem gelandet. Überall zweigen neue Tunnel ab, der Juwelendieb hat sich in Luft aufgelöst. Ein Irrgarten ohne Ausgang. Stundenlang taste ich mich schon im Dunkeln durch die Gänge. Was soll ich tun? »Wuff!«, macht da ein kleines Stimmchen neben mir. Mein Hund! Mein treuer Agentenhund! »SUCH!«, feuere ich ihn an, und sofort schießt er los und ich hinter ihm her. Keine zwei Minuten später hat er den miesen Juwelendieb aufgespürt. Der Kerl zückt seine Knarre, doch mein Hund lässt ein warnendes Knurren hören. Und der Mann ist klug, er erkennt sofort, dass mit einem Agentenhund nicht zu spaßen ist. Widerstandslos lässt er sich von mir festnehmen. Zwei weitere Minuten später hat der weltbeste Agentenhund auch den Ausgang gefunden, wo uns schon ein jubelnder, unheimlich wichtiger Präsident oder König oder so erwartet, um mir und meinem Hund unsere fünfhundertvierzigste Medaille für Erfolg und Tapferkeit zu überreichen.

Schnaufende Wasserschildkröte! Ein wahres Wunder, dass wir heute noch angekommen sind bei Cornelius' Tempo! Ich war schon meerwassertief in Tagträumen – allerdings sehr unterhaltsamen – versunken.

Jetzt stehen wir in dem kleinen Büro vom Tierheim und warten darauf, dass Cornelius und die Tierheimchefin endlich mit dem blöden Papierkram fertig werden. Ich bin so hippelig, dass ich kaum still stehen kann. Oh, Hugo, wir KOMMEN! Gleich, gleich sind wir bei dir!

(Kenny und Bonbon-Bentje mussten zu Hause bleiben, obwohl Kenny natürlich gemault hat. Aber wir können ja nicht mit so vielen hier auflaufen.)

Ich glaube, Cornelius stellt sich ein klitzekleines bisschen dusselig an, denn die Dame mit den vielen Zetteln legt ihre Stirn in nachdenkliche Falten und fragt: »Möchten Sie Ihren kleinen Hugo vielleicht noch eine Woche länger bei uns lassen, wenn Ihre Frau gerade verreist ist und Sie außerdem nicht ganz so fit sind?« Etwas besorgt mustert sie Cornelius' dick verbundenes Bein.

»NEIN! Das möchten wir nicht!« Oh, da muss ich aber mal schnell dazwischenrufen! Ich will ja nicht, dass Cornelius noch auf total dämliche Ideen kommt! »Das schaffen wir ganz locker!«

Ich werde doch jetzt so kurz vor dem Ziel nicht aufgeben. Schließlich hab ich einiges vor mit unserem Hund. Hugo wird nämlich der weltweit erste Geheimagentenhund werden! Und der weltweit beste! Dazu braucht er natürlich die weltweit beste Geheimagentenhund-Ausbildung. Mit der man – meerwasserklar – gar nicht früh genug anfangen kann.

»Wir nehmen ihn auf jeden Fall jetzt sofort mit!«, bestimme ich noch mal felsenfest.

Das scheint die Tierheimchefin zu beeindrucken. Nach einem fragenden Blick hin zu Cornelius, der nur mit den Schultern zuckt, dann aber zum Glück nickt, lächelt sie. »Na gut, dann hole ich ihn jetzt mal, euren kleinen Welpen.«

Und nur ein paar Minuten später kommt sie mit Hugo

an einer dünnen roten Leine zurück. Oh, Hugo ist soooo klasse!

Hihihi! Unser Hund beißt und knabbert an der Leine, als wäre so ein Seil das beste Spielzeug überhaupt. Dabei springt er vor und zurück wie ein Pingpong-Ball. Normal traben tut er gar nicht!

»Ach du lieber Himmel, ein Trampolin-Hund!«, ruft Cornelius, doch er grinst.

Und – schwupp – ist Hugo schon an ihm hochgesprungen und leckt ihm die Hände.

Höhö, ich würde sagen, die erste Runde hat mein schlauer Agentenhund gewonnen! Denn Cornelius' Hände beginnen sofort, ihn zu streicheln.

»Hach, na bist du aber wirklich ein Süßer!«, schnurrt Cornelius dabei sanft wie Mimi, wenn sie abends glücklich eingerollt auf unserem Sofa liegt. »Na, aber – du bist ja ein *ganz* Süßer! Und – hups – ein ganz Wilder! Vorsicht! HEY!«

Da Cornelius sich ja so nett zu ihm runtergebeugt hat, fand Hugo wohl, er könne ihm vor lauter Begeisterung und Aufregung mit seinen kleinen Zähnchen schnell mal lustig in die Nase kneifen!

Cornelius richtet sich empört wieder auf und reibt sich seinen geröteten Zinken. »Ich glaube, der braucht aber noch einiges an Erziehung!« Mit gerunzelter Stirn dreht er sich zur Tierheimleiterin. »Der BEISST ja!«

Doch die nette Frau lacht nur. »Das haben Sie als Baby bestimmt genauso gemacht!«

Hihi, da muss sogar Livi grinsen. Das erste Mal heute, soweit ich mich erinnere. Was ist eigentlich schon wieder los mit meiner Miesmuschel-Schwester?

Auf dem Weg nach Hause darf ich Hugo auf dem Schoß halten. Oh, er ist sooo hübsch mit den dicken dunklen

Tupfen auf seinem weißen Fell. Genau auf seinem linken Auge sitzt ein runder schwarzer Fleck. (Um das rechte Auge herum ist alles weiß.) Richtig piratig sieht er damit aus. Als würde er eine Augenklappe tragen. Ein Piraten-Geheimagenten-Hund, jaaaa!

Oh, ich weiß, dass wir zusammen unschlagbar sein werden! Jeden Fall werden Hugo und ich lösen. Kein Rätsel wird uns zu schwer sein!

Ich setze unseren kleinen Hund einen Moment neben mich auf den Rücksitz und kraule ihm das Kinn. Hihi, das mag er anscheinend. Aber gleichzeitig fängt mein Agentenhirn munter an zu surren. Ssssst-rrrrrr-sssst!

Oh ja, mein Gehirn schnurrt und surrt so wellenwunderbar, dass ich richtig gute Laune kriege. Denn was ist das Rätsel, das ich jetzt lösen muss? Was ist gerade mein neuer Geheimfall? Genau! Ich muss herausfinden, wo Iris und Rema sind! Ich muss ihre Spur verfolgen, um zu wissen, wo sie hingefahren sind. Und was für ein Tier ist ideal dafür, eine Spur, eine Fährte aufzunehmen? Genau, genau, genau! Ein HUND!

Hurra! Malea Bond ist schon wieder mitten im Einsatz! Mit ihrem super Piraten-Geheimagenten-Hund. Und deswegen praktisch nicht mehr aufzuhalten.

»HAAAA!« Ein zufriedener Triumphschrei entfährt mir.

»Was ist los?« Cornelius am Steuer dreht sich besorgt zu mir um. »Hat er dich auch gebissen?«

»Die Straße!«, quietscht Livi dazwischen. »Guck auf die Straße, Cornelius!«

»Natürlich hat er mich nicht gebissen!«, kichere ich und ziehe Hugo wieder auf meinen Schoß.

Was eine gute Idee war, denn in diesem Augenblick schleudert unser Auto nach links und gleich wieder nach rechts. Hui! Bin ich froh, dass ich angeschnallt bin, sonst wäre ich wohl jetzt irgendwo bei meinen Füßen gelandet.

»Puuuuuh …«, macht Livi vorne. »Das war knapp!«

»Überhaupt nicht! Ich hatte alles voll im Griff«, raunzt Cornelius. »Ich wünschte nur, es wären nicht so viele Idioten auf der Straße! Habt ihr das gesehen, mit welchem Tempo der um die Ecke geschossen kam? Verrückt, einfach verrückt! Manchen Leuten sollte der Führerschein entzogen werden!«

Livi dreht sich unauffällig zu mir um und zieht eine unauffällige Grimasse. Ich muss kichern. Ich schätze, es gibt einen ganzen Haufen Leute, die sehr gerne *Cornelius* den Führerschein entziehen würden!

Plötzlich stoppt Cornelius abrupt. »Was gibt's eigentlich heute zum Abendessen?«

Woher soll ich das wissen? Iris kocht ja immer.

Livi guckt Cornelius böse an. »Also, glaub bloß nicht, dass ICH …!«

Cornelius lächelt tatsächlich. »Das hatte ich auch nicht erwartet. Aber essen müssen wir trotzdem was, oder?« Und dann nickt er auffällig rüber zu dem kleinen Imbiss neben uns.

»Currywurst!«, rufe ich begeistert. »Hurra!«

Mistige Meerwelt! Das ist das erste Gute, seit Iris und Rema nicht da sind.

Doch Miesmuschel-Livi rümpft die Nase. »Ich bin Vegetarierin. Ich esse kein Fleisch.«

»Seit wann?«, fragt Cornelius erstaunt, während wir alle aussteigen.

»Seit heute«, verkündet Livi. »Aber Pommes sind okay.«

»Na, dann bin ich ja beruhigt«, nickt Cornelius, stapft in den Laden und fängt fröhlich an, unsere Großbestellung aufzugeben.

»Was ist mit Walter?«, fragt Livi. »Wollen wir ihn nicht einladen?«

»Doch, auf jeden Fall«, stimmt Cornelius zu und fragt dann zurück: »Und was ist mit Gregory? Ist Sibylle zu Hause oder isst er bei uns?«

Livi wird sofort wieder miesmuschelig. »Nee, der wird zu Hause essen, denke ich.«

»Ah«, macht Cornelius, als hätte er genau verstanden, warum sie das so komisch sagt.

Ich habe nicht verstanden, warum Livi das so komisch sagt, aber ich kann mich ja nicht um alles kümmern.

Mit zwei Riesenpaketen verlassen wir den Imbiss wieder. Hugo schnüffelt auf dem Rücksitz gierig nach dem köstlich duftenden Essen.

»Dass du ihm ja nichts von der Wurst abgibst!«, mahnt Cornelius, als wir wieder zu Hause sind.

Als ob er mir das sagen muss! Das weiß ich doch. Hugo ist ja noch so klein, dass er extra Welpenfutter braucht. Von Currywurst würde er nur Bauchschmerzen bekommen.

Hugo scheint das allerdings nicht zu wissen. Mit hechelnder Zunge versucht er immer wieder, hoch zu unseren Tellern zu springen.

»Hihihi!«, kichert Kenny. »Guck mal, Livi, Hugo ist aber kein Fegetatirer, nich?«

»Jetzt lass mal den Hund in Ruhe und iss, Kendra!« Cornelius versucht, streng zu sein.

Streng sein ist aber nicht seine Stärke, glaube ich.

Kenny scheint das ebenfalls zu glauben, denn sie kichert fröhlich weiter und fängt jetzt an, Hugo mit einer von ihren Fritten zu füttern. Hey, das geht aber nicht!

»NICHT!«, rufe ich böse und ziehe ihn an seinem Halsband von Kenny weg.

Oh, ICH kann ganz prima streng sein, wenn ich will! Geht doch ganz einfach!

»Er darf NUR sein eigenes Futter essen!«, erkläre ich meerwasserklar und deutlich.

»Hast DU doch nicht zu bestimmen!«, mault Kenny sofort.

»Hab ich DOCH!«, gebe ich laut zurück.

»Na, na! Nicht streiten!«, greift Cornelius ein. »Kendra, wir haben doch letzte Woche im Familienrat abgemacht, dass Hugo in Maleas Zimmer schläft und Malea auch darauf achtet, dass er regelmäßig sein Fressen bekommt. Und deshalb darf sie auch …«

»Aber Mama hat gesagt, ich darf mit ihm spazieren gehen!«, ruft Kenny böse. »Und jetzt will Malea immer nur bestimmen.«

»Ganz genau!«, unterbreche ich sie und funkele sie warnend an. »Weil ich nämlich bestimmen darf!«

Aber weil Kenny darauf nichts mehr sagt, sondern nur ein bisschen »PFFFF!« macht, werde ich versöhnlicher. »Du darfst auch ab und zu mitbestimmen. Aber er kriegt KEINE Fritten und keine Würstchen!«

Cornelius seufzt und murmelt dann leise: »Ach, ich wünschte, Iris und Renate wären nicht gerade *jetzt* weggefahren!«

Da tätschelt Walter Walbohm kurz seine Hand. »Wird schon wieder, Cornelius, wird schon wieder!«

Cornelius guckt ihn dankbar an. Fast so, als wäre er auch ein kleiner Hugo, der in ein ganz neues Leben gestolpert ist, in dem er sich erst zurechtfinden muss.

Komisch. Brauchen Erwachsene auch manchmal Trost?

Tessa

Sin duda – *ohne Zweifel, Dodo und ich haben natürlich total Glück, mit so coolen Männern wie Javier und Ramón zusammen zu sein! Die beiden sind einfach* mucho fantástico – *superklasse. Besonders mein Javi natürlich.* Si, si, *jaaa… Aber manchmal… also manchmal – und das wird ja wohl erlaubt sein! – überlege ich mir auch, ob wir uns wirklich schon so fest binden sollten. Ich meine, Dodo und ich sind ja noch nicht mal sechzehn. (Allerdings bald!) Und es gibt ja noch viel mehr Fische im Meer, wie es meine meerbegeisterte Schwester Malea vermutlich ausdrücken würde, hihi! Und wäre es nicht schade (und irgendwie doch auch unhöflich, oder?), wenn man all den anderen süßen Glitzerfischchen nicht mal den kleinsten Blick gönnen würde?*

Meine Nerven! Was für ein Chaos schon frühmorgens im Haus! Bei einer Horde wild watschelnder Pinguine geht es bestimmt zivilisierter zu.

Ich kann gut verstehen, dass Dodo gestern Abend nach der Lauschigen Eiche doch nicht mehr mit zu mir kommen wollte. Meine Familie ist *absolutamente loco* – kompletto verrückt!

»Er hat meine DRUMSTICKS angeknabbert!«, schreit Cornelius gerade volle Lautstärke von unten. Nur, um dann noch lauter zu unseren Zimmern hochzubrüllen: »MA-LEEE-A! Hast du das gehört? ER HAT …«

Muss mir ne kleine Hirnnotiz machen: Sofort hundesicheres Vorhängeschloss für mein Zimmer kaufen! Was für eine Katastrophe, wenn unser kleiner Hugo meine sorgsam gehütete Rouge-Pinsel-Sammlung zerlegen würde! Die sehen für ihn vermutlich aus wie Cornelius' Trommelstöcke in Kleinformat. Oder – *madre mía!* – wenn er am Ende sogar noch meine Spitzenstrumpfhosen mit Spielzeug verwechselt?

Warum man Haustiere im Haus wohnen lässt, ist mir sowieso ein Rätsel. Wären sie nicht besser in schön ausgerüsteten Hütten im Garten aufgehoben? Ich meine, man könnte die ja ganz entzückend einrichten. Mit rosa Vorhängen gegen nächtliche Fledermäuse und mit dicken Plüschkissen als Bettchen. Hier im Haus finde ich Haustiere auf jeden Fall geradezu gefährlich.

Mimis Krallen zum Beispiel sind länger und kratzfreudiger als Dodos Fingernägel. Erst letzte Woche musste ich mich von meinem Lieblingstop verabschieden, weil ich Dussel meine Zimmertür aufgelassen hatte und unser neues, harmlos schnurrendes Kätzchen sich prompt ein kuscheliges Nest in meinem Top einrichtete. Natürlich liebevoll zurechtgezupft mit den Krallen. (Was mein hauchdünnes Seidentop leider nicht ausgehalten hat.)

Das Nest war dazu noch auf meinem Bett! Das durfte ich hinterher mehr als zehn Minuten lang mit dem Staubsauger von all den Katzenhaaren befreien. Ich HASSE Staub saugen! Und Katzen, die sich in *meinen* Klamotten auf *meinem* Bett wälzen! Ansonsten hab ich nichts gegen Tiere. Wirklich nicht.

Da fällt mir ein: Heute ist Sonntag. *Manda cojones* – so ein

Mist! –, da haben die Geschäfte nicht auf. Kann das Schloss also erst morgen kaufen.

»MALEA!« Cornelius poltert die Treppe rauf wie ein Stier beim Angriff.

Cornelius ist allerdings die Art Stier ohne Hörner. Das heißt, er poltert und schnauft und wirbelt viel Staub auf mit seinen Hufen, aber jemanden aufspießen tut er nur äußerst selten. Trotzdem nett, dass er nicht gerade mich im Visier hat.

Ich werfe mir noch einen kleinen bewundernden Blick im Spiegel zu. Der neue knallgrüne Krokolederimitat-Rock war echt eine tolle Idee! Sieht zu dem rot-schwarzen Sonnentop unfassbar cool aus! Dann schnappe ich mir mein Handtäschchen und ziehe meine Zimmertür sicherheitshalber extra fest hinter mir zu.

»Nanu? Willst du so früh schon aus dem Haus?« Cornelius bleibt auf dem Weg zu Maleas Zimmer verwundert stehen.

»Ja, wieso nicht?« Muss ich jetzt schon um Erlaubnis fragen, wenn ich nur mal zu einer kleinen Sonntagmorgenveranstaltung gehen will?

»Und wo willst du hin?«

»Zum Fußball«, lächele ich freundlich.

»Zum Fußball?« Cornelius guckt mich von oben bis unten an und bleibt dann an meinen zauberhaften neuen Gold-Stilettos hängen. (Zu dem Kroko-Rock der absolute Hammer!)

Er schluckt. (Was gibt's denn da zu schlucken?)

Doch dann schüttelt er lediglich den Kopf und beschließt anscheinend, seine Aufmerksamkeit lieber wieder meiner Geheimdienstschwester zu widmen. »Maleeea!«

Ohne anzuklopfen öffnet er die Tür. »SCHLÄFST DU NOCH?«

»Jetzt nicht mehr«, höre ich Maleas Stimme, die genauso verstrubbelt klingt, wie ihr Haar vermutlich aussieht. Gleich danach folgt ein herzhaftes Gähnen.

»Hugo rennt unten fröhlich rum und knabbert alles an, was nicht höher als drei Meter hängt«, verkündet Cornelius und klingt dabei alles andere als fröhlich. »Wieso ist er überhaupt unten und nicht mehr hier bei dir im Zimmer?«

»Er musste mal Pipi«, erklärt Malea, »und danach war er knallwach. Aber ich nicht. Und wenn ich ihn wieder mit reingenommen hätte, hätte er mich bestimmt dauernd aufgeweckt.«

»HAAAAA!«, macht Cornelius, als könne er das nicht fassen. »Weißt du eigentlich, was es bedeutet, Verantwortung für einen Hund zu übernehmen? DU wolltest doch unbedingt, dass Hugo …«

Doch an der Stelle bin ich schon die Treppe runtergelaufen und mache, dass ich aus dem Haus komme. Bevor Cornelius noch auf dumme Gedanken kommt. KLICK, lasse ich die Haustür hinter mir ins Schloss fallen und trippele zügig zur Gartenpforte.

»TESSAAA?«

Manda cojones! Nicht zügig genug.

Ich drehe mich um und sehe Cornelius aus dem Flurfenster hängen. »Wann kommst du zurück?«

»Wieso?« Ich versuche mein zuckersüßestes Lächeln. Das mit dem Doppel-Wimpernschlag. Aber ich fürchte, er ist zu weit weg, um davon eingenebelt zu werden.

»Weil einer von uns für heute Mittag kochen muss«, erwidert Cornelius. »Und ich habe genug anderes zu tun. Kenny kann nur Spaghetti mit Ketchup, und Malea muss mit dem Hund Gassi gehen.«

»Spaghetti klingt toll!«, flöte ich aufmunternd. »Und

ich bin übrigens mittags nicht da«, setze ich sehr viel leiser hinzu. (In der Hoffnung, dass Cornelius das nicht hört. Aber doch laut genug, um hinterher schwören zu können, dass ich ihm das gesagt habe.)

Cornelius' Gesicht verdüstert sich. »Frau Büntig kommt! Wir können ihr ja wohl nicht Ketchup als Sonntagsbraten vorsetzen!«

Warum nicht? Ist für sie bestimmt eine tolle Abwechslung zu all den Sauerkraut-mit-Rhabarberbananen-in-Pestosauce-Kreationen, die Iris ihr (und uns!) sonst gerne auftischt.

Ich öffne schnell das Gartentor und husche durch. »Ich muss mich beeilen, Cornelius, mein Bus fährt!« Und dann laufe ich, so schnell mich meine Stilettos tragen.

»SO GEHT ES ABER NICHT!«, ist das Letzte, was ich höre. (Aber dass ich *das* noch gehört habe, kann mir Cornelius garantiert nicht nachweisen.)

Puh, glaube ich ja nicht! Ich bin schweißgebadet, als ich an der Bushaltestelle ankomme. Ärgerlich! Wo ich vorhin die Parfümspritzer so sorgfältig und extrem ausbalanciert auf meinem Körper aufgetragen habe!

Müffele ich etwa? Unauffällig schnuppere ich Richtung Achselhöhlen. Aaah, nein. Wäre ja auch noch schöner! Ladys müffeln natürlich nie!

Erleichtert steige ich in den Bus, der zur anderen Seite der Stadt fährt, wo die ganzen Sportanlagen liegen. Nicht dass ich mich da gut auskennen würde. Weder, was Sport angeht, noch auf den Anlagen. Ich persönlich kann diesem ganzen Gerenne nicht viel abgewinnen. Und wenn mir Goldi noch so oft versucht, klarzumachen, wie wichtig Sport angeblich ist. Von wegen gesunder Geist in gesundem Körper und so!

Als ob er mir *das* sagen müsste! Ich meine, *wer* bitte, wenn nicht ich, pflegt denn seinen Körper in geradezu überirdisch vorbildlicher Weise? Stunden verbringe ich täglich damit, mich mit Ölbädern zu verwöhnen (Keine Schaumbäder, Mädels! Die lassen die Haut nur austrocknen!) und mit Naturschwämmen sanft abzureiben, danach meine Arme und Beine zu massieren und einzucremen … Also wirklich! Bessere Pflege als MEIN Körper bekommt kein Körper auf der Welt!

Dementsprechend gesund ist natürlich auch mein Geist. Versteht sich!

Was allerdings *Sport* mit Körperpflege zu tun haben soll, das entzieht sich meinem Verständnis. Obwohl ich generell wirklich sehr tolerant bin. Aber dieses wüste, schweißige In-der-Gegend-Rumrennen … BRRRR! *No, gracias* – nein, danke!

Für Jungs ist das natürlich was ganz anderes. Die müssen sich ja austoben und ihren Hormonen so richtig freien Lauf lassen, hihi! Das kann man ja verstehen, dass die rennen und sich die Bälle wild um die Ohren schießen wollen. Und sieht ja auch ganz appetitlich aus, wenn die mit ihren knackigen Muskeln hierhin und dorthin hetzen und schreien und toben und um Punkte feilschen, hihi! Warum sollte man sich als Lady von Welt so was nicht auch mal als kleines Sonntagsvergnügen angucken?

So habe ich es jedenfalls Dodo verkauft. Die langweilige Nudel war nämlich überhaupt nicht davon angetan, den halben Sonntag auf dem Fußballplatz zu verbringen. Sie habe noch sooo viel zu tun! Ihre Nägel habe sie schon tagelang nicht mehr richtig poliert, dann wolle sie die neue Haarintensivkur endlich mal in Ruhe ausprobieren, und, und, und.

Na, aber nicht mit mir!

»Wir müssen schließlich unsere Weltoffenheit weiter trainieren!«, hab ich ihr da vorhin mal flott übers Handy ins Hirn gepfiffen. »Immer flexibel bleiben, Dodo, immer flexibel bleiben!«

»Mit unseren spanischen Freunden sind wir ja wohl weltoffen genug!«, hat meine liebste Freundin zurückgetrötet. »Heute ist Sonntag. Da will ich mich ausruhen!«

»Mit neuen Eindrücken gibst du deiner Seele neue Lebenskraft!«, hab ich gnadenlos weiter gepunktet. (Diese Erkenntnis habe ich aus einem von Iris' Schmökern. Was für ein Glück, dass ich so belesen bin!)

Da hat Dodo dann endlich nachgegeben. Und immerhin eingewilligt, dass sie einen Bus später kommt. Die Nägel *muss* sie einfach noch polieren. Das kann ich natürlich verstehen. (Zu blöd nur, dass Dodo noch nicht gelernt hat, ihre Zeit richtig zu managen! Da werden wir dran arbeiten müssen, Frau Dunst!)

Also werde ich mich unter all diesen Sportjungs erst mal allein umsehen müssen. Am Freitag – in weniger als einer Woche – kommt ja schon Javi. Und ich fürchte, der wird meine angeborene Weltoffenheit mit dem ihm angeborenen spanischen Unverständnis für solche Dinge beschränken wollen. Also *wenn*, dann jetzt!

Tessa

Wie man das Wort Lady definiert? Ganz einfach. Eine Lady ist elegant, souverän, gefasst und liebenswürdig. Und lässt sich von absolut nichts und niemandem jemals aus der Ruhe bringen. Sie hat stets ein überlegenes Lächeln auf den Lippen (aber nie abwertend!) und ist immer und in jeder Situation Frau der Lage. Um es kurz zu sagen: Sie ist wie Dodo und ich.

Als ich ausgestiegen bin und der Bus wieder abgefahren ist, stehe ich vor einer ziemlich matschigen und vor allem ziemlich langen Auffahrt. *Das* soll also der städtische Sportpark sein? Die ersten Gebäude sind praktisch nur als kleine Punkte irgendwo weit, weit hinten zu erkennen.

Was soll das? Ist das ein mieser Trick, um die Zuschauer ebenfalls zu sportlichen Höchstleistungen zu zwingen? *No me gusta* – das gefällt mir nicht! Vorsichtig mache ich die ersten Trippelschritte durch den Matsch. (Oh, meine neuen Schuhe!)

Neben mir hüpfen ein paar Mädchen meines Alters in Gummistiefeln vorbei.

Gummistiefel! Zu – okay, recht niedlichen, aber trotzdem! – Miniröcken! *Madre mía!* Was für ein Stilbruch!

Obwohl … wenn ich mir die so angucke … hm … Diese

hellroten Gummistiefel mit weißen Punkten zu dem klitzekleinen Jeansröckchen und dem Erdbeertop... Das sieht ja richtig cool aus!

Nächste kleine Hirnnotiz: Im Internet nach originellen und entzückend schrillen Gummistiefeln stöbern! In einem regnerischen Sommer muss man eben auch mal neue Akzente setzen. Wie ich gerne sage: Immer flexibel bleiben!

Ich komme mir *fast* falsch angezogen vor. Natürlich nur fast. Und überhaupt, *sollte* eine Lady wirklich mal falsch angezogen sein, wird sie das selbstverständlich nicht zugeben und sich das noch weniger anmerken lassen. Und ich bin nun mal eine Lady von Kopf bis Fuß.

Hm. Ich gucke an mir runter. Von Kopf bis Matschfuß, wie es aussieht. Aber wie lautet eine andere von Dodos und meinen goldenen Regeln? *Nie die Haltung verlieren! Kopf hoch und den Rücken kerzengerade!*

Ohne mit einer meiner – heute Morgen ganz besonders sorgfältig geformten – Wimpern zu zucken, matsche ich Richtung Sportplätze voran. Ein Weichei wird man mich jedenfalls *niemals* nennen können!

Als ich mich endlich zum Fußballfeld vorgekämpft habe, lasse ich meine Augen suchend über die Menge schweifen. Ziemlich viele Leute hier. Scheint wohl wirklich ein wichtiges Spiel zu sein. Hmmmm, wo ist er nur?

Äußerst angenehm gebaute Jungs, so weit das weibliche Auge reicht. Aber von Henry keine Spur. Dabei hat er mir doch am Freitag in der Schule extra gesagt, er sei heute dabei. Doch Henrys Mannschaft scheint nicht die einzige zu sein, die heute spielt.

Henry ist ein echt netter Typ. Er geht in meine Stufe und ist... – tja, wie soll ich es ausdrücken? Also, Tatsache ist, er ist haltlos verknallt in mich. Was eigentlich lustig ist, denn sein Hund Hase ist noch haltloser verknallt in unser Huhn Aurora. Und das schon mindestens genauso lange.

Kann man beiden natürlich nicht übel nehmen. Doch im Gegensatz zum Dream-Team Hase und Aurora hatte Henry bei mir keinerlei Chancen in den letzten Monaten. Javi und ich sind einfach zu glücklich. Da kann Henry noch so charmant und witzig und nett sein. (Reichlich gut aussehen tut er übrigens auch!)

Komischerweise mag Javier Henry nicht ganz so gern wie ich. Was ich nicht wirklich verstehe. Aber Javi hat eben spanisches Blut in seinen Adern. Diese Latinos drehen schnell mal am Eifersuchtsrad. Da brauche ich Henry bloß ganz harmlos ein Stündchen anlächeln.

Ist natürlich *totalamente* albern von Javi. Wo ich ja nun wirklich geradezu demonstrativ Abstand zu Henry halte. Obwohl er in meine Stufe geht. Und, wie gesagt, total nett zu mir ist.

Allerdings wurde mir zum Glück irgendwann letzte Woche klar, wie unhöflich ich bin, wenn ich nicht auch ihm ab und zu mal einen weiteren Blick gönne. Weswegen ich genau das heute tun werde. Ein unhöflicher Mensch möchte ich nun wirklich nicht sein.

Ich gucke auf das Zeitdisplay meines Handys. Noch eine halbe Stunde bis zum Anpfiff. Wunderbar. Da kann ich noch schnell mein Make-up überprüfen und mir dann irgendwo einen Cappuccino holen. Wo ist denn hier eine Toilette?

Gibt es doch nicht! Ich renne nun schon zehn Minuten durch die Gegend, ohne irgendwo eine zu finden. Ja, denken diese Architekten von Sportanlagen vielleicht auch mal an die Besucher?

Huch? Ist das, was sich da so weich anfühlt, etwa Matsch

in meinem *Gesicht*? Also, ich brauche jetzt wirklich einen Spiegel! Und zwar BEVOR ich gleich Henry gegenüberstehe.

Das da vorne, das sieht doch schon gut aus. Was steht da? Umkleideräume? Bingo! Da wird's ja wohl auch Spiegel geben. Und dass da das Männersymbol klebt (Kreis mit schrägem Pfeil nach rechts oben – wer kennt das nicht?), ist jetzt ja nicht wichtig. Die Jungs sind ja alle draußen auf dem Feld und werden erst nach dem Spiel wieder hier reinströmen. Ich werde also völlig ungestört sein. Bestens!

Trotzdem bin ich natürlich vorsichtig. Langsam stecke ich erst meine Nase durch die Tür und trippele dann schnell rein. Alles leer, wie ich es mir dachte. Nur unendlich viele Klamotten liegen auf den Bänken rum. Und ein – ähm – würziger Duft hängt in der Luft… Aber das darf mich nicht stören. Ich habe Wichtigeres zu tun.

Wo sind denn die Waschräume? Ah, da hinten. Was, keine Türen zwischen Umkleide und Duschen mit Waschbecken? Na, macht nichts. Ist ja keiner da.

Schnell gucke ich in den Spiegel. Aaah, besser als ich dachte! Aber – nicht gut genug! Hastig krame ich einen Eyeliner und etwas Rouge aus meinem Schminktäschchen und fange gut gelaunt an zu reparieren. Ach, es ist schön, etwas zu tun, wovon man was versteht!

Puh, heiß hier drinnen! Kein Wunder, trotz des vielen Regens in den letzten Tagen sind die Temperaturen nicht runtergegangen.

Ich werfe einen kritischen Blick auf meine Stilettos. *Madre mía!* Von der goldigen Farbe ist nicht mehr viel zu sehen. Wo ist denn ein Taschentuch? Das haben wir gleich. Schnell raus aus den Schuhen, Wasserhahn aufdrehen, Taschentuch anfeuchten und dann kräftig wischen. Geht doch! Und wo ich schon dabei bin, kann ich ja auch meine Füße kurz erfrischen.

Ich ziehe meinen schicken Kroko-Rock ein Stückchen höher und schwinge den rechten Fuß ins Waschbecken. Kaltes Wasser – hach, ist das angenehm! Die Schuhe waren vielleicht doch etwas eng für die Hitze und die lange Latscherei.

Nanu, höre ich da Stimmen? Ach was, das muss draußen sein.

Ich drehe den Hahn noch doller auf, sodass das kalte Wasser wie ein harter Massagestrahl auf meinen Fuß donnert. Oh, ist das schööööön! Ich muss unbedingt auch den zweiten Fuß hier reinkriegen. Moment, das wird doch irgendwie gehen?

Ha, kajalstiftklar, Tessa-Tiara Martini ist ja keine alte Frau! Ich hangele mich einfach am Waschbecken hoch und setze mich frech auf die Ablage unterm Spiegel – hihi, sieht ja keiner! Bisschen schmal der Sitz und auch ein bisschen wackelig (das Ding müsste mal wieder festgeschraubt werden), aber geht. Ich bin ja leicht wie eine Feder. Und so kann ich wunderbar beide Füße ins Waschbecken baumeln lassen.

Ich drehe den Strahl bis zum Anschlag auf. Kööööstlich!

Zwei klitzekleine Minuten werde ich mir gönnen. Danach werde ich mich erfrischt wieder nach draußen in die Hitze aufmachen, mir meinen Cappuccino suchen und mit dem Becher in der Hand ganz cool und gaaaanz zufällig Henry über den Weg schlendern. Hihi, ich hab mal wieder alles voll im Griff! Ach, das Leben ist sooo einfach und einfach herrlich!

Während das Wasser rauscht, kann ich immer noch gedämpft von irgendwoher Stimmen hören. Ich gucke prüfend hoch zu dem kleinen schmalen Fenster oben unter der Decke des Waschraums, das auf Kipp steht. Wäre ja nicht schön, wenn mich jemand so sehen könnte. Aber selbst *wenn* draußen Leute stehen, sehen können die mich hier drin auf keinen Fall. Die Fensterschlitze sind viel zu hoch oben angebracht. Also kein Problem.

Ringelingelingdingdong!

Hups? Mein Handy? Doch nicht etwa Dodo, die nun doch nicht kommt? Also!

»Tessa-Tiara Martini?«, melde ich mich nicht ganz so freundlich wie sonst. Verständlich! Wie absolut unladylike von Dodo, mich einfach sitzen zu lassen. Bin gespannt, was sie für eine Ausrede hat.

»Tiarrra? *Carrriña* – Liebling? *Donde está* – wo bist du?«

Oh, ist gar nicht Dodo, sondern Javi!

Hui, da flutscht mir sofort ein kleiner Knoten in den Magen! Nicht nur vor Freude, sondern auch vor ... Hups? Habe ich ein schlechtes Gewissen?

Qué va – was für ein Blödsinn! Wieso sollte ich ein schlechtes Gewissen haben, wenn ich ganz harmlos im Jungsumkleideraum meine Füße kühle!

»*Holá*, Javier!«, flöte ich so ruhig, wie ich kann, ins Handy. (Blöder Knoten!)

»Tessa, *mi amorrr*?«

»*Si?*«

»Was ist das für ein Rrrauschen? Bist du unterrr derrr Dusche?«

»Hihihi, äh ... nein, *no, no*...« Puh, jetzt bricht mir doch der Schweiß aus. Trotz kalter Füße. »Ich ... ähm ... *estoy* – ich bin ...«

Was sag ich denn jetzt?

»ACH DU FETTER RATTENSCHWANZ! KOMMT MAL ALLE HER! HIER DUSCHT EIN NACKTES HÜHNCHEN!«

WAS IST?

»Waaaaaaaaiiiiiiiii – hiiiiiilfeeeeee!« Vor Schreck lasse ich mein Handy fallen, das mit einem PENG auf den Bodenfliesen landet. Was will der Typ da vor mir denn hier?

Dann setzt zum Glück mein Gehirn wieder ein. Rattenschwanz? *Hühnchen?* Und: NACKT? Ich bin doch nicht NACKT!

Aber – MADRE MIA! – dafür DIE, die jetzt plötzlich alle in meine Richtung strömen!!!

Zuerst war es nur einer, aber keine Sekunde später drängeln sich mindestens zwölf ABSOLUTAMENTE splitter-fasernackige Jungs in den Waschraum, wo ich immer noch mit den Füßen im Wasserstrahl hocke.

Mist! Die Stimmen kamen also doch nicht von draußen! Das müssen Jungs sein, die gerade mit irgendeinem Spiel fertig geworden sind.

»Tiarrra? TiAAAArrrra!« Javis Stimme klingt ungesund schrill, ein wenig hilflos und ziemlich weit weg. (Immerhin scheint mein Handy noch heil zu sein.) »Tessa-Tiarrraaaa, melde dich! *Qué pasa* – was ist los?«

Ich gucke vom Handy zu den Kerlen rüber. Und leider ist da »HIIIIIILFEEEEE!« alles, was mir automatisch aus der Kehle kommt. Natürlich zerre und rucke ich sofort geistesgegenwärtig an meinem, ähm, wie gesagt, etwas engen Rock. Auch wenn der bildhübsch ist, muss ja nicht jeder meinen Slip sehen!

»JUNGS! HIERHER!«, brüllt einer der Idioten vor mir jetzt noch lauter in die Umkleide hinein. »BEI UNS GIBT'S MÄDCHENFRISCHFLEISCH IM WASCHBECKEN!«

Mädchen*FRISCHFLEISCH*? Der Kerl ist wohl selbst nicht ganz frisch! Also, jetzt werde ich aber wütend!

Doch bevor ich angemessen loswüten kann, geht es plötzlich abwärts. »WuuuuuaaaaAAAAAAAA! HILFEEEEE!«

Mein Schrei geht in dem Scheppern unter, das meinem kurzen Absturz folgt. Wa-wa-was ist passiert?

Ich bin so geschockt, dass ich auch nach dem Aufprall noch ein paar Sekunden brauche, bis ich es begreife. Das haltlose Lachen der Jungen – okay, das haltlose BRÜLLEN und JOHLEN – wirkt allerdings ernüchternd wie eine kalte Dusche.

Unter der ich jetzt *tatsächlich* sitze. Mit dem ganzen Körper. Oder okay, zumindest mit der unteren Hälfte.

Weil nämlich diese dämlich wackelige Ablage unter dem Spiegel abgebrochen und ins Waschbecken da drunter gekracht ist. Mit mir drauf! Weswegen ich jetzt hilflos wie ein Äffchen in dem kleinen Becken eingezwängt hänge – und der harte Wasserstrahl nicht mehr nur meine Füße duscht!

Hilfe, könnte vielleicht mal jemand den Hahn abdrehen? Und mir hier raushelfen? Uiii, ist das rutschig!

»Tessaaa? TiAAAARAAAAA!«, plärrt Javis Stimme aus meinem Handy zu Füßen der Jungen. »Hat da werrrr von *una chica desnuda* – von einem nackigen Mädchen gerrredet?«

»WooohoHOHOho!« Einer der dämlichen Fußballkerle klopft sich vor Vergnügen glatt auf die – NACKTEN – Schenkel. »Dem armen Kerl da unten …« Er deutet auf mein Fon. »… sollte mal jemand erzählen, was seine Freundin hier treibt!«

»TESSAA?« Oh, nein, jetzt klingt auch noch Wut in Javis Stimme mit! (Wieso können diese Vollpfosten nicht leiser reden!) »TESSAAA? WO BIST DU? Werrrr ist die *chica desnuda*? Was MACHST duuuuu?«

Mit einem Mal merke ich, wie sich von hinten jemand grob einen Weg durch die Menge bahnt, sich schließlich nach vorne kämpft und dann vor mir (und meinem Waschbecken) stehen bleibt. Mit sperrangelweit offenem Mund.

»Tessa?«

»OH! Äh! HENRY!«

»Boh, du bist es wirklich! Der Schrei kam mir so bekannt vor.« Henry schluckt und holt dann tief Luft. »W-w-was machst du HIER...?« Er deutet auf meinen unbequemen Aufenthaltsort.

»Ach, äh, ja... du, ähm, das ist... ganz einfach zu erklären...«

Umso erbärmlicher und schwieriger ist es allerdings, sich aus einem rutschigen Waschbecken wieder rauszuruckeln!

»Ich... ähm...« Mein Kopf ist wie leer gefegt.

Alles an mir ist klitschnass. Bis auf meine bestens gestylten Haare. (Was für ein Glück!) Deswegen schüttele ich die mal kräftig. So was steigert das Selbstbewusstsein. Und Selbstbewusstsein steigert die Gehirnleistung. Dann versuche ich, mit der Hand hinter meinem Rücken den Wasserhahn zu erreichen, was leider fast unmöglich ist, so verknotet, wie ich hier hocke.

Glaubt man, einer von den Kerlen hilft mir vielleicht mal? Nix! Die glotzen nur, als liefe gerade das beste Fernsehprogramm der Welt. Frechheit! Aber Empörung stärkt ebenfalls das Selbstbewusstsein. Und endlich schaffe ich es, den Wasserhahn hinter mir zuzudrehen. Auch wenn ich mir dabei fast den Arm verrenke.

Die blöden Jungs kichern immer noch. Immerhin haben sich die meisten inzwischen ein Handtuch geschnappt und halten es angemessen vor die entsprechenden Körperteile. MEINE NERVEN! Der Anblick wird mich bis ins Greisenalter verfolgen!

Henry steht sprachlos da – fertig angezogen für sein Spiel. (In einem sehr schicken Trikot und kurzen, schwarz glänzenden Hosen.) Die Augen messerscharf auf mich gerichtet, als würde er tatsächlich eine vernünftige Erklärung erwarten.

»D-d-du hast mich doch selbst … ähm … gefragt, ob ich nicht Lust hätte, zum Spiel zu kommen?«, bringe ich schließlich heraus.

Henry sagt immer noch keinen Ton. Er starrt mich nur fassungslos an.

Dafür brüllt Javi von den Bodenfliesen umso lauter. »TESSAAA? Ist dieserrrr HENRRRY etwa AUCH bei dirrr?«

Livi

Ich glaube, viele Menschen wissen gar nicht, wie gut sie es haben, dass jeden Morgen ein sattes Frühstück auf sie wartet. Und das meine ich ganz ernst.

Tessa hat auch heute noch absolut kotzige Laune. Unglaublich! Erst lässt sie uns gestern den ganzen Tag allein. Dann taucht sie endlich abends auf, aber mit *so* einem Gesicht und dämlichen Antworten auf jede freundlich harmlose Frage, dass sich mir die Fußnägel aufgekrempelt hätten – wenn sie das nicht sowieso schon regelmäßig tun würden. Jedes Mal, wenn ich an … denke nämlich.

Wir sind zu fünft in der Küche – Tessa, Malea, Kenny, Cornelius und ich. Na gut, zu sechst. Klein-Hugo wutscht wie eine Rakete mit Fell-Propeller-Antrieb (sein Schwänzchen kreiselt mit Überschallgeschwindigkeit an seinem Heck) zwischen unseren Beinen rum, während wir uns irgendwas Frühstücksartiges suchen. Und wenn ich *suchen* sage, meine ich genau das. Leicht zu finden ist etwas zu essen bei uns nämlich nicht mehr.

Kenny hat es gut. Sie hat, weil sie so klein ist, in der alleruntersten Schublade unserer Anrichte rumgewühlt. Zwischen Kerzenresten (warum hebt Iris die alle auf? Sie hat hoffentlich nicht vor, die irgendwann mal ins Essen zu tun?), Taschentuchpackungen und einem enormen Gummibandvorrat. (Gummibänder werden wir in den nächsten zehn Jahren jedenfalls genug haben.) Und was hat die kleine Maus dort gefunden? Eine volle Packung Butterkekse!

Okay, das Verfallsdatum ist zwar schon seit einem halben Jahr abgelaufen, aber Cornelius meinte, dass man sich damit wohl kaum vergiften könne. (Außerdem sind die Martini-Mägen einiges gewohnt.)

»JAAAAA!«, schrie Kenny in höchstem Glück, riss die Beute in Siegerpose kurz hoch in die Luft, drückte die Kekse dann aber doch lieber schützend vor ihre Brust und raste damit aus dem Zimmer.

Tessa – mies gelaunt, wie sie ist – wollte sie aufhalten. »HEY! Hier wird geteilt! Wir haben ALLE Hunger!«

Doch da schritt Cornelius ein. »Kenny ist die Jüngste. Sie braucht etwas Nahrhaftes!«

Nahrhaft – haaa! So weit ist es schon gekommen, dass bei uns eine abgelaufene Packung Kekse als nahrhaftes Essen bezeichnet wird.

Ich ziehe – auch nicht gerade in bester Stimmung – die etwa siebzehnte Schublade auf, finde aber natürlich nichts anderes als Gläser mit sauren Gurken, Himbeer-Karotten-Marmelade (eine von Iris' Spezialitäten), ein paar Billigausgaben von Iris' Liebesromanen, Waschpulver und… etwa hundert weitere Gummibänder. (Vielleicht sollten wir Gummibandsuppe kochen?) Ganz ehrlich, allmählich würde ich sogar abgelaufene Haferflocken trocken essen! (Denn Milch haben wir natürlich auch keine mehr.)

Tessa will sich gerade eine Kruste Weißbrot in den Mund stecken, die sie irgendwo zwischen unseren Töpfen gefunden hat, doch schon wieder hält Cornelius sie zurück.

»HALT! Da ist Schimmel dran.« Er rupft ihr den Kanten aus der Hand. »Schimmel an Brot ist sehr gefährlich. So schlimm steht es noch nicht mit uns, dass wir giftige Sachen essen müssten.«

Tzzzz! Wenn ich nicht so hungrig und mies drauf wäre, würde ich mal laut und herzhaft lachen. Nee, so schlimm steht es nicht, es müsste nur mal jemand einkaufen gehen! Aber dieser Jemand scheint auf diesen naheliegenden Gedanken leider nicht zu kommen.

Na schön, gestern war Sonntag, da konnte keiner von uns gehen. Aber dass Frau Büntig mittags nicht Welpenfutter oder Katzenkekse vorgesetzt bekommen hat, verdankt sie nur der Tatsache, dass ich noch ein großes Glas edle Supermarkt-Tomatensauce gefunden habe, mit der die Spaghetti immerhin nicht nach fadem Ketchup schmeckten. Die süße Frau Büntig war begeistert und behauptete glatt, nie besser gespeist zu haben – aber nun ist auch der Saucenvorrat zu Ende.

Ich gucke auf die Uhr. Viertel vor acht. Wenn ich jetzt nicht losgehe, komme ich zu spät zur ersten Stunde.

Weil meine Laune wohl kaum noch schlechter werden kann, schnappe ich mir eine Handvoll harter Spaghetti (davon haben wir noch reichlich – Gummibänder mit Spaghetti wäre also auch eine Möglichkeit) und verlasse unser gemütliches Heim. Die Haustür kann man zwar nicht mehr auf direktem Weg ansteuern – die Wäschehaufen sind inzwischen zu hoch –, aber ich hab ja lange Beine.

Ich kann nicht glauben, dass ich zwei Tage hintereinander sabschige Gurken gefrühstückt habe und heute Morgen an krachharten Nudeln knabbere!

Dodo, die aus der gegenüberliegenden Straße kommt, um Tessa abzuholen, grinst. »Na, bist du auf Diät?«

Diät, tssss! Ich werfe ihr nur einen verächtlichen Blick zu und gehe einfach weiter.

Nicht, dass es wichtig wäre, ob ich zur Schule zu spät komme oder nicht. In den letzten Wochen vor den Ferien läuft sowieso praktisch nichts mehr. Heute gucken wir in Deutsch bloß einen Film über das Leben von Goethe. Umso besser. Da kann ich mich wenigstens im Dunkeln auf meinem Stuhl zusammenkringeln und brauche mit niemandem zu reden. Und Gregory nicht dauernd anzugucken.

Das ist der eigentliche Grund, warum ich so schnell loswollte. Zwei Minuten später und meine – sehr bald *ehemalige* – beste Freundin wäre aus dem Nachbarhaus gekommen und mit mir zusammen zur Schule gegangen. So, wie wir es jeden Tag gemacht haben, seit wir hier eingezogen sind.

Bald nicht mehr.

Bald wird Gregory gar nicht mehr bei uns zur Schule gehen und außerdem … Oh Gott, das fällt mir ja erst jetzt ein! Außerdem werden natürlich auch andere Leute in das Haus der Hahns einziehen. Großartig! Und ich dachte, meine Laune könnte schlechter nicht mehr werden!

Als ich an der Schule ankomme, tun mir die Zähne weh vom Zermalmen der harten Spaghetti, und das Loch in meinem Bauch hat sich eher noch vergrößert. (Oder kommt das gar nicht vom Hunger?) Nicht mal ein Pausenbrot habe ich mit.

Und gerade heute – wie sollte es bei meinem Glück auch anders sein – sehe ich, als ich mein Klassenzimmer betrete, unsere drei Sahnetorten Cäcilie, Kaya und Liane vor einem dicken Paket frischer Zimtschnecken, die sie fröhlich mampfend in sich reinstopfen.

»Hi!«, sage ich mal zu Cäcilie, die neben mir sitzt.

»Hi!«, grüsst die Schnepfe zurück. Und kommt selbstverständlich gar nicht auf die Idee, mir vielleicht auch was anzubieten.

»Puuuuh, ich bin so voll, ich schaff den Rest echt nicht mehr!«, klagt Liane mit Leidensmiene und schiebt die Hälfte ihres köstlich duftenden Gebäckes weit von sich.

So weit, dass Jana, die gerade hinter mir den Raum betritt, sich nicht mal besonders recken muss, um sich das Ding zu schnappen.

»Danke!«, grinst Jana frech und schon ist der Rest der Zimtschnecke in Janas Mund verschwunden.

Mir läuft vor Neid automatisch der Speichel zusammen. Tapfer schlucke ich ihn runter. (Warum hab *ich* das nicht gemacht?)

Doch während ich noch wütend darüber bin, dass bei uns im Haus nichts mehr funktioniert, seit Iris und Rema weg sind, muss ich plötzlich daran denken, dass es viele, viele Kinder gibt, die jeden Morgen so hungrig in die Schule kommen. JEDEN Morgen! Das muss man sich mal vorstellen. Und nicht deswegen, weil jemand *vergessen* hat einzukaufen, sondern weil einfach *kein Geld* da ist, um etwas einzukaufen. Diese Kinder haben jeden Morgen und jeden Mittag und garantiert auch jeden Abend Hunger. Man glaubt ja nicht, dass es solche Zustände in unserem Land gibt, aber die GIBT es!

Dieser Gedanke verdüstert mein Inneres noch mehr.

Ich wette, so was kommt Tessa nicht mal annähernd in den Sinn! Am wütendsten war sie tatsächlich darüber, dass ich ihre Gesichtsmasken aufgegessen habe. Diese dämlich matschigen Gurken! Die nächste Gurke, die im Kühlschrank liegt, esse ich garantiert nicht, sondern klatsche sie Tessa direkt auf die edle Haut ihres Näschens. Platsch! Ha!

Diese Vorstellung heitert mich ein klein wenig auf.

Überhaupt, was denkt Tessa eigentlich, wer sie ist? Wie gesagt, Frau Büntig war zum Essen eingeladen, aber Madame Klimperwimper musste sich erst mit Dodo beim Fußballgucken vergnügen (seit wann interessiert sich Tessa für Fußball?) und hatte dann noch einen wichtigen Abendtermin. Seit gestern singt Tessa nämlich bei *Straight out of the sky.*

Straight out of the sky, kurz *SOS*, ist die zurzeit angesagteste Schulband bei uns. Die vier Bandmitglieder, alles Jungs, gehen schon in die Oberstufe und hatten bisher überhaupt keine Sängerin. Bis sie Tessa auf dem Schulfest singen hörten. Und ihnen schlagartig klar wurde, dass sie es ohne Tessa nie bis zur Weltspitze schaffen würden. Deswegen lagen sie meiner großen Schwester seit drei Wochen in den Ohren, bitte, bitte wenigstens ein einziges Mal zu ihren sonntäglichen Bandproben zu kommen.

Das ist jedenfalls Tessas Version. Keine Ahnung, wie viel davon wahr ist. Ich kenne die Jungs von *Straight out of the sky* nur den Namen nach. Tatsache scheint aber zu sein, dass Tessa das Angebot gestern angenommen hat. Und – na schön – singen kann meine Schwester ja wirklich! Sogar *richtig* gut!

Ich frage mich nur, warum sie so saumäßig schlecht gelaunt ist? Ist die Probe etwa doch nicht so gut gelaufen, wie sie uns erzählt hat?

Cornelius findet die Idee, dass Tessa nun womöglich auch in einer Band ist, natürlich super.

»Fantastisch!«, hat er gestern Abend um neun gerufen, als Tessa endlich nach Hause kam. (Nachdem sie von den Jungs offenbar noch lecker zum Pizzaessen eingeladen worden war. Bei dem Gedanken daran grummelt und rumort mein leerer Magen noch mehr.) »Jetzt haben wir schon zwei Vollblutmusiker in der Familie!«

Wie zu erwarten, vergaß Cornelius in seiner Begeisterung natürlich großzügig, dass Tessa sich mal wieder erfolgreich vor sämtlicher Arbeit im Haus gedrückt hat. Darin ist sie sowieso große Klasse. Auch heute Morgen hat sie gleich einen wichtigen Termin vorgeschoben, warum sie nach der Schule unmöglich in den Supermarkt gehen kann, um die dringend benötigte Ladung Nahrungsmittel in unser Haus zu schaufeln. Montags habe sie ja immer Sport-AG, hat sie Cornelius in Erinnerung gerufen. Da könne sie unmöglich fehlen. Schließlich habe Goldi sie ja persönlich dazu verdonnert.

Das stimmt. Gerold Grünberg, unser Schuldirektor und Gregorys Vater, hat ihr das quasi als Strafarbeit aufgezwungen. Nur, dass Tessa ungeschlagene Meisterin im Ausredenerfinden ist. Und in all den Monaten schätzungsweise keine fünf Mal da war. (Vermutlich nicht mal vier Mal.)

Doch Cornelius hat nur genickt. »Okay, du fällst also aus.«

Dann hat er Malea angeguckt. Die geht aber offenbar die nächsten vier Wochen jeden Nachmittag mit Hugo zum Welpentraining ins Tierheim.

Und wieder hat Cornelius genickt. »Stimmt, hatte ich vergessen. Du fällst also auch aus.«

Woraufhin er anfing, laut zu überlegen. »Kenny fällt natürlich ebenfalls aus. Sie kann die Sachen ja auch gar nicht transportieren. Ich genauso ...«

»Wieso du?«, wagte ich dazwischenzufragen.

Was mir Cornelius anscheinend übel nahm. »Ich bitte dich, Olivia! Du willst ja wohl nicht wirklich erwarten, dass ich mit meiner Verletzung durch den Supermarkt humpele, mich bücke, aufrichte, wieder bücke ... Nein. Eine Verletzung darf man nicht auf die leichte Schulter nehmen! Außerdem ...« Er deutete wichtig zu unserem Familienplaner, der an der Küchenwand hängt. »... hat Kenny heute einen Impftermin bei der Kinderärztin. Siehst du? Und da ich anscheinend jetzt hier für alles zuständig bin ...«

Hüstel! *Er?* Für *alles?*

»... muss ich sie natürlich hinfahren. Es kann ja wohl nicht alles zusammenbrechen, bloß weil Iris und Rema mal ein paar Tage nicht zu Hause sind!«

Und dann ging er zum Frontalangriff über. »Aber was machst *du* denn heute nach der Schule?«

»Ich schreibe einen wichtigen Artikel für die Schülerzeitung über die Lebensbedingungen von Kälbern in der heutigen Milchwirtschaft«, gab ich wie aus der Pistole geschossen zurück. »Den wollte ich eigentlich schon Samstag schreiben, aber da war ja die Sache mit Mimi, und dann musstest du ins Krankenhaus, und dann mussten wir Hugo abholen. Und ...«

Cornelius nickte zustimmend. »Mhm, klar, sicher.«

»Dann wollte ich den Artikel gestern, am Sonntag, schreiben«, ratterte ich sofort weiter, allerdings mit noch mehr Nachdruck, damit Cornelius auch begriff, *wie* ungerecht das alles ist, »aber da musste ich ja für Frau Büntig und für alle anderen kochen, weil das niemand sonst machen wollte, und ...«

»Und heute?« Cornelius lächelte mich allen Ernstes freundlich an. (Merkt der noch was?)

Da war es aber bei mir mit der Freundlichkeit vorbei. »*Heute* SCHREIBE ich den Artikel!«

»Natürlich!«, stimmte mir Cornelius immer noch lächelnd zu. »Warum auch nicht? Aber vorher könntest du ja kurz zum Rödermarkt runterlaufen und ein paar Sachen für uns einkaufen. Du bist die Einzige, die Zeit hat.«

Zeit? Ich habe KEINE Zeit!

Ich war so wütend, dass ich nicht mal antworten konnte, sondern mich einfach umgedreht und mit der Frühstückssuche begonnen habe. Ich hoffe nur, dass Cornelius das nicht als Ja gewertet hat. Denn ich werde NICHT einkaufen gehen. Auf gar keinen Fall. Ich bin doch nicht blöd! Bin ich Aschenputtel oder was?

Oh, manchmal denke ich wirklich, ich bin im Krankenhaus vertauscht worden und gehöre eigentlich gar nicht in diese Familie. Nein, manchmal *hoffe* ich das sogar. Irgendeine Erklärung muss es doch geben. Seufz.

Ich meine, warum schlägt Cornelius nicht *Tessa* vor, dass sie doch mal eben husch-husch nach dem Sport beim Rödermarkt vorbeispringen soll, um schwuppdiwupp einen kleinen Wocheneinkauf für fünf Personen, eine Katze und einen Hund zu tätigen? (Eine Aktion, für die Iris übrigens einen halben Vormittag braucht.) Immerhin dauert Tessas lächerliche Sport-AG nur fünfundvierzig Minuten. An meinem Artikel sitze ich aber garantiert drei Stunden.

Ich weiß warum. Weil Tessa ihm Kontra gegeben hätte. Natürlich auf ihre eigene unwiderstehliche Art. Mit zuckersüßem Lächeln und wimperklimpernden Klimperwimpern. Und den besten Ausreden der Welt.

Aber mit mir nicht mehr! Ich hab die Nase voll!

Übrigens von allem!

Und wenn Gregory sowieso weg ist, dann … ja, dann gehe ich vielleicht auch von der Schule ab. Und mache was ganz anderes. Keine Ahnung was. Vielleicht gehe ich als Entwicklungshelferin nach Asien. Oder nach Afrika. Oder in den Amazonasdschungel …

Mist. Für all so was brauche ich natürlich eine Einwilligungserklärung von Iris und Cornelius. Ich bin ja erst dreizehn. Na ja, bald vierzehn. In anderen Ländern arbeiten viele Jugendliche schon mit vierzehn. Aber wie ich meine Eltern kenne, werden die mich auf der Schule schmoren lassen bis zum endlosen Ende.

Na gut, dann eben noch keine Entwicklungshilfe. Aber einkaufen gehe *ich* NICHT!

Oder allerhöchstens heimlich. Ich habe solchen Hunger, dass es allmählich wirklich nicht mehr lustig ist! Das tut richtig weh im Magen!

In diesem Moment kommt unsere Deutschlehrerin Frau Tönning zur Tür rein. »Guten Morgen allerseits!«

Sie strahlt, als wäre es der sonnigste aller Tage. Dabei fängt es draußen schon wieder an, volle Gießkanne aus den Wolken zu schütten. Was Frau Tönning nicht zu stören scheint. Mit fröhlich festen Rucken zieht sie als Erstes die dichten Vorhänge zu und knipst das Deckenlicht an. Tsss, die heitere Stimmung unserer Lehrerin ist beneidenswert. (Ich vermute, sie hatte ein reichhaltiges Frühstück.)

Gerade als sie die Tür schließen will, huscht Gregory noch schnell ins Klassenzimmer.

Auf dem Weg zu seinem Tisch bleibt er neben mir stehen und beugt sich zu mir runter. »Warum hast du nicht auf mich gewartet?«

»Ich dachte, du wärst schon losgegangen«, lüge ich.

Gregory würde nicht verstehen, dass es mir von jetzt an nur noch wehtun kann, ihn zu sehen. Jetzt, wo ich weiß, dass ich ihn bald *gar nicht* mehr sehen werde. Besser, ich werde nicht ständig daran erinnert. Ihn schon jetzt nicht mehr zu sehen, ist irgendwie leichter.

»Ah«, macht Gregory und tut so, als nähme er mir das ab.

Ich gucke sicherheitshalber zu Boden und nicht in seine Augen. Gregory kann mein Gesicht lesen wie ein Buch mit Großbuchstaben. (Genauso wie ich seins.)

»Gregory?« Frau Tönning hat die Goethe-DVD anscheinend schon ins Laufwerk geschoben und steht nun etwas ungeduldig neben dem Lichtschalter, um das Licht wieder auszuknipsen. »Begibst du dich dann auch mal an deinen Platz?«

»Klar!« Gregory nickt Frau Tönning zu, doch er zögert noch eine Sekunde.

Dann greift er schnell in seine Tasche, holt eine Brottüte raus und schiebt sie in meine Hand. »Hier! Ich bin eben noch schnell zum Bäcker gelaufen und hab dir zwei Mandelcroissants gekauft. Die magst du doch so gern. Ich schätze…« Ein zaghaftes Grinsen erscheint auf seinem Gesicht. »… bei euch ist immer noch Land unter, was?«

Ich nicke düster.

Und starre komplett überrascht auf die Tüte in meiner Hand.

»GREGORY!« Frau Tönnings Hand klebt wartend am Lichtschalter.

»Ich sitze schon!«, ruft Gregory, macht drei eilige Schritte zu seinem Platz und lässt sich auf den Stuhl fallen.

Und schon wird es dunkel im Raum.

Keine Sekunde zu früh. Denn ich bin gerade heftig mit Schlucken beschäftigt. Dabei habe ich die Tüte noch nicht mal geöffnet. Aber irgendwie wird mein Hals gerade ganz eng. Und mein Bauch ganz warm. Wie lieb ist das denn von Gregory?

Ach, mein Gregory! Ich bin so überwältigt… trotz seiner eigenen Sorgen hat er an mich gedacht… dass ich direkt heulen könnte! (Die letzten zwei Tage waren ganz schön hart.)

Ich schlucke noch mal tapfer, doch dann lasse ich einfach ein paar Tränchen laufen und beiße gleichzeitig herzhaft in das frische Hörnchen. Sieht ja keiner. Wie praktisch, dass das Licht aus ist.

Oh, Mann, das ist das leckerste Croissant, das ich in meinem ganzen Leben gegessen habe!

Malea

Für alle Leute, die keine Ahnung haben, kann ich das mal erklären: Geheimagentenarbeit ist wie das Zusammenbauen eines Puzzles. Nur dass man die einzelnen Teile nicht bequem vor der Nase liegen hat, sondern dass man die erst suchen muss. Die können bei einem richtig harten Geheimfall praktisch überall sein. In Rom oder Paris oder auf Hawaii. Als Geheimagent kommt man ganz schön rum auf der Welt. Die Puzzlesteine können aber auch bei einem zu Hause im Vorgarten liegen oder im Wohnzimmer oder unterm Bett. Und wenn man sie gefunden hat, muss man sie geduldig Stückchen für Stückchen einsammeln und zusammensetzen, bis man endlich das ganze Bild vor sich hat. So läuft das. Total spannend. Ich hab allerdings das dumme Gefühl, dass Hunde nicht die allerbesten Puzzler sind.

Es ist nicht ganz einfach, Hundebesitzerin und Geheimagentin gleichzeitig zu sein! Hugo hat noch nicht ein einziges Mal still gesessen, seit wir ihn haben. Oder vielleicht hat er still gesessen, als ich heute in der Schule war. Aber Cornelius behauptet, das habe er nicht. Und dass er fix und fertig sei, hat er auch gesagt. (Cornelius, nicht Hugo. Hugo ist fit wie ein Meerfloh.)

Jetzt ist Cornelius mit Kenny zur Kinderärztin gefahren

und ich bin mit Hugo allein im Haus. Tessa hat ja ihre Sport-AG und wollte danach zum Essen zu Dodo, und Livi hat behauptet, Gregory wolle für sie kochen.

Kenny, Cornelius und ich haben mittags drei Packungen Fischstäbchen in der Tiefkühle gefunden, und Ketchup hatten wir ja zum Glück noch. (Lecker! Essen machen ist echt nicht viel Arbeit, finde ich. Ich weiß nicht, worüber sich meine großen Schwestern ständig beschweren.)

In unserem riesigen Haus allein zu sein, ist ein komisches Gefühl. Ich glaube, ich war in dem ganzen Jahr, das wir jetzt schon fast hier wohnen, noch NIE völlig allein hier. Wenn Hugo nicht so wild und lustig durch die Gegend (Treppe rauf, Treppe runter) schießen würde, würde ich mich vielleicht sogar ein bisschen verloren fühlen. Aber mit einem Hund *kann* man sich gar nicht verloren fühlen.

Hugo ist der tollste Hund der Welt. Das kann ich nach zwei Tagen schon seebärensicher sagen. Ich kriege allerdings ein klitzekleines bisschen Angst, dass er vielleicht nicht unbedingt zum Agentenhund geboren ist.

Ich meine, bei der ganzen Geheimagentensache ist ja das Allerwichtigste, gut schleichen zu können. Na ja, genauso wichtig ist auch meerwasserklares Kombinieren. Und vielleicht kann Hugo sogar ganz prima kombinieren, ich meine, wenn er mal älter ist – er ist ja noch klein –, aber ich kann mir leider nicht vorstellen, dass er jemals schleichen wird. Hugo hopst und platscht durch die Gegend so laut und so lustig wie ein Seehund auf Sprungfedern, hihi! Und das ist nun mal nicht sehr leise oder geheim. (Ich vermute wellenbrecherstark, das ist genau der Grund, warum James Bond keinen Hund an seiner Seite hat.)

Dabei hab ich heute so viel vor. Erst mal will ich Hugo natürlich trotzdem zu meinem täglichen Geheimagenten-Training mitnehmen. (Auch wenn er vielleicht beim Beschatten in den Büschen die ganze Zeit nur hopst und tausend laut piepsende Vögel aufscheucht.) Das Training werde ich heute auf dem Weg zum Tierheim einschieben, wo Hugo und ich ja um vier Uhr in die Welpenschule gehen.

Außerdem hab ich noch Hausaufgaben auf. Hm, vielleicht mache ich die jetzt schnell? Dauert bestimmt nicht lange. Dann hab ich den Rest des Tages frei. Hugo kann ja inzwischen im Garten ein bisschen mit Aurora rumhopsen. Die kann auch ganz prima wild sein. Ich bring ihn mal gleich runter. Wird sowieso Zeit, dass die beiden sich anfreunden.

Bis jetzt ist Aurora unserem Hugo nämlich eher aus dem Weg gegangen. Dabei hat sie sich mit Mimi total schnell angefreundet. Ach, ich wünschte, Iris und Rema wären hier und könnten mir ein paar Tipps mit Hugo geben!

Ob Iris wirklich nur weggefahren ist, um ihr Buch zu Ende zu schreiben? Iris und Cornelius werden doch keine Liebeskrise haben? So was gibt's nämlich. Wie lange schreibt man eigentlich an einem Buch?

Und wieso meldet sie sich überhaupt nicht? Nicht mal angerufen hat sie. Dabei ist sie schon ZWEI TAGE lang weg! Sollten Mütter nicht ab und zu mal anrufen? Sie könnte uns ja wenigstens Bescheid sagen, wann sie zurückkommt. Äh, *falls* sie zurückkommt.

Ich hab schon ein paar Mal Iris' Handynummer gewählt, aber sie nimmt nie ab. Wieso nimmt sie nicht ab, wenn ihre eigene Tochter anruft? Ist das nett? (Remi kann ich nicht anrufen. Die hat kein Handy. Rema findet, dass sie so ein kleines *»Nervgerät«* in ihrer Handtasche nicht braucht.)

Und hat Iris etwa Mattes und Katrin Dornkaters Hochzeit am Wochenende vergessen? Iris redet doch schon seit

Wochen davon, dass sie dann endlich mal wieder tanzen kann. Und jetzt? *Will* sie nicht mehr tanzen?

Toll, nun knabbere ich schon zehn Minuten auf meinem Kuli rum und denke nur immer mehr und mehr Zeugs, was gar nichts mit meinen Hausaufgaben zu tun hat… Ich muss einfach rausfinden, ob Iris wirklich nur für ein paar Tage im Schreib-Urlaub ist und wo die beiden sind! Nur, *wie* finde ich das raus?

Walter Walbohm hat beim Leben von Aurora geschworen, dass er *wirklich* nicht weiß, wo Iris und Rema sind. Obwohl er *»so eine Vermutung«* hat. Aber die will er uns blöderweise nicht verraten.

Leider habe *ich* keine Vermutung.

Was macht James Bond, wenn er eine verschwundene Person finden muss? Meerwasserklar, er befragt als Erstes alle Leute, die die Person kennen. Wann und wo sie zuletzt gesehen wurde und so 'n Kram ist immer wichtig! Allerdings weiß ich das in diesem Fall ja schon. Dann durchsucht er die Wohnung der Person, um Anhaltspunkte zu finden. Anhaltspunkte sind noch wichtiger.

Leicht zu finden sind die allerdings nicht. Was ein bisschen daran liegt, dass man schwer erklären kann, was ein Anhaltspunkt überhaupt ist. Das kann nämlich ALLES sein!

Ja, echt! Das kann ein Fußabdruck auf dem Teppich sein oder ein geschmiertes Brötchen auf dem Tisch oder eine volle Vase ohne Blumen (oder *mit* Blumen) oder ein Ring, ein Bild an der Wand, Briefe, fehlende Klamotten, ein umgeschmissener Stuhl, Handschuhe, angebissene Schokolade, aufgeschlagene Bücher… einfach ALLES. (Daran kann man mal sehen, wie kompliziert die Arbeit von Geheimagenten ist!)

Außerdem muss man beim Durchsuchen von Wohnungen feuerquallenvorsichtig sein. So was ist ja eigentlich nicht erlaubt. Man darf nicht einfach fremde Wohnungen oder fremde Zimmer betreten und dort rumschnüffeln. Das behaupten jedenfalls Iris, Cornelius und Remi. Darum sollte man sich dabei nicht erwischen lassen. Denn dann könnte es hammerhaiharten Ärger geben! Deswegen ist es bei uns leider fast unmöglich, in den Zimmern rumzuschnüffeln. Bei uns läuft immer jemand durch die Gegend, der einen dann garantiert ertappt. Ein echt meermistiger Nachteil in einer großen Familie.

STOOOP!

Läuft gerade irgendwer bei uns durch die Gegend? Nee! Die sind ja alle ausgeflogen. So eine Gelegenheit kommt nie wieder.

Jaaaa! Und schon ist Malea Bond im Einsatz!

Ich lasse den Stift fallen und rase eine Etage höher zu Iris' und Cornelius' Schlafzimmer. Ich brauche ja nicht mal zu schleichen! Ich kann poltern und trampeln, so viel ich will. Hihi, ist mal eine ganz neue Art, geheim zu sein!

Hui! Cornelius ist auch nicht gerade der Ordentlichste! Aber *uns* anmeckern, wenn wir bloß mal ein paar Dutzend leere Joghurtbecher und Chipstüten gleichmäßig um den Fernseher herum verteilen! Als ich ins Zimmer komme, fallen mir als Erstes mehrere Stapel Musikzeitschriften auf dem Boden auf. Und neben dem CD-Player liegen leere CD-Hüllen. (Na-na-na, Cornelius! Sollten CDs nicht »immer *sofort* wieder ordentlich eingeordnet werden«?) Das Bett ist zwar gemacht, aber auf Iris' Seite liegen drei T-Shirts einfach so hingeknüllt. Dabei flippt Cornelius normalerweise schon aus, wenn wir unsere Jacken nur mal für dreißig Sekunden über einen Küchenstuhl hängen.

Ich lasse meinen röntgenstarken Geheimagentenblick

durch den ganzen Raum schweifen. Jedes kleine Detail könnte ein Hinweis darauf sein, wohin Iris und Rema gefahren sind. Liegen hier irgendwo Reiseprospekte rum? Nö.

Hihi, irgendwie ist es lustig und merkwürdig zugleich, im Zimmer der Eltern rumzuspionieren! Ein winzig bisschen schlechtes Gewissen habe ich zwar, aber ich tue das natürlich für einen guten Zweck. Cornelius ist bestimmt auch froh, wenn wir endlich wissen, wo Iris und Rema sind. Insofern hat er verdammtes Glück, dass er eine Agentin im Haus hat!

Wie man das so macht, öffne ich Iris' großen Kleiderschrank, um zu überprüfen, was für Klamotten sie mitgenommen hat. Vielleicht fällt mir ja auf, dass irgendwas Bestimmtes fehlt. Sind ihre Badeanzüge da? NEIN! Ha, das ist ein Anhaltspunkt! Sie ist also irgendwo hingefahren, wo man baden kann.

Na schön, das schränkt die möglichen Orte natürlich noch nicht wirklich ein. Es ist Sommer, es ist heiß. Und abgesehen vom Nordpol oder Südpol kann Iris mit ihrem Badezeug überall da hingefahren sein, wo es zumindest einen Fluss, ein Meer, einen See oder ein Freibad gibt. Also praktisch überall auf der Welt. (Okay, die großen Wüsten wie die Sahara kann ich vermutlich genauso wie das ewige Eis ausschließen.)

Ich seufze. Hier komme ich nicht weiter. Ich schließe den Schrank wieder und nehme dafür das restliche Zimmer unter die Lupe

Auf dem Bücherregal bemerke ich ein paar Zettel, die zwischen den Büchern stecken. Achtung! Das könnte interessant sein! Zettel und Papiere sind immer interessant! Mit höchster Aufmerksamkeit ziehe ich sie raus und blättere sie durch.

»Abrechnung für *Meeresrauschen auf Capri*«, steht als Überschrift auf dem ersten Blatt.

Capri? Ist das nicht ne Insel irgendwo in Italien? Hat Iris auf Capri ein Hotel gebucht, das *Meeresrauschen* heißt? Ich gucke auf die Zahlen da drunter. *Vom 1. Juli bis 31. Dezember, 6228 Euro.*

Puh, das ist aber teuer! Obwohl... das sind ja auch sechs Monate, vielleicht doch nicht so teuer. WAAAS? Haben Iris und Rema vor, SECHS lange Monate lang wegzubleiben?

Mir wird ganz flau im Magen. Ich muss mich direkt auf den Teppich setzen. Erst dann lese ich langsam weiter: *Griechische Lizenz: 320 Euro. Schwedische Lizenz: 589 Euro. Polnische Lizenz...*

Das kann doch nicht wahr sein! Die können doch nicht auch noch in Griechenland, Schweden UND Polen Hotelzimmer gebucht haben? Und was ist überhaupt eine Lizenz?

Ich kenne natürlich jeden James-Bond-Film. Einer davon heißt zum Beispiel *Lizenz zum Töten.* (Die haben immer so hammerhaiharte Namen!) Und das bedeutet, dass Bond in diesem Film eine *Erlaubnis* zum Töten hat. (Was es natürlich in Wirklichkeit gar nicht gibt. Aber im Film schon!)

Bedeutet das hier, dass Rema und Iris die Erlaubnis haben, in Griechenland, Schweden und Polen zu sein, wenn sie möchten? Und mussten sie dafür dieses Geld bezahlen? Äh, ich bin etwas verwirrt.

Ach, Quatsch mit Meermatsch und Quallengrütze mit Algenmütze! Das ist doch totaler Blödsinn! In andere Länder darf doch sowieso jeder. Wieso sollte man dafür was bezahlen?

Ich gucke mir den Zettel noch mal genau an. Und plötzlich bemerke ich eine Adresse, und zwar von dem, der diese Abrechnung offensichtlich geschrieben hat. *Fliederbusch-Ver-*

lag, Offenhausen. Das ist ja der Verlag, für den Iris ihre Kitschromane schreibt!

Maaaaaann! Da knallt es mir ins Hirn wie Sturmwellen gegen das Surfbrett: *Meeresrauschen auf Capri!* Das ist natürlich der Titel von Iris' erster erfolgreicher Liebesschnulze! Und die *Lizenzen* sind die Bücher, die ihr Verlag davon ins Ausland verkauft hat.

Blöd! Das war also voll die falsche Fährte. Aber so ist das im Agentenleben. Ein bisschen wie Lotto spielen. Man verliert fünfzig Mal, doch ein Mal gewinnt man auch. Vielleicht jedenfalls. Als Geheimagent muss man geduldig sein.

Trotzdem feuere ich das Blatt enttäuscht auf den Boden und studiere stattdessen die nächsten Zettel. Keine Abrechnungen, sondern Rechnungen für Strom, Gas, einen neuen Automotor und noch anderes Zeugs, das ich nicht verstehe. Pah! Völlig vergeudete Zeit!

Ich knie mich hin, um den *Meeresrauschen*-Wisch wieder aufzuheben, der halb unters Bett gesegelt ist, und – nanu? – bemerke, dass da was liegt. Was Schwarzes. Ich angele es schnell hervor und … halte ein Handy in der Hand.

Das ist ja Iris' Handy! Das sehe ich an dem Bild, das aufploppt, sobald ich das Display berühre und das Licht angeht. Iris hat ihr Lieblingsbild da drauf. Kenny, Livi, Tessa, Cornelius, Remi und ich. Im Garten beim Stachelbeertörtchenfuttern. Iris hat das Bild selbst geknipst. Was macht ihr Telefon denn unter dem Bett?

Oh, nun muss Malea Bond aber flott kombinieren! Und nachdenken.

Hat Iris das Handy absichtlich hiergelassen? Hat sie es sogar selbst unter dem Bett versteckt? Hatte sie vor, die Nummer irgendwann anzurufen und Cornelius damit aus dem Schlaf zu klingeln? Hihihi, das wär eine echt lustige Idee!

Als Geheimagent darf man aber nicht nur kichern, sondern muss auch oft *psy-cho-lo-gisch* denken. (Cooles Wort: »logisch« plus »psycho«. Ist ein bisschen schwer auszusprechen. Klingt aber echt beeindruckend, wenn man es draufhat!) Psychologisch heißt, man muss *logisch* denken, aber sich dabei auch noch in andere Menschen hineinversetzen können. Also nicht überlegen, was *man selbst* in bestimmten Situationen tun würde, sondern sich vorstellen, wie *die anderen* wohl denken und handeln würden.

Also, was hat Iris wohl getan, bevor sie ihren Koffer gepackt hat und am Samstag weggefahren ist? Und warum liegt ihr Handy unter dem Bett? Und wie ist Iris eigentlich so drauf?

Iris ist lustig und lieb, mag es, verrückte Gerichte zu kochen, und lädt gern Leute ein … Aber in letzter Zeit war sie nur noch hektisch drauf. Und wollte am liebsten allein sein. Weil sie ja so viel schreiben musste. Wenn sie was gekocht hat, ist ihr dauernd was angebrannt (noch mehr als sonst), und seit Freitag hat sie sich ja in der Küche überhaupt nicht mehr blicken lassen. Wenn man so hektisch ist, dann kann man bestimmt leicht was vergessen. Oder verlieren.

Ja, so kann es gewesen sein! Iris hat ihr Handy erst im Schlafzimmer verloren und dann am Samstagmorgen nicht mehr gefunden. Deswegen liegt es noch hier.

Ich gucke noch mal aufs Display. *Einhundertzweiundneunzig verpasste Anrufe*, steht da. WAS? (*Ich* hab's doch nur vier oder fünf Mal probiert.)

Ich schaue schnell hinter mich, vor mich, zur Seite und vorsichtshalber auch nach oben. Jetzt krieg ich nämlich doch ein ganz schön schlechtes Gewissen. Weil ich nämlich so neugierig bin, dass ich jetzt Iris' Handy aufklicke und nachgucke, WER sie da so oft versucht hat anzurufen. Als Geheimagent muss man leider oft Dinge tun, die man eigentlich selbst *nicht ganz* in Ordnung findet. Ja, ja, das Agentenleben ist hart. (Aber ganz ehrlich: *einhundertzweiundneunzig* Anrufe! Wer würde wohl nicht wissen wollen, wer das war?)

Coco? Okay, jemand namens Coco hat einhunderteinundsechzig Mal angerufen. Die restlichen Anrufe kamen von Livi, Kenny und mir. (Keiner von Tessa. Ich glaub, die ist zu beschäftigt. Hat sie überhaupt schon bemerkt, dass Iris nicht da ist?)

Aber WER ist Coco?

Hach, jetzt weiß ich es! Oooooooh! Ich muss ganz doll lächeln. Wie süß ist das denn?

Iris hat uns oft erzählt, dass sie früher, als sie mit Cornelius viele Jahre durch die ganze weite Welt gereist ist (oh ja, das haben unsere Eltern gemacht! Deswegen bin ich ja auch auf Hawaii geboren!), also dass Iris ihn früher immer Coco genannt hat. Und wenn sie mit ihm rumgealbert hat, hat sie ihn *Coconut* genannt. Kokosnuss, hihi!

Heute will Cornelius leider nicht mehr so genannt werden. Er findet, dass er heute erwachsen ist und am besten Cornelius heißt.

Gerade als ich noch so richtig schön breit grinse, weil ich mich freue, dass Cornelius so oft versucht hat, Iris anzurufen, und dass Iris für Cornelius immer noch diesen Kosenamen hat (Das ist doch ein gutes Zeichen! Die haben bestimmt keine Liebeskrise!), genau da … höre ich plötzlich ganz, ganz unschöne Geräusche aus dem Garten.

Etwas beunruhigt schiebe ich den Vorhang zur Seite, um mal nachzugucken, was dort unten …

Hups? Hier liegt ja *noch* ein Zettel hinter dem dicken Vorhang versteckt. Was steht da? Von einer Fluggesellschaft? Rechnung für einen Flug nach …

»TOOOOOOIIIIIIIICK!«

»WRRRRRUUUUUUFFF!«

Oh nein, das kling ja gruselig! Voller Angst hänge ich meinen Kopf zum Fenster raus. Die Rechnung stopfe ich schnell in meine Hosentasche. Die kann ich ja gleich noch angucken. Was ist da unten bloß los?

Ach du lieber Meergott! Da fliegt ja was Weißes durch die Gegend! Sind das etwa Federn?

»NEIN!«, brülle ich verzweifelt runter in den Garten. »NEIN, Hugo, NEEIIIN! AUS! Aus, aus, aus, du dummer Hund! Aurora ist KEIN Spielzeug!«

Achtlos schmeiße ich das Handy zu Cornelius' T-Shirts aufs Bett und renne panisch runter. Aurora! AURORALEIN, halte durch! Ich KOOOMME!

Kenny

Eigentlich finde ich es ein bisschen schade, dass Hugo Hugo heißt. Ich hätte es viel besser gefunden, wenn wir ihn Schack genannt hätten. Das habe ich auch vorgeschlagen. Aber ich bin überstimmt worden, denn bei uns in der Familie läuft alles demo-krakisch ab, sagt Papa. (Was bedeutet, dass jeder von uns sich einen Namen für unseren Hund ausdenken durfte, aber dass Papas Vorschlag gewonnen hat.) Schack ist nämlich ein Jungsname. Den hab ich aus dem Fernsehen, da hieß auch mal einer Schack. Wenn Hugo Schack heißen würde, hätten Bentje und ich spielen können, dass wir zwei Kinder haben: Schack und Schacklien. Bentje gibt nämlich immer voll doll an mit ihrer Schacklien. Besonders, wenn Bentje nicht spielen will, was ich spielen will, sondern nur spielen will, was sie selbst spielen will. Seit Neuestem behauptet Bentje sogar, Schacklien sei gar keine Puppe, sondern ganz im Geheimen eigentlich eine verzauberte Prinzessin, auf die sie – Bentje – nur aufpasst. Das merke man ja schon daran, dass Schacklien so einen glitzernden Prinzessinnennamen hat. Und deswegen müssten wir sie natürlich auch ganz besonders prinzessinnenmäßig behandeln. Und deswegen müssten wir auch alle von Schackliens Prinzessinnenwünschen erfüllen. Das Doofe ist nur, dass Schacklien sich zufällig immer genau das wünscht, was Bentje sich auch wünscht. Ich hab sie natürlich sofort gefragt, woher sie das denn weiß, dass Schacklien eine verzauberte Prinzessin ist. »Das hat sie mir gesagt«, hat Bentje behauptet. »Ha-ha«, hab ich nur gesagt, »wer's glaubt, muss pupsen!« Trotzdem gibt Bentje fast nie nach. Aber – HA! – wenn Hugo Schack heißen würde – was ja ein genauso glitzeriger und voll hübscher Name

wie Schacklien ist –, dann könnte ich behaupten, dass Schack ganz im Geheimen ein verzauberter Bär ist, der Bentjes Prinzessinnen-Schacklien gleich mal fressen wird, wenn er nicht das bekommt, was er will. Und ich bin mir voll sicher, dass mein Schack immer genau das wollen würde, was ICH will, hihihi!

Das Impfen war babyeierleicht. Hat gar nicht wehgetan. »Krieg ich eine Kugel Eis?«, hab ich trotzdem auf dem Nachhauseweg im Auto gefragt.

Papa hat gegrinst und genickt und gemeint, wenn man so tapfer ist, kann man auch drei Kugeln haben. Und da ich fand, dass Papa da recht hat, haben wir uns die im Bella Roma gegönnt. (Ich hatte dreimal Gummibärcheneis, und Papa hatte Schokolade, Zitrone und Rumrosinen.)

Als wir vor dem Café saßen und so 'n bisschen Leute guckten, fragte Papa: »Sag mal, Kendra, findest du es eigentlich blöd, dass Iris einfach weggefahren ist?«

»Nö«, hab ich gesagt, »nö, sie muss ja ihren Roman zu Ende schreiben.«

»Hm«, hat Papa gemacht und ein bisschen weiter Leute angeguckt.

»Findest *du* es denn blöd?«, hab ich da gefragt und versucht, die Gummibärchen aus dem Gummibärcheneis nicht runterzuschlucken, denn die hebe ich mir immer bis zum Schluss auf.

»Hm«, hat Papa gegrunzt. »Sie hätte uns ja wenigstens sagen können, wo sie hingefahren ist.«

Da machte ich auch mal »Hm«, denn da ist was dran. Und

danach hab ich noch ganz schnell »Mama kommt ja bald wieder« gesagt, denn Papa hat nach dem Grunzen richtig traurig ausgesehen.

»Ja«, hat Papa geantwortet und noch trauriger ausgesehen.

Um ihn aufzuheitern, hab ich vorgeschlagen, heute Abend was ganz Tolles zu kochen. So was heitert die Großen immer auf.

Statt aufgeheitert auszusehen, hat Papa aber richtig geseufzt und gesagt: »Der Kühlschrank ist mauseleer.«

»Dann kaufen wir eben was ein«, hab ich gesagt und Papa aus dem Bella-Roma-Sessel hochgezogen. »Du musst dich auch nicht bücken im Supermarkt. ICH suche ganz tolle Sachen aus.«

Da hat Papa endlich »Okay« gesagt und wieder ein bisschen fröhlicher geguckt.

Und jetzt sind wir wieder zu Hause – mit fünf dicken Einkaufstüten – und ich renne ins Haus und rufe: »Hugo! HUUUGOOO! Wir sind wieder daa-a!« Aber Hugo ist nicht da.

»Er ist doch mit Malea in der Welpenschule«, erinnert mich Papa.

Das finde ich aber ganz doof.

»Ich wollte AUCH in die Welpenschule!«, erinnere ich ihn.

»Dafür bist du noch zu klein«, findet Papa.

»Malea ist auch noch nicht groß!«, sage ich und stampfe mit meinem Fuß auf.

»Aber größer als du!«, gibt Papa zu bedenken.

»Pah!«, mache ich.

Weil, das ist doch alles voll ungerecht. Und vielleicht finde ich es gerade jetzt doch ein bisschen blöd, dass Mama nicht da ist. Denn Mama hat mir voll doll versprochen, dass ich auch ganz viel mit Hugo machen darf.

»Geh doch noch ein bisschen raus und spiel mit Aurora und Mimi«, schlägt Papa vor. »Wir haben ja noch Zeit, bis wir mit dem Kochen anfangen müssen.« Dann guckt er sich um. »Wo sind eigentlich Tessa und Olivia?«

Ich zucke mit den Schultern. »Livi ist bestimmt noch bei Gregory, und Tessa hat doch heute Sport.«

»Na schön«, nickt Papa und schiebt mit seinem heilen Bein ein paar Wäscheberge weg, »dann werde ich mich jetzt auch noch etwas ausruhen.«

Ich öffne die Küchentür zum Garten und rufe nach Aurora. Doch keine Aurora kommt.

Ich laufe an den Robobembombüschen vorbei und unter Mamas Wäscheleine durch (auf der keine Wäsche hängt) und über den Rasen und … plötzlich sehe ich Federn. Weiße Federn!

Auroras weiße Federn?

Da liegen nicht ein oder zwei Federn. Das sind so viele Federn, dass ich nicht weiß, ob an Aurora überhaupt noch Federn dran sind, wenn hier so viele auf dem Rasen liegen.

»Papa!«, brülle ich. »PAPAAAA!«

Papa kommt aus dem Haus gehumpelt und ist ungefähr gleichzeitig mit Walter Walbohm bei mir und den Federn.

»DA!«, sage ich und deute auf den Rasen und merke, wie ich einen dicken Kloß im Hals kriege, der sich gar nicht runterschlucken lässt. Ich gucke verzweifelt zu Walter Walbohm. »Walter, du, hast du Aurora gesehen?«

»Ach, ach, ach«, seufzt Walter und schüttelt den Kopf, »das war euer kleiner Hugo. Ich glaube, der denkt, dass Hühner am besten frisch gerupft in einem Napf serviert werden sollten.«

WAS? Was meint er denn *damit*? Ich verstehe das nicht. »WER soll serviert werden?«

Da streicht mir Walter über die Haare. »Tut mir leid, Kenny! Ich wollte einen Witz machen, aber der war doof, was?«

Ich nicke. Ja, total doof.

Nun schaltet sich Papa ein: »*Was* sagst du? Hugo hat sich auf Aurora gestürzt?«

»Na ja«, meint Walter, »ich hab's nicht selbst gesehen. Ich kam erst aus dem Haus, als Malea geschrien hat. Zusammen haben wir Hugo dann zum Glück eingefangen, aber die arme Aurora sieht ein wenig zerrupft aus.«

Mir kullern Tränen die Backe runter. Meine arme Aurora!

»Wieso hat Malea denn nicht aufgepasst?«, rufe ich böse. »Dann darf Hugo eben nicht mehr in den Garten!«

»Na, na«, macht Walter Walbohm besänftigend. »Die werden sich schon aneinander gewöhnen. Mimi und Aurora haben sich ja auch aneinander gewöhnt.«

Papa kratzt sich am Kopf. »Mimi ist auch alt. Und gutmütig. Aber Hugo ist jung.«

»Und sehr stürmisch«, fügt Walter grinsend hinzu.

»Ist Aurora in ihrem Nest?«, frage ich.

Als Walter nickt, laufe ich schon los. Arme, arme Aurora!

Ich sitze eine ganze Weile neben Aurora in Walter Walbohms großer Abstellkammer, die hinten an seinem Haus angebaut ist, und streiche unserem kleinen Hühnchen über die Federn. Also über die, die noch übrig sind. Und irgendwie werde ich dabei richtig böse auf Hugo. Obwohl ich Hugo eigentlich auch sehr lieb hab. Und *das* macht mich nicht nur böse, sondern auch traurig.

Ich meine, wir haben ja inzwischen eine Menge Tiere,

die bei uns rumlaufen. Allen voran natürlich Aurora. Dann Mimi. Und Auroras Liebster, Hase, ist auch oft hier. Aber Hase gehört Henry aus Tessas Stufe und kommt ja nur zu Besuch. Aurora gehört eigentlich Walter Walbohm. Und Mimi gehörte – und gehört vielleicht auch jetzt noch ein bisschen – Frau Büntig. Wir passen ja nur für sie auf ihre Katze auf.

Und deshalb ist Hugo unser ERSTES, unser allererstes wirklich EIGENES Tier! Darauf hab ich mich soooo gefreut! Aber jetzt ist er fies zu Aurora. Da kann man ihn doch nicht mehr lieb haben, oder? Ach, ich weiß gar nicht mehr, wie ich mich fühlen soll.

Aurora schiebt ihren Schnabel unter meinen Arm und macht die Augen zu. Die Ärmste! Bestimmt war das Kämpfen mit Hugo ganz schön anstrengend. Oh, ich hoffe sehr, dass er heute in der Welpenschule viel gelernt hat. Ich hoffe, die bringen Hunden dort bei, dass Hühner voll tolle Tiere sind und AUF KEINEN FALL zum Gefressenwerden auf der Welt sind!

»Na, Kenny? Sitzt du immer noch hier?« Walter Walbohm kommt herein und öffnet dann die Tür zu seinem Flur. »Ich glaube, Cornelius möchte mit dem Kochen anfangen, und Aurora muss jetzt schlafen. Hühner gehen sehr früh zu Bett, weißt du?«

Klar, weiß ich das, klar!

Ich nicke und streiche Aurora noch mal ganz sanft über ihr kleines Köpfchen. »Schlaf gut, Auroralein!« Dann stehe ich auf.

»Was gibt's denn heute Leckeres bei euch?«, fragt Walter Walbohm. »Ich habe gehört, *du* hast die Gerichte für die nächsten Tage ausgesucht?«

Ich nicke. Das Aussuchen hat echt Spaß gemacht. Sich

Gerichte ausdenken, macht überhaupt voll Spaß. Das hab ich von Mama gelernt.

»Heute gibt es Maaschmällos«, erkläre ich.

»Oh«, staunt Walter Walbohm. »Macht ihr kein warmes Essen?«

»Doch, klar, Walter, klar!«, verkünde ich stolz. »Wir rösten die Maaschmällos unter dem Grill. Ist das toll oder ist das toll? Willst du mitessen?«

Walter lächelt sehr lieb und macht »Oooch« und »Hmmm« und sagt dann: »Mir fällt gerade ein, ich hab noch was im Kühlschrank, was sich leider nicht mehr lange hält. Sonst sehr gerne, Kenny. Vielleicht morgen?«

»Morgen gibt es Schokoladenmilchsuppe«, strahle ich. (Schokoladenmilchsuppe mag ich fast noch lieber als geröstete Maaschmällos.) »Schokolade und Milch haben wir ganz viel gekauft. Ich sag Papa, dass du kommst!«

Und dann drehe ich mich um und laufe schnell zurück zu uns. Nicht, dass Papa noch was falsch macht. Wenn Mama nicht da ist, bin ich die Köchin, hihi!

Als ich in die Küche komme, wundere ich mich. »Ist Malea immer noch nicht wieder da?«

Papa schüttelt den Kopf und stellt schon mal den Grill an. »Sie kommt bestimmt gleich.«

»Dauert die Welpenschule so lange?«, frage ich. Auf unserer Küchenuhr ist es nämlich schon fast sieben.

Das sieht Papa auch gerade. »Also, wenn sie in zehn Minuten noch nicht hier ist, rufe ich sie auf dem Handy an. Sehr praktisch, dass ihr jetzt alle eins habt. Und Tessa und Olivia sollten auch allmählich nach Hause kommen.«

»Das ist gut, Papa, das ist gut«, nicke ich. Denn ich habe ein bisschen Angst, dass Hugo vielleicht noch mehr Mist gemacht hat.

»Cornelius«, sagt Papa, »ich heiße Cornelius.«

Und dann reißen wir die Maaschmällos-Tüten auf und legen die weißen Bälle einen nach dem anderen unter den heißen Grill. Und sofort fangen sie an zu duften. Hmm, lecker!

Tessa

Eine von Dodos und meinen goldenen Regeln: Immer den Kopf hoch und niemals nachgeben, ähm, ich meine natürlich aufgeben!

»Aber ich verstehe einfach trotzdem nicht, wieso Javi so total durchgedreht ist.« Dodo schüttelt ihre gekonnt toupierten Haare – auch nach dem grässlichen Sportunterricht sitzen die noch tipptopp! – und guckt betroffen zu Boden.

Seit einer Stunde hocken wir bereits auf dem Teppich in Dodos Zimmer und diskutieren meine zurzeit etwas – hm – angespannte Beziehung zu meinem geliebten Javier. Dodo ist ja, wie immer, sehr mitfühlend, allerdings muss ich mich doch auch wundern, wie viele Extraschleifen ihre Gehirnwindungen manchmal zu nehmen scheinen.

Aber geduldig, wie ich nun mal bin, wiederhole ich zum tausendsten Mal: »Das habe ich doch schon fünfhundert Mal gesagt! Weil er nicht kapiert hat, wie kompletto harmlos die ganze Situation war!«

Wenn Dodo jetzt noch ein einziges Mal ihren Kopf voll mitfühlendem Unverständnis schüttelt, werde ich ihr an die Gurgel gehen. Denn nicht nur meine Beziehung zu Javi ist etwas angespannt – ich bin es auch. Was man mir wohl nicht verdenken kann bei allem, was ich in den letzten vierundzwanzig Stunden mitgemacht habe!

»*Claro,* Tessa!«, betont Dodo mit Therapeutenstimme, und ihr Kopf geht schon wieder in bedenkliche Wackeldackelstellung. Oh, ich fühle mein Blut pulsieren! Bloß gut, dass ich einen so unerschütterlich ausgeglichenen Charakter habe!

Nein! Sie tut es tatsächlich! Sie wackelt schon wieder – ach so betrübt – mit ihrer Mähne! CARAMBA – Teufel auch! Die macht mich irre!

Jetzt streicht sie sich ihre Haare aus dem Gesicht und guckt wie ein Babykätzchen, dem man das Spielzeug weggenommen hat. »Also *bien,* Tessa, gut! Trotzdem verstehe ich immer noch nicht, wieso …«

»WAS VERSTEHST DU DENN DARAN NICHT?«, blaffe ich – nicht sehr ladylike – los. (Sorry, aber auch Ladys erreichen gelegentlich ihre Schmerzgrenze.)

Con el corazón en la mano – Hand aufs Herz, sie wird sich ja wohl in Javi hineinversetzen können! Das ist doch nicht so schwer! Ich meine, sich vorzustellen, wie das aus seiner Sicht ausgesehen hat: Da liegt der arme Junge hilflos (weil im Handy gefangen) auf den kalten Fliesen in einem Waschraum, hört irgendwelche komischen Wortfetzen (wie »nackt« oder »Henry«) und kriegt natürlich ein *totalmente* falsches Bild der Lage. Das ist doch ganz *claro.* Und da bin ich ja auch ehrlich voller Mitgefühl.

Aber wo, bitte, bleibt sein Mitgefühl für MICH, *por favor*?

Ich meine, *ich* kann mich *muy bien,* sehr gut in ihn hineinversetzen und verstehen, wie er sich gefühlt hat. Aber ER kann sich anscheinend nicht in *mich* reinversetzen! Dabei bin ICH es, die diese Situation, diesen Schock, ja, diese *seelische Erschütterung* erleben musste! ICH! BIN! ERSCHÜTTERT!

Total durchgerüttelt! Und verwirrt. Aber hilft mir Javi, das zu verwinden? Nein.

Alles, was er tut, ist, mich seit gestern Mittag mit tausend Anrufen und tausend Fragen und wilden Unterstellungen zu bombardieren. Sollte sich sooo ein liebender Freund verhalten?

Ein mich liebender Freund würde mich doch wohl trösten. Und mir helfen, meine Verwirrung zu überwinden. Und mit mir zusammen das Für und Wider erörtern. In aller Ruhe. Sachlich. Ladylike. UND liebevoll.

»Na ja«, kichert Dodo an dieser Stelle unserer Diskussion, »Jungs *sind* vielleicht keine Ladys?«

Pfff. Was für ne unpassende Bemerkung ist das denn? Deswegen kann man doch trotzdem erwarten, dass die sich anständig benehmen, oder?

»Vielleicht fand Javi es auch nicht so gut, dass du danach mit Henry ... du weißt schon!«, meint Dodo jetzt.

»Davon *weiß* er doch gar nichts!«, fauche ich sie an. »Woher sollte er das denn wissen? Gehört haben kann er nichts. Das Handy hatte ich da ja schon lange ausgemacht.« (Ein Glück!)

Doch Dodo lässt sich von ein wenig Fauchen nicht abschrecken. »Vielleicht *ahnt* Javi was?«

»Warum *sollte* er?« Jetzt werde ich aber richtig sauer. »Und außerdem ist ÜBERHAUPT NICHTS passiert! Also jedenfalls, *fast* nichts.« Das weiß Dodo ja wohl! Schließlich war sie die meiste Zeit dabei.

»Mhm, *claro*«, macht Dodo und kratzt mit dem Fingernagel ein wenig Lack von dem Lacktischchen vor ihrem Sofa ab. Dann guckt sie mich an. »Übrigens hat Ramón heute Morgen am Telefon gesagt, dass er Javier noch nie im Leben so wütend gesehen hat.«

»Ooouuuii!« Ich verschränke meine Arme über den Knien und vergrabe meinen Kopf darin. Jetzt tue ich mir wirklich leid. Womit habe ich das nur verdient?

Dodo seufzt. »Vielleicht solltest du doch noch mal mit ihm reden, statt ihn immer nur wegzudrücken, wenn er anruft?«

Stur schüttele ich den Kopf. »Nein.«

Ehrlich! Ich kann diesen ganzen Stress von Javi gerade überhaupt nicht gebrauchen. Bei uns zu Hause tobt das Chaos, weil Iris und Remi sich einfach aus dem Staub gemacht haben (der, zugegeben, allmählich meterhoch bei uns liegt – verstehe nicht, warum Iris und Cornelius nicht einfach eine Putzfrau engagieren, dann wäre das Problem doch gelöst. Diese ewige Knickerigkeit in unserer Familie!). Dabei müsste ich eigentlich nonstop meine Stimme trainieren, weil ich ja jetzt die offizielle Leadsängerin von *Straight out of the sky* bin. Und wenn man eine Chance bekommt im Leben, muss man sie ergreifen. Daran glaube ich fest!

Eine andere von Dodos und meinen goldenen Regeln ist: *Nutze das Talent, das dir gegeben ist!* Das haben Dodo und ich natürlich immer getan. Weswegen wir ja auch unseren Zukunftsbestseller *Flirten, Stylen und andere Lebenstipps von Tessa-Tiara Martini und Dorothea Dunst* gewissenhaft weiterschreiben. Aber jetzt habe ich ja noch ein anderes Talent von mir entdeckt. Von dem ich bisher überhaupt nichts wusste!

Was, wenn ich nie rausgefunden hätte, wie gut ich singen kann, und dieses Talent *totalmente* verdorrt wäre? Was für eine *muy truculenta*, sehr grauenvolle Vorstellung!

Es ist also völlig unverständlich, warum Dodo auf diese Neuigkeit so unverständnisvoll reagiert hat. »Du willst allen Ernstes auch noch bei *Straight out of the sky* singen, Tessa? Aber wir haben doch sowieso schon kaum genug Zeit für alles! Jetzt, wo der Samstag komplett weg ist, weil wir in der Lauschigen Eiche sind.«

»Zeit kann man organisieren, liebe Dodo!«, hab ich ihr da selbstverständlich sofort in Erinnerung gebracht. (Was fällt der ein, mir meine gerade startende zweite Karriere mieszumachen?) »Und außerdem wäre es eine Schande, mein Gesangstalent nicht zu nutzen!«

Das musste Dodo natürlich einsehen – legte dafür aber gleich wieder mit dem Javi-Thema los. Und nun kauen wir darauf herum, seit wir vom Sport wieder bei Dodo zu Hause sind. Wie gesagt, dabei kann ich diesen Stress im Moment wirklich nicht brauchen! Nicht von Javier und schon gar nicht von Dodo.

»Du hättest Henry vielleicht nicht küssen sollen!«, meint Dodo jetzt.

»Also, nun bleib mal auf dem Teppich!«, entrüste ich mich sofort. »Das klingt ja, als hätte ich ihn im Mondschein verführt! Dodo, du standest daneben. *Madre mía!* Henry und seine Mannschaft waren gerade Bezirksmeister geworden. Ich habe ihm gratuliert! Was ist denn daran bitte auszusetzen, *por favor*?«

Dodo zeigt mir als Antwort glatt einen Vogel. *Sehr* nett!

»Gratuliert?«, wiederholt Dodo wie ein aufgeschreckter Truthahn. (Etwas hysterisch.) »Hast du *noch* irgendjemanden gesehen, der ihm sooo gratuliert hat? Mit einem Dauerkuss von mindestens fünf Minuten?«

»Die Menschen sind einfach nicht spontan genug«, gebe ich schlagfertig zurück.

Dodo guckt mich ungläubig an. »Meinst du das ernst?«

»Claro que sí!«, nicke ich trotzig. »Natürlich!«

Sie starrt noch ungläubiger. Und legt sofort wieder los. Mit der Wackeldackel-traurig-das-Haar-schüttel-Nummer!

Bloß, um mir mitten in der Haarwackelei plötzlich entgegenzupusten: »Hast du eigentlich mitgekriegt, wie einer aus Henrys Fußballmannschaft bei eurem Dauerknutscher *Halbzeit!* gerufen hat?«

»Hihihi!« Jetzt muss ich doch ein bisschen kichern. Denn das stimmt. Henry fand das auch sehr lustig.

Überhaupt war Henry superlocker drauf gestern. Und als ich ihm genau erklärt habe, wie ich in dieses doofe Waschbecken geraten bin und dass ich für all das natürlich absolut nichts konnte (die dämliche Spiegelablage hätte natürlich schon längst fester angeschraubt werden müssen, da hätte ja jeder abstürzen können!), da hat er mich richtig nett getröstet und den Arm um mich gelegt und mir den leckersten Cappuccino der Welt und auch noch Erdbeeren mit Sahne gekauft. Was natürlich genau die richtige Reaktion war. Denn immerhin habe ICH ja diesen schrecklichen Moment erleben müssen und nicht er. Und schon gar nicht Javi! Der ÜBERHAUPT kein Verständnis hat.

Ehrlich, mein spanischer Freund hat sich nicht mal *un poquito*, das klitzekleinste bisschen gefreut, als ich ihm erzählte, dass zum Glück Henry da gewesen ist und wie toll der mich aufgebaut hat. Nein, ganz im Gegenteil, da ist Javi sogar *noch* wütender geworden. Ja, liegt ihm mein Wohlergehen denn gar nicht am Herzen?

Das habe ich mich schon gestern auf dem Fußballplatz nach dem ersten Telefonat mit ihm gefragt, was ich gezwungenermaßen jäh beenden musste, da das Spiel von Henry losging. *Claro que sí* hab ich Javi diesen wichtigen Grund noch schnell erklärt – ich will ja nicht, dass er sich abgeschoben fühlt. Doch als er dann wieder und wieder nachfragte, seit wann ich mich denn überhaupt für Fußball interessiere und wieso ich Henry zugucke, da musste ich natürlich irgendwann – KLICK – das Gespräch beenden. Was hätte ich denn sonst tun sollen? Ich wollte ja nicht wegen Javiers Unsensibilität unhöflich gegenüber Henry werden und das Spiel des Jahres verpassen.

Und weil Henry nach meinem kleinen Waschraumunfall ein solcher Gentleman war, hab ich ihm natürlich schon während des Spiels angemessen zugejubelt. Die anderen aus Henrys Mannschaft guckten zwar ab und zu etwas doof. Aber kann ich was dafür, dass denen kein tolles Mädchen aufbauende Sachen zurief? Sondern die anderen Leute am Spielfeldrand nur so langweiliges Zeugs wie »Toller Pass, Jannik!« oder »Geh ran, Anton!« brüllten?

»Du hättest vielleicht auch nicht unbedingt *Knackiger Hintern, Henry!* und *Los, zeig ihm deinen Luxus-Bizeps!* rufen sollen«, findet Dodo jetzt, »oder wenigstens nicht ganz so laut. Die Leute … hm … die verstehen das vielleicht falsch.«

»Was soll man daran denn falsch verstehen?«, entgegne ich verständnislos.

Ich meine, Henry hatte *tatsächlich* eine ganz entzückende Hose an und sein Hintern machte in dieser Hose eine noch entzückendere Figur. Warum soll ihm das nicht mal jemand sagen, sodass er sich super fühlt und noch besser spielt? (Meiner Meinung nach machen sich die Menschen heutzutage viel zu wenig Komplimente.) Und dass er klasse Muskeln hat, ist ja wohl auch für jeden anderen sichtbar gewesen! Mut zum Lob und Mut zur Wahrheit!

»Ich muss noch meine Haare eindrehen«, wechselt Dodo nach einer Weile abrupt das Thema, als wolle sie mich loswerden. Dabei haben wir noch nicht mal zu Abend gegessen.

Na ja, wenigstens habe ich heute schon ein fantastisches Mittagessen bei Dodos Eltern vorgesetzt bekommen. Und als ich mich jetzt erhebe und nach unten gehe, steht da doch tatsächlich Dodos supernette Mutter und fragt, ob ich vielleicht ein Lachsbrötchen auf die Hand möchte. Für den Weg.

Ich denke an die etwas – ähm – wilden Zustände bei uns in der Küche (und auch im Rest des Hauses) und beiße natürlich dankbar zu. Ähm, ich meine, ich nehme natürlich dankbar an. Richtig zubeißen tue ich erst, als ich ein paar Minuten später mit etwas gemischten Gefühlen Richtung Kastanienallee spaziere.

Trotz all der Debattiererei mit Dodo bin ich immer noch keinen Schritt weiter. Mit der Frage nämlich, ob ich vielleicht tatsächlich mit Henry… zumindest mal eine zeitlang… nichts Festes…

Ich meine, Javi ist ein sooo toller Mann, aber er hat auch seine Schattenseiten. Und wie er mit der ganzen Situation seit Sonntag umgegangen ist, war wirklich nicht sehr unterstützend. Ich hätte so dringend ein wenig Hilfestellung in der Frage *Ob und wenn ja wie ich nun mit Henry weitermachen soll* gebraucht. Ein wenig das Für und Wider von Henry erörtern, wäre doch wirklich angemessen gewesen. Aber nein, Javi benimmt sich wie ein spanischer Stier und brüllt nur rum.

Obwohl genau das Dodo überhaupt nicht findet. Dass Javi mir in der Frage *Henry ja oder nein* hätte beistehen müssen.

Puh! Ich atme tief aus. Hmmm, also, wenn man es sooo betrachtet, klingt das vielleicht wirklich ein wenig – ähm – schräg. Ich meine, also grundsätzlich sind die eigenen Partner wohl nicht dazu da, die – ähm – möglichen neuen Partner zu diskutieren. Ach! Ist irgendwie alles so verworren. Weil… weil ich eben alles mit Javi besprechen WILL! Niemand steht mir so nah wie er!

Ach, ich werde wann anders darüber noch mal in Ruhe nachdenken.

Ich schlucke einen dicken Bissen Lachs runter und gucke mich um. Eigentlich ist heute ein echt schöner Abend! Seit Wochen schüttet es wie aus Kübeln – Sonntag war es mal ein bisschen freundlicher, aber schon heute Morgen pladderte es munter weiter –, doch jetzt zum Abend hin lockern sich die Wolken auf und gerade kommt die Sonne durch und scheint mir auf die Nase und auf mein leckeres Brötchen. Herrlich!

Eigentlich hab ich ja richtig gute Laune. Schade nur, dass nicht nur Javi so unflexibel reagiert hat, sondern auch Dodo manchmal etwas bremsend ist. Warum versteht nicht wenigstens sie, dass ein Kuss nur ein Kuss ist und sonst nichts?

Ich richte mich beim Gehen noch gerader auf und versuche, diese ganze unglückliche Verkettung von Umständen abzuschütteln. Ich muss wirklich endlich mal über die neuen Songs nachdenken, die mir die Jungs von *Straight out of the sky* mitgegeben haben. (Es ist ja nicht so, als hätte ich nicht sonst auch noch eine Menge zu tun!) Ich soll mir ein paar Stücke aussuchen, die ich zuerst proben möchte. *SOS* sind nämlich bereits jetzt ziemlich gut im Geschäft. Fast jeden Samstag haben die einen Auftritt. Und bald mit *mir*.

Mmmhm, jammi, das Brötchen ist zu lecker! Möchte wissen, was die anderen bei uns gegessen haben. Dreckige Wäsche auf Schimmeltoast? Uuuuuh!

Nanu? Ist das da hinten im Gebüsch etwa Malea?

Hihihi, meine kleine Spionierschwester! Wenn ich nicht unseren süßen, wilden Hugo an seiner roten Leine vor den Blättern auf und nieder hüpfen sehen würde, hätte ich Malea gar nicht entdeckt. Na, ich werde mich einfach hier gegen den Zaun lehnen und auf sie warten. Falls sie nicht vorhat, die nächste halbe Stunde da hocken zu bleiben. Bei Malea weiß man nie.

Ich stopfe mir den letzten Bissen genussvoll in den Mund. Ehrlich, warum gibt es bei uns so selten Lachsbrötchen? Das Leben ist doch so einfach!

Malea

Wenn Hunde was verschlucken, kommt es zwar mit Glück irgendwann wieder raus. Ich vermute allerdings, unbrauchbar.

Auch wenn ich immer noch nicht weiß, wo Iris und Rema sind, war meine Mission Schlafzimmer doch erfolgreich. Ich habe drei Sachen rausgefunden.

Nummer eins: Iris hat *nicht* meine Anrufe nicht angenommen, weil sie das nicht wollte, sondern weil sie das nicht konnte. Sie hat ihr Handy nicht dabei.

Nummer zwei: Iris ist allerwahrscheinlichst *nicht* abgehauen, weil sie ein Liebesproblem mit Cornelius hat, sondern vermutlich weil sie tatsächlich einfach in Ruhe schreiben will. (Hach ist das GUT!)

Nummer drei: Cornelius hat auch kein Liebesproblem mit Iris, sonst hätte er wohl nicht so oft versucht, sie anzurufen.

Und seit eben kann ich auch noch eine Nummer vier anhängen: Hunde eignen sich seebärensicher NICHT zur Geheimdienstarbeit. Jedenfalls unser Hugo nicht. Oder vielleicht ganz allgemein junge Hunde nicht. Na ja, James Bond hat ja auch erst mit dem Job angefangen, als er erwachsen war. Vielleicht gebe ich Hugo noch mal eine zweite Chance, wenn er älter ist. Allerdings ist das größte Problem wohl die Verfressenheit von Hunden. (Dabei hat Hugo sein Mittagessen pünktlich bekommen.)

Als ich vorhin in den Garten gerast war, um die arme Aurora zu retten, begrüßte mich Hugo hocherfreut. Er tat grad so, als würden Aurora und er ein tolles Spiel spielen und ich käme nun dazu, um mitzumachen. Wilde Meerwelt! Natürlich hab ich den Kerl erst mal mit Windstärke neun angeschnauzt!

Der Ärmste guckte richtig verdutzt und ließ Aurora tatsächlich sofort in Ruhe. Vermutlich hält er mich jetzt für einen Spielverderber. (Denken Hunde, alles, was es gibt auf der Welt, ist zum Spielen da?) Aber den schrecklichsten Blick aller Blicke warf mir die arme Aurora zu. Wütend und sehr vorwurfsvoll schossen Blitze aus ihren Augen. Das piekste fies bis in die Zehenspitzen. Als wollte sie sagen: *Warum zum heiligen Hühnerhimmel habt ihr bloß dieses Viech in unser schönes Leben gelassen?* Dann schüttelte sie kurz ihre übrig gebliebenen Federn und stolzierte hoch erhobenen Hauptes davon. (Aurora ist ein stolzes Huhn.) Schlüpfte durch ein Loch im Zaun rüber zu Walter und verschwand.

Ich lief natürlich hinterher und rief dabei ganz laut nach Walter, weil ich Angst hatte, dass Aurora verletzt sein könnte. Zum Glück kam Walter auch gleich aus dem Haus gelaufen und beruhigte mich.

»Die Federn wachsen nach«, meinte Walter und seufzte erleichtert, »auch wenn sie jetzt ein bisschen kahl aussieht.« Er streichelte sein Huhn. »Sie hat einen ziemlichen Schrecken bekommen, aber sonst ist sie in Ordnung. Mach dir keine Sorgen, Malea!«

Mir war trotzdem ziemlich elend zumute – Aurora in ihrem eigenen Zuhause zerrupft! –, das kann ich gar nicht sagen! Und ausgerechnet da musste ich los zum Welpentraining.

Hugo muss wohl gemerkt haben, dass ich nicht allzu gut auf ihn zu sprechen war, denn er zog nur ganz wenig an der Leine und hüpfte auch nur ganz wenig rum. (Außer in jede Pfütze. Aber das störte mich nicht.) Das Geheimagenten-Training, das ich heute auf dem Weg zum Tierheim einschieben wollte, musste ich natürlich erst mal verschieben.

Beim Welpentraining kriegte ich allerdings wieder bessere Laune und war sogar echt stolz auf Hugo. Er machte nämlich alles total richtig, meinte Sanni, die Trainerin.

Der Baby-Unterricht fand auf einem sehr großen, eingezäunten Rasenstück gleich hinter dem Tierheim statt. Außer mir und Hugo waren noch sieben andere Welpen mit ihren Besitzern da. Die anderen Besitzer waren aber alles Erwachsene. Hihi, ein wellenbrechergutes Gefühl, die einzige Elfjährige zu sein, die einen Hund erzieht!

Am Anfang guckten die Erwachsenen etwas misstrauisch. So, als ob sie daran zweifelten, dass ich das hier schaffe. Oh, aber ich konnte alles genauso gut wie die anderen!

Zuerst haben wir alle Welpen frei laufen lassen, sodass sie sich in Ruhe beschnuppern und rumtollen und sich gegenseitig jagen und eben alles tun konnten, was Hunde toll finden. Darin war Hugo schon mal RICHTIG gut! Dann sollten wir unsere Hunde wieder zu uns rufen. Und, okay, darin war er dann nicht so wahnsinnig gut. Aber man kann ja nicht alles sofort können, fand Sanni. (Ich finde Sanni total nett.)

Die Stunde ging superschnell zu Ende. Viel schneller als jede Schulstunde. Und Hugo guckte mich superglücklich an danach. Und leckte meine Hand, so als ob er für diesen Riesenspaß *danke* sagen wollte. Da hatte ich Hugo plötzlich wieder ganz, ganz lieb.

Deswegen kriegte ich voll Lust, doch noch ein bisschen zu spionieren. Und wo ich schon hier war, fand ich, dass ich mich am besten direkt im Tierheim umgucken könnte. Natürlich hab ich das keinem verraten. Ich bin ja nicht doof. Spionieren macht ja wohl überhaupt keinen Sinn, wenn alle davon wissen!

»Tschüss!«, rief ich also Sanni zu und tat so, als würde ich um die Ecke in Richtung Straße biegen.

Ha-ha! Tatsächlich aber bog Malea Bond sofort wieder ab von der Straße und duckte sich am Zaun entlang bis zu den hinteren Zwingern vom Tierheim. Dort sind all die Hunde und Katzen aufgehoben, die aus schlimmen Zuständen gerettet wurden oder deren Herrchen oder Frauchen gestorben sind oder die aus irgendwelchen anderen, meist traurigen Gründen keiner mehr will. Ich würde nur über den hohen Zaun klettern müssen – Kleinigkeit für einen Profi wie mich! –, und schon konnte ich loslegen.

Tja, nix da, Meerschrott! Denn plötzlich fiel mir auf, dass man mit einem Hund an der Leine nur halb so gut klettern kann.

Okay, gar nicht. Meermistiger Meerschrott. Ob ich Hugo einfach, bis ich zurückkäme, ein paar Minütchen an einen Baum binden konnte?

Doch der zappelte so irre und bellte in so quietschenden Tönen, als wollte ich ihn im Wald aussetzen. (Vielleicht fühlte es sich für Hugo ja tatsächlich so an? Ich meine, er ist ja noch ein ganz kleines Kind. Und – okay – kleine Kinder bindet man ja auch nicht für ein paar Minuten irgendwo an. Hoffe ich jedenfalls.)

Also gab ich den Gedanken auf und beschloss, einen Tag spionierfrei zu machen. (James Bond hat bestimmt auch mal einen freien Tag.) Ich ließ Hugo an seiner Leine ein bisschen schnüffeln und hierhin und dorthin rennen, bis wir plötzlich vor einer Pforte am Tierheimzaun standen, die *offen* war. Und sind offene Pforten nicht geradezu eine Einladung für jeden Spion?

Hugo fand das in jedem Fall. Neugierig ist er ja! Er konnte gar nicht schnell genug durch die Pforte stürmen und schnüffelte so ungeheuer profimäßig überall rum, dass ich kaum mit dem Gucken nachkam. Dabei gab es eine Menge zu gucken! Ich wusste gar nicht, *wie viele* Tiere in so einem Tierheim eingesperrt sitzen und darauf warten, dass jemand sie abholt.

Als Tessa und Livi und ich damals Hugos Mama hier abgaben, haben wir gar nicht so doll auf die anderen Tiere geachtet. Und wenn ich in den letzten Wochen Hugo zu einem Spaziergang abholte, dann hat er immer schon im Büro mit einer Leine um den Hals auf mich gewartet. (Er musste ja erst mal bei seinen Geschwistern und seiner Mama bleiben, bis er alt genug war, um zu uns zu kommen.) Ich hatte also nicht die Meerbrise einer Ahnung, wie TRAURIG die anderen Tiere hier hocken! In viel zu kleinen Käfigen, ohne ein Stückchen Gras. Dabei sind die Leute vom Tierheim alle supernett und tun bestimmt, was sie können. Aber hier sind so viele Tiere, dass mehr Platz einfach nicht da ist.

Ich wurde immer trübsinniger, je länger Hugo und ich an den Zwingern entlanggingen. Manche Hunde bellten, wenn sie uns sahen, doch die meisten hockten still in eine Ecke gequetscht und guckten uns einfach nur mit riesengroßen, ängstlichen Augen an. Und ich wurde das meerestiefe Gefühl nicht los, dass jedes einzelne Tier uns fragte: *Kommt ihr mich heute hier rausholen?*

Sogar Hugo hörte auf zu hopsen und zu ziehen, und sein Schwanz, der sonst immer wild wedelnd in der Luft rumrudert, hing am Boden zwischen seinen Beinen. Offensichtlich bedrückten die armen verlassenen Tiere auch ihn.

»Komm, wir gehen wieder nach Hause!«, sagte ich leise zu ihm und drehte um.

Dafür brauchte ich kein bisschen an der Leine zu ziehen. Hugo war wohl genauso froh wie ich, wieder raus und weg von den Käfigen zu dürfen.

Als wir langsam durch die Stadt zurücktrotteten, gingen mir eine Menge Sachen im Kopf rum.

Erstens: Wie gut es Hugo und Aurora haben, dass sie gerettet worden sind und nun bei uns wohnen dürfen.

Zweitens: Wie gut ICH es habe, dass ich niemals aus schrecklichen Häusern gerettet werden musste, sondern von Anfang an so liebe Eltern und außerdem noch Remi und meine Schwestern hatte. (Auch wenn Iris und Rema gerade für ein paar Tage abgehauen sind und meine Schwestern manchmal nerven.)

Drittens: Dass ich es gar nicht mehr so schlimm finde, dass ich nicht weiß, wo Iris und Rema sind, denn Hauptsache ist doch, dass sie da sind (auch wenn sie gerade weg sind) und dass sie mich lieb haben und mich niemals in einem Tierheim abgeben werden.

Als ich an Iris und Rema dachte, fiel mir allerdings diese Rechnung wieder ein, die ich bei meiner Schlafzimmer-Mission auf dem Fensterbrett gefunden hatte. Und – na ja – auch wenn es nicht mehr sooo wichtig ist … *wenn* ich schon möglicherweise die Rechnung für Iris' und Remas Reise habe, würde ich natürlich doch gerne wissen, wo sie nun eigentlich hingefahren sind. Als Geheimagent ist man eben neugierig, das gehört sozusagen zum Beruf dazu, hihi!

Also zog ich, als ich durch den Park ging und schon kurz

vor der Kastanienallee war, den Zettel aus meiner Hosentasche. Hugo war auch wieder ein bisschen besser drauf, denn er schnupperte sofort interessiert an meiner Hand.

Hihi, in dem Moment freute ich mich richtig! Denn, meerwasserklar, ich dachte sofort, hey, ja, vielleicht wird Hugo DOCH mal ein Agentenhund, wenn er groß ist! Neugierig und aufmerksam genug ist er!

Der freudige Moment dauerte allerdings nicht allzu lange. Ich fing gerade an zu lesen: *Rechnung über Euro… bla, bla… für zwei einfache Flüge nach…* Genau da schnappte der Agentenhund zu. RATSCH! Und weg war der Zettel!

Oh, du kleines Meerschlammmonster! Aber nicht mit mir – nicht mit Malea Bond!

Ich schmiss mich sofort auf die Knie und grabschte nach der Ecke Papier, die noch aus seinem Mäulchen raushing. Dummerweise (James Bond ist das *noch nie* passiert, aber der hat ja auch *noch nie* einen Hund bei seinen Einsätzen dabeigehabt!), ja, dummerweise ließ ich dabei leider die Leine los. Was man vielleicht nachvollziehen kann, denn ich habe natürlich mit beiden Händen nach dem Papier gegriffen. (Was James Bond bestimmt auch getan hätte!)

Hugo aber ist wirklich nicht blöd. In der Sekunde, in der er merkte, dass die Leine lose am Boden lag, zischte er auch schon ab. Rein ins nächste Gebüsch, wo er – das hörte ich am Geräusch – fein säuberlich anfing, seine Beute in Stücke zu reißen.

»NEIN, Hugo, NEIN! Gib das sofort wieder zurück!«, schrie ich und hechtete hinterher.

Zum Glück kenne ich mich aus mit Büschen, ich verbringe eine Menge Zeit darin. (Während meines täglichen Spioniertrainings natürlich! Nicht etwa, um *irgendwas Komisches* zu machen, was nur sehr kleine Kinder in pinkeldringenden Notfällen und – okay – Hunde darin machen!) Ja, Büsche sind okay, doch manchmal hat man Pech.

Das hatte ich leider heute. (Muss beim nächsten Agententraining unbedingt daran denken, Taschentücher mitzunehmen!) Wertvolle Sekunden verstrichen also damit, dass ich versuchte, mir mit Blättern, so gut es ging, die braune Pampe von den Händen zu wischen. Während ich aus den Augenwinkeln sah, dass Hugo immer noch mit dem Zettel beschäftigt war.

»Du dummer Hund, du!«, schimpfte ich.

Doch Hugo wedelte als Antwort nur glücklich mit dem Schwanz. (Bestimmt fand er es großartig, dass ich schon wieder mitspielen wollte.)

Als meine Hände halbwegs brauchbar aussahen, grabschte ich nach der Leine und erwischte mit der anderen Hand zum Glück auch Hugos Halsband, um ihn von seiner Beute wegzuziehen. Sofort wollte Hugo wieder losstürmen, aber – HA – diesmal hielt ich ihn fest.

Mein kleiner Agentenhund hüpfte und zerrte an seiner Leine draußen vor dem Gebüsch rum, doch das war mir in dem Moment egal. Ich versuchte, drinnen unter den Ästen und Blättern wenigstens das einzusammeln, was von der Rechnung übrig war. Vielleicht konnte ich die Schnipsel ja zu Hause wieder zusammenkleben. (Sagte ich schon, Geheimagentenarbeit ist meistens wie das Zusammenbauen eines Puzzles? HA. HA. HA. Nicht komisch.)

Und jetzt hocke ich immer noch hier. Oder krabbele vielmehr auf allen Vieren durch den Regenmatsch. (Nicht, dass der mir was ausmachen würde. Wer Kacke an den Händen hat, der kann sich über gesunden, reinen Matsch nur freuen!) Vier Schnipsel habe ich schon. Wo hat Hugo bloß die anderen gelassen?

Ich stecke meinen Kopf durch die Blätter nach draußen und gucke unseren kleinen Hund prüfend an. Er wird den Rest der Rechnung doch nicht etwa verschluckt haben? Und wenn doch – kommt die dann morgen oder erst in ein paar Tagen wieder raus? Wie lange dauert eigentlich die Verdauung bei Hunden?

Oh, was für ein monstermeermatschiger Meermatschmist! Sooo knapp war ich davor, das Geheimnis zu lüften!

»MALEA?«

Hä? Ich gucke in die Richtung, aus der mein Name kam. Och nee, da ist ja Tessa!

»Malea!« Tessa kichert. »Du siehst aus wie ein kleiner Maulwurf! Was *machst* du denn da?«

Livi

Manchmal ist es mit eigentlich schönen Sachen wie mit Karamellbonbons. Man hat natürlich Appetit darauf, sie riechen lecker, sie schmecken lecker, aber hinterher kleben sie überall an den Zähnen fest und beißen und pieksen noch Stunden, als hätte man tausend Löcher im Zahn. Und den Rest des Tages verbringt man damit, zu bereuen, dass man die Bonbons gegessen hat. Bis einem der leckere Duft wieder in die Nase zieht und man nicht widerstehen kann… Aber ICH werde widerstehen! Es bringt mir nichts, Gregory zu sehen. Es macht alles nur noch schlimmer.

Seit zwei Minuten ist es endlich ruhig unten.

Gregory und ich sitzen in Gregorys Zimmer auf seinem Bett und reden. Das heißt, oft schweigen wir auch etwas betreten, weil der Streit von Sibylle und Goldi unten im Wohnzimmer der Hahns so laut ist, dass man bereits vom Mithörenmüssen ein ganz knotiges Gefühl im Bauch kriegt und selber nur noch still sein kann und sich verkriechen möchte.

»Tut mir leid«, hat Gregory schon mindestens zweitausend Mal gesagt.

»Da kannst du doch nichts dafür«, antworte ich jedes Mal.

Ich bin nur selten hier bei Gregory. Meistens ist es bei uns einfach netter und gemütlicher und einladender. Obwohl Gregorys Mutter Sibylle ja inzwischen viel häuslicher ist als früher. Trotzdem ist es bei uns irgendwie schöner.

Nur zurzeit leider nicht. Unser Haus sieht aus, als hätten sich Riesenmotten darin eingenistet. Wäsche und Abwasch stapeln sich. Im Kühlschrank schimmeln Uralt-Reste von Käse (und Tessas Gurken) vor sich hin, die Badezimmer sind seit mindestens einer Woche nicht geschrubbt worden – von den Spinnweben in meinem Zimmer will ich gar nicht reden (na gut, an die werde ich mich wohl selbst mal machen müssen!) –, und es sieht nicht so aus, als würde sich das in absehbarer Zeit ändern.

Okay, wir haben diese Haushaltsliste. Auf der steht zum Beispiel, dass ich heute dran bin mit Geschirrspülmaschine ausräumen und Staubsaugen im Flur unten. Aber wie soll ich eine Geschirrspülmaschine ausräumen, die nicht angestellt wurde? Und wozu sollte ich saugen, wenn in allen anderen Zimmern so viel Dreck und Staub liegt, dass der innerhalb von zehn Minuten sofort wieder in den Flur fliegen oder mit den Schuhen reingetragen würde? Das Ding ist: Wenn die anderen nicht ihre Jobs erledigen, dann kann ich das mit meinen eben auch nicht.

Ehrlich, ich hab keine Lust, das *ganze* Haus zu saugen, bloß damit auch der Flur eine Chance hat, wenigstens einen Tag in Ordnung zu sein. Noch weniger sehe ich ein, das *gesamte* dreckige Geschirr zusammenzuräumen, in mindestens fünf Ladungen zu spülen und dann auch noch wegzuräumen. Nee, vielen Dank. Wie gesagt, Aschenputtel liegt mir nicht.

Auf der anderen Seite habe ich aber auch keine Lust, in einer Müllhalde zu wohnen. Ob die anderen wohl darauf spekulieren, dass die *liebe* Livi schon irgendwann alles macht? Putzt? Aufräumt? Die Wäsche wäscht? Und für alle kocht?

Nee, vorbei mit *liebe Livi*!

Ich kann ja gut verstehen, dass das alles zusammen zu viel für Iris ist. Deswegen haben wir ja auch unseren Haushaltsplan. Nur hält sich seit ein paar Wochen keiner mehr daran. Hm, weswegen man vielleicht auch verstehen kann, dass Iris mit ihrem Buch einfach abgehauen ist. In diesem Chaos kann man einfach nicht vernünftig arbeiten.

Keine schlechte Idee eigentlich, einfach abzuhauen... Ob sie uns mal zeigen wollte, was passiert, wenn sie nicht ständig hinter allen herläuft und uns an unsere Jobs erinnert?

Gregory grinst, als ich ihm meine Vermutung mitteile. »Möglich. Wäre gar nicht so doof!«

»Nee.« Ich nehme den letzten leckeren Schluck von meinem Smoothie, den Gregroy für uns aus frischen Früchten gemixt hat. »Also ICH werde nicht als Ersatz-Iris einspringen!«

»Gut!«, meint Gregory. »Sonst wärst du auch schön bescheuert.«

»Genau!«, feuere ich mich noch mal an.

Aber dann denke ich an unser Haus nebenan. Und dass es gleich Schlafenszeit ist und ich zurückmuss. Cornelius hat vor ein paar Stunden angerufen, um mich wissen zu lassen, dass er und Kenny gekocht hätten und das Essen auf dem Tisch stehe. Ich bin ja fast von Gregorys Bett gekippt vor Überraschung. Doch das »gekochte Essen« entpuppte sich als Überdosis Marshmallows mit... Marshmallows in... Marshmallowsauce! Ich meine, fasst man es?

Gregory hat so gekichert, dass ich fast wütend geworden bin. Klar ist es mal witzig – zum Beispiel auf einem Kindergeburtstag –, wildes Zeugs zu essen, von dem einem schlecht wird, das gehört ja praktisch zu jedem guten Kindergeburtstag dazu. Aber erstens sind wir – außer Kenny – keine kleinen Kinder mehr und zweitens hat auch keiner Geburtstag! Und drittens will ich anständige Sachen essen, damit ich mich fit fühle und die Dinge tun kann, die ich tun will!

»Du kannst gerne zum Frühstück wiederkommen«, bietet mir Gregory jetzt an.

Doch das, was da nach dem köstlichen Abendessen (Tofuwürstchen und mediterranes Gemüse, Goldi hat gekocht!) zwischen Goldi und Sibylle abgegangen ist, sitzt mir noch in den Knochen. Schon aus der Entfernung von hier oben war es schwer genug, das auszuhalten. Aber auch noch am Tisch sitzen, wenn die wieder loslegen – nee, das möchte ich wirklich nicht.

Ich habe Gregorys Eltern ehrlich zum ersten Mal streiten hören. Doch Gregory meinte, die beiden seien zwar im Grunde sehr glücklich miteinander, aber gelegentlich würden schon mal die Fetzen fliegen. (Ich schätze, Gregorys Mutter ist es nicht gewohnt, dass neben ihr noch jemand eine eigene Meinung hat und sich die – anders als ein hilfloses Kind, also anders als Gregory früher – nicht so einfach ausreden lässt.)

Bei dem Streit ging es jedenfalls ganz klar um London. Wie man nach einer Weile auch hier oben unschwer hören konnte, ist Goldi zwar offenbar nicht abgeneigt, zurück nach England zu gehen, aber ihm wäre es lieber, noch mindestens ein Schuljahr hier zu verbringen.

»Ich kann die Bettina-von-Arnim-Schule nicht schon nach wenigen Monaten einfach so im Stich lassen«, hat er gesagt. »Ich muss dem Schulamt doch Zeit geben, nach einem geeigneten Nachfolger für mich zu suchen.«

»Die werden schon jemanden finden«, hat Sibylle gemeint. »Schuldirektoren gibt es wie Sand am Meer! Du weißt genau, dass mein Job am ersten Oktober losgeht. Und vorher wollen wir ja auch noch eine Wohnung finden! Das ist in London nicht gerade einfach, wie du sehr wohl weißt!«

»Vor allem müssen wir eine gute Schule für Gregory finden«, hat Goldi zurückgegeben. »Irgendwas zum Wohnen findet man immer. Zur Not ziehen wir eben nach ein paar Monaten noch mal um. Aber die guten Schulen haben lange Wartelisten. Wir können von Glück sagen, wenn er im nächsten Sommer irgendwo aufgenommen wird.«

»Wir gehen DIESEN Sommer!«, hat Sibylle da gekreischt. »So ein Angebot kriege ich NIE WIEDER!«

Irgendwann knallte dann die Haustür, und danach war Stille.

»Schläft Goldi inzwischen eigentlich ... also, ich meine normalerweise, wenn die beiden nicht gerade streiten«, frage ich vorsichtig, »also, schläft er jede Nacht bei euch? Er hat doch noch eine eigene Wohnung, oder?«

Gregory nickt. »Ja, aber meistens schläft er hier.« Er verzieht den Mund zu einem leichten Grinsen, das in einer Grimasse endet. »Allerdings ist er gelegentlich morgens beim Aufstehen nicht mehr da. Dann weiß ich schon, dass irgendwann nachts wieder das Gestreite losgegangen ist.« Er zuckt mit den Schultern. »Was soll ich machen?«

Tja, genau das ist es. Als Sohn oder Tochter kann man gar nichts machen. Man kann nur zusehen (oder zuhören) und sich beschissen fühlen.

Als ich endlich durch den immer noch sommerhellen Garten rüber zu uns gehe, fühle ich mich ebenfalls so beschissen mies, dass mir mein ganzer Körper richtig wehtut. Den Nachmittag und Abend mit Gregory zu verbringen, hat mir nicht gutgetan. Auch wenn er so nett zu mir ist. Oder wahrscheinlich genau deswegen. Ich hatte recht. Ihn nicht zu sehen, wäre einfacher gewesen.

Außerdem wird mir gerade klar, dass ich vermutlich irgendwo tief drinnen doch noch die klitzekleine Hoffnung hatte, dass Goldi und Sibylle sich anders entscheiden. Na ja, die ist jetzt jedenfalls verpufft. Und auch wenn mir vorher gar nicht bewusst war, dass ich insgeheim darauf gehofft hatte, tut das richtig weh.

Goldi möchte zwar erst später nach London, aber ich weiß nur zu gut, dass Sibylle alle Hebel in Bewegung setzen wird, um ihren Willen zu kriegen. Bei ihrer Karriere kennt sie nichts. Wenn sie etwas im Blick hat, dann nimmt sie sich das auch. Und was aus mir und Gregory wird, ist ihr garantiert schnurzpiepegal.

Die paar Treppen zur Küchentür kommen mir vor wie die Besteigung des Mount Everest. Was ist denn plötzlich mit meinen Knochen los? Mein ganzer Körper fühlt sich an, als würde ich Klamotten aus Blei tragen.

Ich muss wohl auch ziemlich elend aussehen, denn als ich reinkomme, guckt sogar Kenny hoch. »Was issn mit dir los, Livi?« Meine herzige kleine Schwester hockt mit ihren Malkreiden am Küchentisch, kritzelt schöne bunte Kreise um die Marshmallowreste und kräht fröhlich: »Musst du gleich kotzen?«

Schöne Begrüßung!

Aber ja, eigentlich fühle ich mich genau SO! Und wenn ich dieses wilde Chaos sehe, dann erst recht. Ich meine, ich bin ja kein Spießer, aber … MANN! Hier funktioniert absolut nichts mehr!

»War es nicht nett bei Gregory?«, fragt Cornelius und streckt die Nase tatsächlich aus seiner Lieblingsmusikzeitschrift raus. (Ohne das dreckige Geschirr überall auch nur eines Blickes zu würdigen.)

»Gregory zieht um«, verkünde ich knapp.

»In eine andere Straße?«, fragt Malea erstaunt.

»Nee, in ein anderes Land«, antworte ich matt. »Sibylle hat einen Job in London angenommen und ...«

Und *das war's*, wollte ich sagen.

Doch weil es genau das ist, was ich verspüre – DAS WAR'S! –, merke ich plötzlich, wie kochend heiße Tränen in mir aufsteigen. Dabei fühle ich mich eigentlich gar nicht mehr so traurig. Nur schwer... schmerzig... krank, aber auch wütend und... ach, überhaupt alles.

Ich renne aus der Küche und direkt hoch in mein Zimmer und schließe die Tür von innen ab. Ich will nur noch allein sein. Nichts mehr hören. Dieses ganze Haus nicht mehr sehen.

Und auch Gregory nicht mehr sehen. Gar nicht mehr. Am besten, bis er fährt. Jedes Treffen tut mir nur noch mehr weh.

Selbst *wenn* er erst in einem Jahr umziehen würde! Was würde das für einen Unterschied machen? Tatsache ist, dass unsere Freundschaft praktisch beendet ist.

Ja, mir wird sogar gerade klar: Eigentlich wäre es sogar noch schlimmer, wenn er erst in einem Jahr weggeht. Wer weiß, was in diesem Jahr alles passieren könnte! Wer weiß, wie gut, wie viel besser wir uns noch verstehen würden? Wer weiß, wie viel schöner, als es sowieso schon ist, es noch mit uns werden würde? Und – das ist so sternenklar, wie der Himmel heute Abend zu werden verspricht – je schöner es ist mit Gregory und mir, desto härter wird es sein, mich für immer von ihm zu verabschieden.

Mit einem harten Ruck ziehe ich die Gardinen vors Fenster. Den blöden Himmel will ich heute Abend auch nicht sehen.

Ich schmeiße meine Klamotten auf den Boden, hüpfe ins Bett, ziehe mir die Decke über den Kopf und fange an zu heulen, wie ich seit hundert Jahren nicht geheult habe.

Malea

Treffen sich zwei Hunde im Park. Sagt der eine: »Ich bin ARKO VOM SCHLOSSHOF. Und du? Bist du auch adelig?« Sagt der andere Hund: »Oh ja, ich heiße RUNTER VOM SOFA!«

So, für euch wird es jetzt auch Zeit, ins Bett zu gehen!« Cornelius schlägt sein Musikmagazin zu und lächelt uns an.

»Noch niiiiich!«, mault Kenny sofort, obwohl sie ihre Augen kaum noch aufhalten kann.

Ich warte, ob Cornelius noch mehr sagt. So zum Thema Aufräumen oder so. Sagt er aber nicht. Hm. Meerwasserklar, wenn Iris hier wäre, müsste Kenny jetzt ihren Schweinkram auf dem Küchentisch sauber machen. ICH mach's jedenfalls nicht.

Deshalb verabschiede ich mich lieber schnell. »Nacht, Kenny, Nacht, Cornelius!« Ich gebe ihm einen Kuss und galoppiere in den Flur. Dicht gefolgt von Hugo.

»Haaaaalt! Malea?«

Meermist, Cornelius will doch ne Aufräumrunde starten. Ob ich mal so tue, als hätte ich nichts gehört? Hihi, Hugo neben mir legt den Kopf schief, lässt seine Ohren spielen und guckt mich an, als denke er über das Gleiche nach.

»Die Hunderunde?«, ruft Cornelius. »Schon vergessen?«

»Die *was*?« Ich bin ehrlich ahnungslos, als ich wieder im Türrahmen erscheine.

»Die Hunderunde«, wiederholt Cornelius. »Ich nehme an, du gehst gleich noch mal zur Toilette, bevor du ins Bett gehst, oder? Siehst du, genau das muss Hugo auch.«

»Er geht auf unsere Toilette?«

Cornelius guckt mich an, als hätte ich Meersand im Getriebe. »*Gassi-Gehen*, Malea! Los, ab!« Er grinst. »Ein paar Häuser die Straße runter und dann wieder zurück wird genügen.«

Ach, Algengrütze, das hatte ich vergessen. *Das* war also der Grund, warum Hugo den Kopf schief gelegt hat, als wir eben an der Haustür vorbeikamen, und so fragend guckte. Hihi, mein Agentenhund ist echt süß!

Hugo musste tatsächlich viereinhalb Mal pinkeln. (Beim halben Mal hat er es zwar versucht, war aber nichts mehr drin.) Ich muss morgen unbedingt mit meinem Handy Fotos von ihm machen. Er geht immer so niedlich in die Hocke und hängt dann da mit krummen Beinen, bis das Pipi raus ist. Möchte wissen, wann er endlich lernt, sein Bein zu heben, wie alle anderen männlichen Hunde. (Vielleicht müssen die Besitzer das mit ihren Hunden üben? Muss ich ihm das etwa vormachen?)

Ein paar Minuten später liege ich im Bett, gucke im Mondschein den auf dem Teppich zusammengerollten Hugo an und denke so über das Leben nach. Warum haben einige Menschen und Tiere eigentlich ein wunderschönes Leben mit weichen Teppichen und leckerem Essen auf dem Tisch (oder im Napf) und andere so ein mieses mit Gitterstäben vor dem Gesicht und eiskaltem Beton zum Schlafen?

Und warum gibt es so viel …

Klopf-klopf-klopf!

»Maleeeeaaaa?«

Ich richte mich müde auf. »Komm rein, Kenny! Kannst du nicht schlafen?«

Kenny hüpft ins Bett wie eine kleine Springmaus und kuschelt sich sofort in meine Arme. »Was glaubst du, wann Mama zurückkommt?«

Ich drücke sie fest an mich. »Keine Ahnung. Vermisst du sie?«

»Nö«, behauptet Kenny, »aber ich schlafe heut Nacht bei dir, ja?«

»Okay«, stimme ich zu und fühle mich eigentlich auch nicht schlecht damit.

Ganz im Geheimagentengeheimen fing ich nämlich gerade an, mich auch ein bisschen einsam zu fühlen. Ich meine, so allein mit all diesen traurigen Gedanken ... von diesen traurigen Hunden ... und traurigen Menschen, die nicht einfach in ein warmes Bett hüpfen und sich an jemanden ankuscheln können.

Kurz bevor ihr die Augen zufallen, fährt Kenny plötzlich kerzengerade hoch. »Malea! Ich hab eine Idee!«

»Du hast mir deine Faust fast ins Auge gehauen!« Vorwurfsvoll richte ich mich auch auf. »Aua!«

»Hör mir doch mal zu! Ich hab eine tolle Idee für Aurora. Damit sie doch noch zur Hochzeit gehen kann! Maleeeaaa!« Kenny packt mich am Schlafanzug und rüttelt mich.

Was denkt sie? Dass ich nach ihrem Schlag womöglich noch nicht wach genug bin?

»Weil Aurora ja jetzt an zwei Stellen ein bisschen nackig aussieht«, fährt Kenny ungerührt fort, »und weil Walter gesagt hat, das dauert ein paar Wochen, bis die Federn nachgewachsen sind, und ...« Sie strahlt mich an. »Da hatte ich gerade eben DIE vollgute Idee!« Sie sitzt im Schneidersitz vor mir und sprudelt wie ein Wasserfall. »Ein Hochzeitskleid! Auf einer Hochzeit trägt man ein Hochzeitskleid, oder?«

»Nur die Braut«, erkläre ich, »wenn DU ein schönes Kleid möchtest …«

Doch meine aufgeregte Schwester lässt mich gar nicht ausreden. »ICH doch nicht! Das Kleid ist für Aurora! Damit man ihre kahlen Stellen nicht sieht.«

»Und warum soll sie ausgerechnet ein Hochzeitskleid tragen?«

»Weil Bentjes Schacklien auf der Hochzeit ganz bestimmt ein Prinzessinnenkleid anhat! Und weil Hugo ja noch nicht mal Schack heißt! Und ein Hochzeitskleid ist NOCH besser als ein Prinzessinnenkleid.«

Ich weiß nicht, ob es daran liegt, dass ich irgendwas nicht mitgekriegt habe oder dass ich einfach schon zu müde bin – ich kapiere nicht die Meermaus, wovon Kenny redet. Doch auch Kenny klimpert beim Reden bedenklich mit den Augen.

»Lass uns morgen darüber sprechen, ja?«

»Hilfst du mir?«

»Klar, Kenny, klar.« Ich lege mich wieder hin und ziehe Kenny mit mir runter.

Zufrieden lächelnd schmiegt sie sich wieder an mich, gerade als mir die Augen zufallen. Ich bin sogar zu müde, um jetzt noch über traurige Tiere oder Menschen nachzudenken. Und über Hochzeitskleider für Hühner werde ich erst recht nicht mehr nachdenken.

Livi

Wenn sowieso alles dunkel ist, wieso sollte man sich dann noch die Mühe machen und Lampen anknipsen?

Frühstück!«, ruft Cornelius von unten. »AUCH FÜR DICH, OLIVIA!«

Auch für mich. Ja, ha-ha.

Ich ziehe mir die Decke über den Kopf und bleibe einfach liegen. Ich bin krank. Ich gehe heute nicht in die Schule. Doch so schnell gibt Cornelius nicht auf. Ich höre seine schweren Schritte die Treppe hochstampfen.

Und schon klopft es an meiner Tür. »Olivia?«

Ich reagiere nicht. Huch? Der drückt ja einfach die Klinke runter und kommt rein.

Nee, hihi, kommt er nicht. Kann er nämlich gar nicht. Hab ja ganz vergessen, dass ich gestern Abend die Tür abgeschlossen habe.

»OLIVIA! Mach die Tür auf!«

»Ich bin krank!«

Sofort seufzt Cornelius. »Röschen, bitte! Mach die Tür auf, sodass wir reden können.«

Nee, nix *Röschen*! Heute nicht! Ich will nicht! Gar nichts! Schon gar nicht reden!

Cornelius seufzt noch tiefer. Er tut mir fast leid.

Cornelius fängt immer sofort an zu leiden, wenn eine von uns leidet. Aber manchmal, manchmal ist das einfach keine große Hilfe! Und außerdem will ICH jetzt leiden!

Oder nein, natürlich nicht. Aber ich will NICHT reden! Davon würde ja nichts besser werden. Nichts anders werden. Außerdem weiß ich genau, was Cornelius sagen würde. Genau das, was man in so einem Fall eben sagt. *Aber Röschen, du kannst ihn doch besuchen!*

Besuchen ist aber nicht, Gregory *nebenan* zu haben!

»Ich bin krank!«, wiederhole ich stur.

»Das bist du nicht«, gibt Cornelius zurück. »Livi, hör mir zu! Wir alle finden es alle sehr, sehr schade, dass Gregory offenbar mit seinen Eltern wegzieht, aber …«

»LASS MICH IN RUHE!«, brülle ich dazwischen.

Okay, wenn hier schon alles so wild aus dem Ruder läuft, kann ich auch mal wild aus dem Ruder laufen! Und außerdem KANN ich diese dämlichen Trostsätze NICHT MEHR HÖREN!

Cornelius atmet tief aus. »Steh auf und geh zur Schule! Dann lasse ich dich auch in Ruhe!«

Oh, Gott! Ich könnte vor Wut in die Tapete beißen. Kann man nicht mal einen Tag lang in seinem eigenen Bett in aller Ruhe leiden?

»Unten steht das Frühstück auf dem Tisch«, versucht es Cornelius noch mal netter. »Ich bin eben extra eine Runde mit unserem verrückten Trampolin-Hund gegangen und habe frische Brötchen gekauft.« Er wartet einen Moment ab. »Na, wie ist das?«

Wie das ist? Soll ich jetzt HURRA schreien, bloß weil es zur Abwechslung bei uns endlich wieder normales Essen gibt?

Ich starre an die Decke und überlege. So ruhig wie ich kann.

Fakt ist: Wenn ich einfach liegen bleibe, wird Cornelius den ganzen Tag lang versuchen, mir ein Gespräch aufzuzwingen. So von Vater zu Tochter. Das ist ja oft auch ganz nett. Aber heute nicht! Heute will ich GAR NICHTS!

Doch Fakt Nummer zwei ist: Selbst wenn Cornelius irgendwann das Haus verlässt oder sich in den Keller verzieht, um neue Lieder für seine Band Rainbow einzustudieren, sitze ich hier fest, in diesem Haus, in dem ich mich nicht mehr wohlfühle. (Ehrlich, wenn ich wüsste, wo Iris ist, würde ich hinterherfahren.)

Also einfach doch zur Schule gehen? Wo ich den ganzen Tag Gregory sehe? Und daran erinnert werde, dass ich ihn sehr bald gar nicht mehr sehen werde?

NEIN.

Ah, da kommt mir ein genialer Gedanke. Und warum auch nicht? Oh ja, wenn wilde Zeiten gefragt sind, dann kann ich so wild sein, dass Iris und Cornelius beide mit den Ohren schlackern werden!

»Okay, okay, ich stehe auf!«, rufe ich durch die Tür.

»In Ordnung, mein Röschen«, flötet Cornelius. »Ich gieße dir schon mal ein Glas Orangensaft ein.«

Orangensaft! Cornelius und Kenny haben außer Marshmallows also tatsächlich auch noch nahrhafte Dinge gekauft. Na gut, frühstücken kann ich ja kurz. Aber dann!

Ich dusche schnell, ziehe mich an, packe meinen Laptop und ein paar Papiere in meine Schultasche und gehe runter.

»Guten Morgen«, grüße ich in die Küchenrunde.

Tessa nickt mir abwesend zu. Sie sitzt am Tisch vor einer leeren Tasse Kaffee und hämmert wie wild auf den Tasten ihres Handys rum.

Malea grinst: »Hallo Livi!", und füttert dann weiter Hugo mit so einer Art Hunde-Cornflakes.

Und Kenny am Küchentisch (die Malkreidekreise von gestern Abend sind noch genauso da wie die Zuckerreste) stopft sich – das kann doch nicht sein? – zum Frühstück schon wieder Marshmallows in den Mund. »Mofffn, Lipffi!«

Ich werfe Cornelius einen vorwurfsvollen Blick zu.

Doch der lächelt ganz ungerührt. »Ist was nicht in Ordnung?«

Ist das ne Fangfrage?, hätte ich am liebsten zurückgeraunzt. Ich meine, ist das nicht offensichtlich? Doch ich bin nicht auf einen Streit aus.

Also antworte ich nur ganz ruhig: »Meinst du nicht, Kenny sollte ab und zu auch mal was anderes als Marshmallows essen?«

Da lächelt Cornelius so selig wie sonst nur, wenn er am Schlagzeug sitzt. »Sie wird schon was anderes essen, wenn sie keinen Appetit mehr da drauf hat. Ich habe beschlossen, solange Iris und Rema nicht hier sind, die guten alten Zeiten wieder einzuführen.«

»Die guten alten Zeiten?«, echoen Tessa und ich gleichzeitig. (Sie guckt dafür sogar von ihrem Handy auf.)

Ich meine, WAS für gute alte Zeiten? Als es noch kein gesundes Essen gab?

Cornelius strahlt. »Die guten alten Hippie-Zeiten! Wir müssen bloß alle mehr Vertrauen in die Welt haben. Kinder erziehen sich selber. Sobald Kenny von dem Zuckerzeug schlecht wird, wird sie schon von alleine was anderes essen wollen.«

Er sieht aus, als würde er die Lösung für alle Probleme verkünden, die die Menschheit hat.

Und ich sehe vermutlich genauso verdattert aus wie Tessa.

(Sonst ähnele ich meiner Tuschschwester ja doch eher weniger.)

»Mifff fffird aber nich schlepppft«, kichert Kenny.

Und rülpst gleich danach erbarmungslos.

Cornelius lächelt noch seliger. Echt, der hat doch nen Vollknall mit seinen Hippie-Ideen!

Ich weiß ja, dass er und Iris in prähistorischen Zeiten zusammen auf Hippie-Spuren durch die Welt getourt sind. Spricht ja auch nichts dagegen. Und – zugegeben – was Iris uns in der Regel als Mahlzeit vorsetzt, entspricht auch nicht immer genau dem, was das Gesundheitsamt so an Richtlinien für gute Ernährung rausgibt. Trotzdem kocht Iris immer frisches Gemüse und eben all das, was man täglich braucht. (Wenn auch in einer etwas eigenartigen Zusammensetzung…) Aber waschen Hippies ihre Wäsche nie? Oder das Geschirr?

Pff, egal – ich hab wirklich keine Lust, mich zu streiten. Am Ende sagt Cornelius sowieso nur: *Wenn dich die Unordnung stört, dann räum doch auf!* Denn vermutlich ist das auch so eine Hippie-Haltung.

»Na, ich muss dann mal los!«, sage ich stattdessen, werfe unserer ehemals so gemütlichen Küche noch einen traurigen Blick zu und ziehe ab.

»HEY! Wartest du nicht auf uns?«, rufen Tessa und Malea hinter mir her. »Wir haben doch noch Zeit.«

»Nee, ich will noch was in der Klasse vorbereiten«, lüge ich.

Aber tatsächlich will ich Gregory nicht begegnen. Und Tessa und Malea auch nicht sehen lassen, wo ich hingehe. Nicht zur Schule nämlich! Nee!

Wilde Zeiten? Hippie-Zeiten? Könnt ihr haben! Ich nehme mal an, dass Hippies auch nur zur Schule gegangen sind, wenn sie Lust hatten. Und heute habe eben *ich* keine Lust. (Vielleicht ist das Hippie-Leben doch nicht allzu schlecht gewesen?)

Statt zum Ende der Kastanienallee in Richtung Schule gehe ich den Weg runter in den Ort. Und muss direkt lächeln. Denn Schuleschwänzen fühlt sich erstaunlich gut an. Hätte ich gar nicht gedacht. Leider muss ich gleich danach wieder seufzen. Im Moment drückt einfach zu viel. Überall.

Auf dem Marktplatz sind nur ein paar frühe Hausfrauen unterwegs. Viele Geschäfte sind um diese Uhrzeit sogar noch geschlossen. (Wieso fangen Schulen eigentlich so grässlich früh an?)

Ich setze mich ein Stündchen auf eine Bank am Fluss in die Sonne (ja, die scheint schon wieder – glaubt man es!), schließe die Augen und versuche, an GAR NICHTS zu denken … Leider ist das schwerer, als ich dachte. Zu viel schwirrt mir im Kopf rum.

Ich gucke zur Kirchturmuhr hinter mir. Kurz nach neun. Jetzt müsste das Bella Roma schon auf sein. Langsam nehme ich meine Tasche und schlendere rüber zum Eiscafé. Ein Milchkaffee und ein Kügelchen Bananeneis oder Maracuja werden mir guttun. Ich suche mir einen Tisch möglichst weit ab von den anderen, zähle kurz mein Taschengeld – prima, das reicht – und bestelle.

Dann klappe ich meinen Laptop auf, hole meine Papiere raus und tue endlich das, was ich schon seit Tagen tun wollte. (Wozu man aber in dieser irren Familie einfach nicht kommt.) Ich fange endlich an, den wichtigen Artikel über die ungeheuer grausamen Methoden in den modernen Milchfabriken (früher Bauernhof genannt) zu tippen.

Ja, es zerreißt einem wirklich das Herz, wenn man hört, dass die klitzekleinen Kälbchen schon direkt nach der Geburt von ihren Müttern weggerissen werden und ohne mütterliche Wärme aufwachsen müssen, bloß weil die Milchbauern die Milch verkaufen wollen, statt die Mütter damit ihre Kälbchen säugen zu lassen. Die armen Kälber kriegen bloß Ersatznahrung, und die Kuhmütter sehen ihre Kinder nie wieder, genauso wenig wie die Kälber ihre Mamas.

Ja, es zerreißt einem das Herz …

Das Herz …

Ich versuche, mich mit aller Kraft auf die Kälbchen und ihr Unglück zu konzentrieren, doch plötzlich verschwimmen die Milchkühe vor meinen Augen, ohne dass ich etwas dagegen tun kann …

Und wie es einem das Herz zerreißt!

Bevor mich hier noch jemand in Tränen aufgelöst sieht, packe ich meine Sachen rasch zusammen (gut, dass ich schon bezahlt habe) und fliehe aus dem Bella Roma.

Nachdem ich heulend eine halbe Stunde blind in der Gegend rumgelaufen bin, lande ich wieder am Fluss. Wohin geht man, wenn man niemanden sehen möchte und es nirgends aushält?

Tessa

Das Leben ist bunt,
das ist nur gesund.
Wir haben jetzt nen Hund,
und Liebesstress ist Schund.

Na gut, nicht eine meiner besten Leistungen, aber dafür habe ich einen tollen Tipp für unseren Megabestseller »Flirten, Stylen und andere Lebenstipps von Tessa-Tiara Martini und Dorothea Dunst«: Wenn ihr mal schlechte Laune habt – REIMEN ist die Lösung! Je blöder, desto besser. Wetten, ihr müsst über euer Gedicht lachen?

Meinst du, ich kann heute Mittag noch mal bei euch essen?«, frage ich Dodo in der ersten Pause.

Ich hatte ja echt ein bisschen Schiss, dass Dodo heute mächtig auf Moraltante machen würde, wegen dieses perlenwinzigen Henry-Küsschens am Sonntag nach dem Fußballspiel. Sie ist da manchmal schrecklich kleinlich.

Doch zum Glück war sie heute Morgen komplett normal und erzählte mir begeistert von ihrer neuen Idee mit dieser Erdbeer-Hautcreme, als hätten wir nie eine Meinungsverschiedenheit gehabt. (Ihre Mutter hat irgendwo beim Bauern zwölf Kilo Erdbeeren zu einem sensationell günstigen Preis bekommen, und irgendwas muss man mit den

Dingern ja machen. Dodo ist also extra früh aufgestanden und hat in der Küche fröhlich rumgemixt mit Vaseline und frisch gequetschten Erdbeeren. Ich sag ja, Dodo ist ein richtig häuslicher Typ.)

»*Claro que sí!*«, nickt Dodo jetzt. »Du kannst immer bei uns essen, das weißt du doch.« Dann hält sie mir ihren Arm hin. »Hier, fühl mal! Samtig, oder?«

Langsam und prüfend streiche ich über ihren Arm. Immerhin will Dodo, dass wir dieses neue Rezept in unseren Bestseller *Flirten, Stylen und andere Lebenstipps von Tessa-Tiara Martini und Dorothea Dunst* aufnehmen. Aber so einfach geht das *naturalmente* nicht. Die Tipps in unserem Buch sind wirklich Weltklasse. Und sorgfältig ausgetestet von vorne bis hinten und oben bis unten und vorwärts und rückwärts. Wo *Tessa-Tiara* draufsteht, muss schließlich auch Qualität drin sein!

Madre mía, was ist das denn? Ich wende mich einen Moment von Dodos Arm ab. Irgendwas müffelt hier ein wenig *desagradable*, ja, ich möchte sagen, *un poquito* unangenehm. Angewidert gucke ich mich in der Pausenhalle um. Hat hier jemand sauren Joghurt ausgekippt?

Dodo wackelt stolz mit ihrem Arm vor meiner Nase rum. »Na, was sagst du?«

Oh, mein Gott, das ist DODO!

Ich reiße ihren Arm hoch, um ganz nah dran zu schnuppern. Und werde fast ohnmächtig. »Dodo, das STINKT!«

»WAS?« Schwer beleidigt zieht Dodo ihren Arm wieder weg. »Spinnst du? Das riecht nach frischen Erdbeeren!«

»Also, wenn *so* eure Erdbeeren riechen, ist es kein Wunder, dass deine Mutter die billig bekommen hat«, gebe ich mit einem liebevollen Grinsen zurück. (Ich mein das ja nicht böse.)

Dodo guckt mich entsetzt an.

Und schnuppert dann selbst noch mal. »Aber die Erdbeeren waren völlig in Ordnung. Frisch vom Feld. Ehrlich! Wieso … wieso …?«

»Nach drei Stunden auf deiner Haut riechen sie … hm …« Ich versuche, mich diplomatisch auszudrücken und nicht zu kichern, ich will Dodo ja nicht verletzen. »Also, sie riechen jedenfalls nicht mehr *frisch vom Feld.*« Jetzt muss ich doch kichern.

Dodo guckt erst böse. Dann noch böser. Und dann … kichert sie mit.

Oh, es ist so schön, mit Dodo endlich mal wieder lachen zu können! Und *wenn* Dodo lacht, dann lacht sie. Aber richtig! Manuela, Julia und ein paar andere Mädchen aus unserer Stufe drehen sich sogar grinsend zu uns um.

»Wehe, du sagst was!«, zischt Dodo mir zwischen zwei Kicheranfällen zu.

»Was denkst du denn von mir!«, pruste ich zurück.

»Jetzt kapiere ich auch, wieso in so vielen Cremes all diese Konservierungsmittel drin sind«, meint Dodo, als wir uns halbwegs beruhigt haben.

Ich nicke. »Ja, scheint gar nicht so einfach zu sein, Cremes haltbar zu machen.« Dann grinse ich. »Deswegen sollten wir besser bei unseren Gesichtsmasken bleiben. Die wäscht man nach einer halben Stunde wieder runter.«

Dodo schüttelt den Kopf. »Tessa, das ist doch DIE Herausforderung für uns! Es MUSS doch möglich sein, dass wir eine Creme kreieren, ohne diesen schrecklichen Chemie-Mist reinzumixen.«

Aus den Augenwinkeln sehe ich Henry vom anderen Ende der Pausenhalle auf uns zusteuern, weswegen ich – verständlich! – etwas abgelenkt bin. »*Claro que sí,* Dodo!

Aber …« Ich drehe meinen Kopf ein Stückchen und lächele Henry mal *ganz unverbindlich* schon aus der Entfernung liebevoll zu. »Aber … im Moment haben wir ja noch genug anderes zu tun, oder?«

»Wir könnten doch …« Dodo verstummt abrupt, als sie meinem Blick folgt. »Aaaah, verstehe …«

»Hi Dodo, hi Tessa!«, grüßt Henry uns mit einem Hauch von einem *sehr* charmanten Grinsen – nur so in den Mundwinkeln angedeutet.

Ich bin völlig fasziniert. Wie macht der das? Ich glaube, das muss ich sofort heute Abend vor dem Spiegel probieren.

»Ich hab dich gestern in der Schule gar nicht gesehen«, wendet Henry sich jetzt an mich.

Nee, höhöhö, das hat er nicht. Weil *ich ihn* immer gesehen habe, bevor *er mich* sehen konnte – und dann schnell hinter einen Schrank gelaufen bin oder um die nächste Ecke oder aber die Treppe runter.

Was natürlich *totalmente* blöd war und vor allem überhaupt nicht nötig. (Es ist ja NICHTS passiert.) Aber Javi hat mich mit seinen hundert Anrufen und fünftausend SMS so kirre gemacht, dass ich irgendwie gar nicht mehr wusste, was ich eigentlich will.

Zum Glück bin ich jetzt nicht mehr verwirrt. Und sehe *allerdeutlichst*, was Henry für ein unfassbar gut aussehender Typ ist. (Nicht nur in seinem äußerst vorteilhaften Fußballtrikot.)

Leider bemerke ich ebenfalls, dass sich Dodos Gesicht bei Henrys Anblick (oder liegt es an meinem strahlenden Lächeln für ihn?) wieder etwas versäuert. (Was für *ihr* gutes Aussehen *überhaupt* nicht vorteilhaft ist.)

Henry lächelt ungebrochen zurück. Ach, der Typ hat's einfach drauf!

»Ich hab's auch ein paar Mal auf deinem Handy probiert«, meint er, »aber du hast nicht abgenommen.«

Ach, Henry war das auch? Schade! Ich werde von Javi ja so kanonenmäßig bombardiert, dass ich schon gar nicht mehr nachgucke, wenn mein Handy klingelt.

»Wolltest du sonst noch was?«, fragt Dodo ihn jetzt – nicht sehr feinfühlig. »Oder willst du hier nur grinsend rumstehen?«

Mir fällt mein eigenes Grinsen direkt aus dem Gesicht. Also, Dodo, sag mal, spinnst du? Ich bin von Dodos Unhöflichkeit so geschockt, dass ich nicht mal was erwidern kann. Peinlich berührt setze ich zu einem neuen Lächeln in Richtung Henry an. Sozusagen als Entschuldigung. Ich hab da meine kleine Spezialmethode.

Kopf schräg legen, Gesicht nach unten neigen, und dann von schräg unten loslegen. Wimpern ganz niederschlagen, dann laaaaangsam öffnen und den Blick pfeilgerade in den Augen des Gegenübers landen lassen. Und genüsslich drin versinken. Dann sehr langsam das Gesicht wieder heben und Kopf in Normallage bringen.

Erfordert einiges an Übung. Aber wenn man es kann, ist es ein unschlagbarer Kniff, den jede Lady beherrschen sollte. Je länger man durchhält, desto wackeligere Wackelpuddingbeine wird der andere kriegen. Wirkt IMMER!

Henrys Lächeln wird allerdings nur umso selbstsicherer, je tiefer ich in seinen blauen Augen schwimme. Sagte ich schon, dass der Typ es ehrlich draufhat? Aber so was von *mucho-mucho*!

»TESSA?«, fährt Dodo mich an.

Nur äußerst mühsam wende ich mich von Henry ab und funkele stattdessen mal *ganz anders* in Dodos hübsche Augen. »Jaaa? IST was?«

Nun räuspert sich Henry. »Also, ich wollte einfach nur mal Hallo sagen und hören, wie es euch geht, und fragen …«

Ich wende mich sofort wieder ihm zu. »Ja?«

Und Henry lächelt. »… ob du vielleicht nächsten Sonntag noch mal zum Fußball …?« Er macht eine kleine Pause. »Oder wir könnten zusammen Eis essen gehen?«

Sein Lächeln ist unwiderstehlich! Was hat der Junge nur für Talente!

»… vielleicht heute nach der Schule?«, ergänzt er.

Dodos Grunzen neben uns klingt wie das eines Baby-Wildschweins.

Das ignoriere ich jetzt mal großzügig.

Stattdessen streiche ich mir meine Haare aus dem Gesicht. »Oh, supersüße Idee! Ich könnte …«

»Tessa kann heute nicht!«, unterbricht mich Dodo barsch. »Sie ist schon mit mir verabredet.«

»Ah«, macht Henry, »na, dann wann anders!«

»Auf jeden Fall!«, stimme ich zu.

Und dann geht Henry. Nein, er schlendert. Nein, er schwebt. Nein, er federt, und jeder Muskel seines Luxuskörpers federt mit. Ach, ich kann mich gar nicht sattsehen!

»Kannst du vielleicht mal deinen Blick von Henrys Hintern lösen?«, raunzt Dodo mich an.

So was! Was hat die nur schon wieder?

Ich bin noch die folgenden vier langweiligen Schulstunden sauer auf meine beste Freundin. Spielverderberin! Kleinkarierte Nonne! Aber ich habe zu viel Angst, Kennys nächstes Supergericht essen zu müssen, wenn ich es mir jetzt mit Dodo verderbe. (Hält Cornelius es für pädagogisch wertvoll, uns mit einer Überdosis Zucker zu vergiften? Was will er denn damit erreichen?)

Apropros Zucker! Henrys gesamte Rückseite ist wirklich … jammi! Hihi, und die knackige Brust-Vorderseite ist ja auch nicht zu verachten!

Während wir uns in Musik einen Vortrag über den Jazz der vierziger Jahre anhören müssen (Sagte Herr Nolte nicht zu Beginn der Stunde, er wolle zum Abschluss des Schuljahres den Unterricht ein wenig *auflockern*? Hilfe, wer interessiert sich denn für die vierziger Jahre des letzten Jahrhunderts?!), habe ich wenigstens Zeit zum Nachdenken. Darüber, wie ich doch noch zu einem – natürlich *totalmente* unverfänglichen – Treffen mit Henry kommen könnte.

Leider vergebens.

Doch als uns in der letzten Pause Malea-Maus über den Weg läuft, kommt mir nicht nur die Unterhaltung mit ihr gestern Abend auf dem Nachhauseweg wieder in den Kopf – sondern auch ein geradezu genialer Einfall …

Malea war nämlich ganz aufgeregt. Doch statt zu verraten, was sie da im Gebüsch zu suchen hatte, erzählte sie die ganze Zeit von der Welpenschule und wie großartig Hugo drauf war. Aber auch davon, wie leid ihr die Hunde tun, die in den Tierheimzwingern sitzen und *kein* neues Zuhause bekommen haben. Und da wurde sie plötzlich ganz traurig.

Natürlich habe ich als gute große Schwester mit allen Kräften versucht, sie aufzuheitern, und ihr klargemacht, dass diese Tiere immerhin nicht mehr in dem Elend sitzen, in dem sie vorher saßen, und dass *bestimmt* bald jemand kommt, der sie adoptiert. Genauso wie wir Hugo adoptiert haben.

»Und bis dahin«, hab ich ihr vorgeschlagen, »könntest du dich ja freiwillig melden, um mit ihnen spazieren zu gehen.«

Da hat sie schon ein bisschen sonniger ausgesehen und nachdenklich genickt. »Gute Idee! Aber die könnten bestimmt noch viel mehr Leute gebrauchen. Da sitzen nämlich richtig viele Hunde, die raus wollen …«

Und JETZT, in der Pause, kommt mir plötzlich die ERLEUCHTUNG. DIE Idee, wie ich zwei Fliegen mit einer Klappe schlagen kann. Ach, was rede ich – DREI Fliegen!

Ich bin einfach *mucho, mucho genialo*! Äh, *genial*! (Genialo gibt's ja gar nicht.) Damit mache ich nicht nur Malea glücklich, sondern tue auch Gutes, was Henry bestimmt bewundern wird (auch nicht schlecht!). UND ich treffe mich mit Henry, OHNE dass es wie ein Treffen aussieht. (Sagte ich schon, dass ich einfach genial bin?)

Nach dem Unterricht rase ich durch die aus der Schule strömenden Schülerhorden und blicke mich suchend um. Ah, da ist er ja! »HENRY!« Ich winke ihm zu.

Erfreut bahnt er sich einen Weg durch die Menge zu mir.

»Henry, sag mal …« – bezauberndes Lächeln meinerseits –, »… ich hab da ein kleines Problem …« (Okay, hier fange ich ein winziges bisschen an zu lügen, aber Rema sagt immer: *Der Zweck heiligt die Mittel!* Was kajalstifklar bedeutet, dass man lügen darf, wenn es für eine gute Sache ist.)

»Ich hab nämlich meiner kleinen Schwester Malea was versprochen …« Zur Sicherheit lege ich noch einen Wimpernschlag drauf. »Sie ist im Moment völlig verzweifelt, weil wir doch jetzt einen Welpen aus dem Tierheim haben und sie dort aber all die anderen unglücklichen Hunde gesehen hat – du weißt schon, die, die niemand haben will. Und da habe ich mir den ganzen Tag die Birne blöd gedacht, wie ich Malea wieder glücklicher machen kann.«

»Und?« Henry sieht ehrlich betroffen aus.

»Ich hab ihr vorgeschlagen, nachmittags doch einfach ein paar der traurigen Hunde auszuführen.« Ich lächele selbst, so traurig es geht. »Und weil eine Person natürlich nicht viel ausrichten kann bei den vielen Hunden, hab ich ihr selbstverständlich sofort angeboten, mitzukommen, sodass wir ein paar mehr Tiere für eine Weile aus den Zwingern rauskriegen.«

Henry guckt mich bewundernd an. »Das finde ich total cool, Tessa! Ich wusste gar nicht, dass du dich so um Hunde sorgst.«

Ich nicke heftig. »*Claro* mach ich das!«

Henrys Gesicht verdüstert sich für einen Moment. »Ich wünschte, du würdest nicht immer diese dämlichen spanischen Wörter benutzen!«

Wie? »Äh, wieso denn nicht?«

Henry guckt noch düsterer. Aber mir direkt in die Augen. (Nanu, wieso kriege denn ICH jetzt Wackelpuddingbeine?)

Ups, jetzt hab ich direkt den Faden verloren. Mein Hirn rattert grad zu doll. Ist der etwa genervt, weil das Spanisch ihn an Javier erinnert? Ist Henry *eifersüchtig*? Och, wie süß ist das denn? Sofort finde ich mein Lächeln wieder. Und ignoriere mal ganz charmant sein muffeliges Gesicht.

»Jedenfalls«, fahre ich fort, »habe ich jetzt ein Problem.«

Henry entspannt sich und guckt gleich ein wenig besorgt. »Was für eins denn?«

Nun aber los, Tessa-Tiara! Du wirst doch wohl schauspielern können! Und, wie gesagt, *der Zweck heiligt die Mittel*!

»Ich hab SCHRECKLICHE Angst vor Hunden!«, verkünde ich so glaubhaft, wie ich kann.

»Hast du?« Henry guckt, als könne er das nicht fassen. »Das hab ich ja noch nie bemerkt. Aber vor Hase hast du doch keine Angst, oder?«

»Nein!« Ich lache. »Vor Hase natürlich nicht. Und vor Hugo auch nicht.« Dann versuche ich wieder, sehr betroffen zu gucken. »Aber vor allen anderen. Ehrlich. Ganz schrecklich. Und da dachte ich …« – doppelter Wimpernschlag –, »… ob du vielleicht mitkommen und mir beistehen könntest? Sozusagen als echter Hundeprofi?«

Henry guckt verdutzt.

»Natürlich nur, wenn du Zeit hast«, schiebe ich sofort nach. »Und Lust«, lächele ich.

Da grinst auch Henry. »Sicher hab ich Lust. Und Zeit. Wann denn?«

»Wann denn WAS?«, mischt sich hinter uns Dodo plötzlich ein.

Ich zucke zusammen. Was macht die denn hier? Ich hatte ihr doch gesagt, ich treffe sie gleich beim Schultor!

»Ich schick dir ne SMS!«, rufe ich Henry hastig zu und wende mich schnell zum Gehen.

»BINGO!«, ruft mir Henry hinterher.

Ich kichere. Henry hat sich mein Wort geklaut?

Doch Dodo guckt komisch. »Seit wann sagt Henry denn *BINGO*?«

Ich zucke mit den Schultern und grinse weiter. Irgendwie läuft endlich wieder alles ganz wunderbar und *maravilloso*! Ach, ich hab das Leben einfach im Griff!

Ringelingelingdingdong!

NEIN! Ich stelle mein Handy auf lautlos. Vielen Dank, Javi, ich muss mir jetzt von dir nicht meine gerade wiedergewonnene gute Laune verderben lassen!

Allerdings werde ich über diese ganze blöde Sache nachher noch mal in Ruhe mit Dodo reden. Langsam kriege ich nämlich ein ganz klein bisschen Panik. Am Freitag kommt Javi ja schon. Das sind nur noch drei Tage. Und ich fürchte, hm, dass ich bis dahin vielleicht doch noch das eine oder andere für mich geklärt haben sollte.

Aber jetzt gehen wir erst mal schön zu Dodos Eltern essen

und danach eine ausgedehnte Runde shoppen. Bei all dem Stress kommt man ja zu nichts mehr. Man darf sich nicht irre machen lassen im Leben. Ich sage immer: Auch wenn es mal drunter und drüber geht, das Leben muss weitergehen! Da kann man sich nicht einfach unter dem Teppich verkriechen. Immer schön den Boden unter den Füßen behalten!

»Wollen wir nachher gleich zu Madeleine's oder lieber erst ins Kaufhaus am Marktplatz?«, fragt Dodo.

»Am besten direkt zu Madeleine's«, grinse ich.

Malea

Rema sagt manchmal: »Wo Leben ist, ist Hoffnung.« Ich glaube, das könnte auch James Bonds Motto sein. Aber garantiert ist es das von Hunden im Tierheim. Das hoffe ICH jedenfalls.

Als ich aus der Schule komme, laufe ich ein paar Schritte schneller, um Tessa und Dodo einzuholen, die schon losgegangen sind.

»Wo ist denn Livi?«, frage ich, als ich sie eingeholt habe.

Tessa zuckt nur mit den Schultern. »Keine Ahnung! Vielleicht schon vorgegangen. Oder hat sie heute ihre Umwelt-AG?«

Vielleicht. Tief in Gedanken trotte ich hinter meiner großen Schwester und Dodo her. Plötzlich fällt meinem geübten Spionierblick etwas auf. Da versteckt sich doch jemand hinter dem Müllcontainer dort hinten? Ich kann meerwasserklar einen Schuh an der Seite hervorragen sehen. Was für ein Anfängerfehler! Wieso und wovor versteckt der sich wohl?

Ich will gerade vorlaufen und nachgucken, als die Gestalt sich aufrichtet und über den Rand des Containers guckt. Wilde Welle, das ist ja Livi!

Jetzt renne ich natürlich noch schneller. »Livi, was machst du denn da? Ist was passiert? Musst du dich verstecken? Hast du was geklaut? Ist die Polizei hinter dir her? Hast du …?«

»Jetzt mach mal halblang, Malea!«, begrüßt mich Livi und legt einen Finger auf ihren Mund. »Und mach nicht so einen Wind!«

Tessa und Dodo haben Livi nun auch gesehen und kommen ebenfalls heran.

»Ist was?«, wispere ich für alle Fälle leiser. (Ich bin ja Profi und kann von einer Sekunde zur anderen auf *Geheim* schalten.)

Livi schüttelt den Kopf. »Ich habe auf euch gewartet, um euch zu bitten, nichts zu Hause davon zu sagen, dass ich heute nicht in der Schule war.«

»Du warst heute nicht in der Schule?«, fragen Dodo, Tessa und ich entgeistert wie aus einem Mund.

Livis Gesicht verzieht sich zu Düsterwolken. »Sehr nett! Das habt ihr nicht mal *bemerkt*?«

Tessa rollt die Augen. »Ehrlich, Livi! Glaubst du, ich zähle alle achthundert Schüler ab, um herauszufinden, ob meine Schwestern auch vollzählig anwesend sind?«

Ich dagegen überlege. »Du warst NOCH NIE nicht in der Schule!«

Livi nickt. »Das stimmt.«

»*Warum* warst du nicht in der Schule?« Das muss ja einen wellenbrecherharten Grund haben.

Doch Tessa grinst nur. »Lass sie doch auch mal NICHT zur Schule gehen!«

»Genau!«, nickt Livi.

Blöd! Ich will aber den Grund wissen. Als Geheimagent muss man immer den Grund wissen. Für alles.

Leider plappern Tessa und Dodo sofort weiter über irgendwelche Cremes und Erdbeeren und Brombeeren (was hat das eine denn mit den anderen zu tun?), und Livi ist plötzlich in ihrem Handy versunken (was auch nicht so oft vorkommt). Und da konzentriere ich mich dann eben auch auf was anderes.

Ich checke jeden Baum danach ab, ob die Äste stark genug sind, um einen Geheimagenten für ein paar Stunden zum Leute-Beobachten zu tragen. (Ein echt nettes Training. Besonders, wenn es so heiß ist wie jetzt. Unter den Blättern ist es schattig, und zu knabbern kann man sich auch was mitnehmen.) In der ganzen Kastanienallee sind es elf Bäume.

Zu Hause erwartet uns – ich kippe fast in Ohnmacht – ein fertig gekochtes Mittagessen!

Na ja, nicht von Cornelius gekocht, aber das ist ja nicht so wichtig. Gierig packen Kenny, Livi und ich (Tessa ist wieder zu Dodo gegangen) die vielen Plastikschüsselchen aus. Chinesisches Essen vom Peking-Grill am Marktplatz, hmmm! Cornelius hat sogar daran gedacht, dass Livi jetzt kein Fleisch mehr isst, und ganz viele Schüsselchen mit Bambussprossen und anderem leckeren Zeugs gekauft.

»Ich dachte, Kenny wollte heute Schokoladenmilchsuppe kochen?«, mampfe ich fröhlich, eine halbe Frühlingsrolle zwischen den Backen.

»Das macht sie heute Abend«, mampft Cornelius zurück, der aus vier Schüsseln gleichzeitig isst.

»Lecker, oder?«, meint er bestens gelaunt und holt noch mehr Chinazeug aus einer Tasche. »Muss auch mal sein! Und …« Er grinst. »… spart uns den Abwasch.«

Kenny guckt die Berge von dreckigem Geschirr an, die sich überall auf den Ablageflächen und Fensterbrettern stapeln. »Ich finde das allmählich blöd hier! Ich hab gar keinen Platz mehr, um zu spielen!«

Cornelius grinst noch mehr. »Ehrlich? Tja, das ist ja dann Pech, oder?«

»Du bist doof, Papa!« Mit bitterbösem Blick schiebt Kenny die zwei Schüsseln vor ihrer Nase weg. (Na ja, sie sind fast leer und außerdem kaut sie noch.)

»Cornelius«, sagt Cornelius und schiebt sich die dritte Portion Peking-Ente rein. »Ich heiße Cornelius!«

»Pah!«, schnaubt Kenny und guckt sich noch miesmuscheliger um. »Das gefällt mir nicht!«

»Nein?«, fragt Cornelius. Dann guckt er Kenny lange an. »Warum räumst du dann nicht einfach das Geschirr, das dich stört, in die Spülmaschine und stellst sie an?«

»Pah!«, macht Kenny. Aber sie schielt zu dem kleinen Tisch, an dem sie gerne malt. »Pah! Vielleicht mach ich das!«

»In Ordnung«, meint Cornelius. »Mach, was du möchtest, kleine Kendra!«

»Und klein bin ich auch nicht!«, blafft Kenny.

Und dann – glaubt man es! – steht meine kleine Schwester auf, greift sich einen Stapel dreckige Teller, öffnet die Spülmaschine und sortiert sie ein.

Auf Livis Gesicht liegt jetzt ein leichtes Grinsen. Gleichzeitig guckt sie Cornelius nachdenklich an. So, als würde sie irgendwas überlegen.

Ja, ich überlege auch. Aber erst mal helfe ich Kenny schnell mit dem blöden Geschirr. Denn das geht mir langsam auch auf die Welle.

Keine zwei Minuten später rumpelt unsere Spülmaschine los. Und Cornelius und Livi grinsen beide. Überhaupt hat Cornelius plötzlich viel bessere Laune als die letzten Tage. Woran das wohl liegt?

»Ist was Schönes passiert?«, frage ich ihn mal. »Du siehst wieder viel fröhlicher aus.«

»Ach«, macht Cornelius und druckst ein bisschen herum. »Ja, weißt du, also ehrlich gesagt… ehrlich gesagt, war ich ein bisschen sauer, dass Iris und Rema ohne ein Wort weggefahren sind. Und nicht mal angerufen haben. Aber gestern Abend…« Er sieht wirklich glücklich aus. »Also, gestern Abend habe ich Iris' Handy bei uns im Schlafzimmer gefunden, was bedeutet…«

»… dass sie gar nicht anrufen konnte«, beende ich den Satz für ihn. (Ich Idiot! Ich hab das Handy ja einfach mitten aufs Bett geschmissen! Wieso hat Cornelius denn nicht gemerkt, dass da vorher gar keins lag?)

Cornelius nickt mir zu. »So ist es. Und das ist doch beruhigend, oder?«

»Was ist denn daran beruhigend?«, fragt Livi.

»Na, immerhin weiß ich jetzt, dass es keine böse Absicht von Iris ist, nicht anzurufen«, erklärt Cornelius.

Ja-ha-haa, das hat Malea Bond auch schon rausgefunden!, wäre ich am liebsten rausgeplatzt. Tue ich aber natürlich nicht. (Ich schätze, Cornelius hat bei all dem Krempel auf seinem Bett gedacht, er hätte das Handy vorher einfach übersehen.)

Ob ich ihm von den Schnipseln, ähm, von der Flug-Rechnung erzählen soll?

Nö, lieber nicht. Ist ein bisschen schwer zu erklären, wie ich an den Zettel rangekommen bin.

Ich hab ja gestern noch lange versucht, das doofe Ding zusammenzusetzen, aber die wichtigsten Teile fehlen natürlich. Und ich gucke zwar hin, wenn Hugo kackt, aber so richtig durchmatschen, um zu überprüfen, ob in dem Haufen noch was anderes als braune Pampe ist… also, das wäre dann doch ein bisschen eklig. (Das würde auch James Bond nicht tun. Oder würde er doch?)

Als ich mit dem hopsenden Hugo an der Leine wenig später zum Welpentraining losziehe, nehme ich mir vor, die nette Sanni heute einfach ganz normal zu fragen, ob ich mich bei den anderen Hunden ein bisschen umsehen kann. Vielleicht erzählt sie mir ja auch noch was über die armen Tiere.

Und, ich hab Glück, das tut sie sogar.

Nachdem die anderen mit ihren Welpen nach Hause gegangen sind, darf ich Hugo bei einer Kollegin von Sanni lassen, und dann führt mich Sanni total offiziell durch die langen Reihen mit den Zwingern. Zu fast jedem Hund gibt es eine Geschichte. Fast alle diese Geschichten sind traurig, aber manche sind so hammerhaihart bitter, dass man fast keine Luft mehr kriegt, wenn man sich all die Sachen vorstellt, die diese Tiere hinter sich haben.

»Besonders sehr alte Hunde haben kaum noch eine Chance, eine Familie zu finden, die sie aufnimmt«, meint Sanni.

Das verstehe ich nicht, aber Sanni erklärt es mir: »Die meisten Leute wollen junge Hunde, damit sie noch sehr lange was von ihnen haben.« Sie lächelt. »Ihr habt ja auch einen jungen Hund genommen.«

»Aber nur, weil wir ihn gerettet haben!«, gebe ich sofort zurück.

Denn irgendwie finde ich das voll traurig, dass keiner die alten Hunde will. Da haben sie ein Leben lang Schlimmes durchlitten und nun müssen sie auch noch einsam und allein sterben.

Sanni seufzt. »Ja, es ist oft sehr hart, das mit anzusehen. Deswegen wünsche ich mir immer Menschen, die auch den alten Tieren noch eine Chance geben. Ich glaube, dass die meisten Leute gar nicht verstehen, wie viel Gutes sie den

Tieren noch mitgeben könnten, wenn sie ihnen ein paar letzte schöne Monate schenken würden.«

Ich nicke heftig. Das ist doch gar nicht schwer zu verstehen!

Und dann erzähle ich Sanni von Tessa, die in der Lauschigen Eiche arbeitet. »Da lässt man die alten Leute ja auch nicht einfach irgendwo sitzen. Sondern die machen da noch voll viele tolle Sachen mit denen.«

»Du bist ein nettes Mädchen, Malea!«, sagt Sanni da. »Du kannst gerne öfter kommen. Wir haben zum Glück einige Mädchen und Jungen, die nachmittags mit ein paar Hunden spazieren gehen. Das ist viel, viel besser, als gar nichts für die Tiere zu tun.«

Ich nicke wieder. Meerwasserklar! Und nehme mir fest vor, in Zukunft so oft ich kann, auch mit einem der Hunde aus dem Tierheim Gassi zu gehen. Das hat Tessa ja auch schon vorgeschlagen.

Aber am besten wäre es doch, überlege ich, als ich mit Hugo nach Hause gehe, wenn kein Mensch auf der Welt mehr Hunde züchtet, sondern sich alle die Hunde nach Hause holen würden, die schon da sind. Es scheint nämlich unheimlich viele auf der ganzen Welt zu geben, die in kleinen Käfigen darauf hoffen, noch mal in eine nette Familie zu kommen.

Kenny

Rezept für Schokoladenmilchsuppe: Man kippt mindestens zwei Liter Milch in einen SEHR großen Topf und macht sie auf dem Herd heiß. Dann tut man eine Packung kleiner Mehlklößchen rein (das Kneten von den Klößchen sollte man von Älteren machen lassen, ist ein bisschen kompliziert). Und zuletzt bröckelt man eine Tafel Schokolade in mittelgroße Stücke und wirft sie ganz zum Schluss in die heiße Milch. Direkt danach auf die Teller füllen und – jammi – zugucken, wie die Schokolade langsam schmilzt und tolle Muster in die Suppe macht. Guten Appetit!

Es klingelt an der Tür.

»Papaaa! Ich geh mal aufmachen, ja?«

Keine Antwort. Dafür höre ich von unten aus dem Keller ein tolles Schlagzeugsolo.

Ich darf eigentlich nicht allein die Haustür aufmachen, aber es ist ja sonst keiner da. Tessa ist mit Dodo unterwegs, Malea ist in der Welpenschule und Livi hat sich oben in ihrem Zimmer eingeschlossen. Und das ist genau dasselbe, wie nicht da sein. Das weiß ich, weil Livi das sogar selbst gesagt hat.

Vorhin kam nämlich Gregory rüber und wollte zu Livi, und da hat Livi nur aus ihrem Zimmer gebrüllt: »Ich bin nicht DAAAA!«

Deswegen weiß ich das.

Gregory hat ein bisschen traurig ausgesehen, aber er hat trotzdem gesagt: »Ah, okay, ich verstehe.«

Ich hab das nicht so richtig verstanden, aber ich hatte auch gerade was anderes zu tun.

Ich kümmere mich nämlich um Aurora. Ganz doll. Weil ich nicht will, dass sie denkt, dass wir jetzt Hugo lieber haben als sie. Vor allem, wo er so gemein zu ihr war. Obwohl er das vielleicht gar nicht so gemein gemeint hat. Vielleicht dachte er, Aurora wäre auch ein Hund. Und ich glaube, Hunde spielen so. Sich gegenseitig zwicken und so'n Kram.

Aber Aurora ist natürlich kein Hund. Das muss ich Hugo mal ganz doll erklären. Aber erst mal tröste ich Aurora.

Nach dem Mittagessen bin ich schon mit ihr und Bentje spazieren gefahren. Bentje hatte natürlich ihre blöde ICH-BIN-EINE-VERZAUBERTE-PRINZESSIN-Puppe Schacklien mit und hat dauernd bestimmt, was Schacklien machen will. Und ich hab mich geärgert, dass ich Hugo nicht in meinem Puppenwagen sitzen habe, denn dann hätte ich das mit dem verzauberten Bären gesagt. Auch wenn Hugo nicht Schack heißt. Das hätte Bentje bestimmt zu denken gegeben!

(Zu sagen, dass Aurora eine verzauberte Fee ist, die jeden mit ihrem Schnabel in einen Frosch verhexen kann, wenn er nicht nett ist, dazu ist wohl zu spät. Mist, die Idee hätte ich schon früher haben sollen!)

Doch als ich danach das Hochzeitskleid für Aurora basteln wollte, hat Bentje gemeint, dass sie jetzt nach Hause gehen muss, weil Schacklien ein bisschen Ruhe braucht. Haha! Wahrscheinlich fand sie es einfach *bei uns* ein bisschen zu ruhig. Bentje findet es nämlich unheimlich toll, wenn es überall nur so kracht und tausend Sachen auf einmal passieren.

SSSssssssuutttt!

»Papaaaa?« Ich stelle mich an die Kellertreppe und rufe ganz laut. »Es kliiiingelt!«

Doch unten bollert die Basstrommel und scheppern die Becken und ich weiß, dass Papa es nicht mal hören würde, wenn draußen plötzlich ein dickes Silvesterfeuerwerk losgehen würde. Also öffne ich die Haustür.

Draußen stehen zwei Männer in komischen Arbeitshosen. »Guten Tag, sind wir hier richtig bei Martini?«

Ich nicke. »Mhmmm.«

»Wir bringen zwei Partyzelte.«

»Aah«, mache ich und staune den riesigen Lastwagen an, der draußen auf der Straße parkt. (Sind Partyzelte groß?)

Die zwei Männer sehen leider so aus, als ob sie auf irgendeine andere Antwort warten. »Sind deine Eltern da?«

Ich schüttele den Kopf. »Nö. Mama ist mit meiner Oma abgehauen in den Süden. Wir wissen nicht, wo sie ist. Und ich kann sie auch nicht anrufen, weil sie ihr Handy nicht dabeihat.«

Die Männer sehen ein wenig verwirrt aus. »So. Aha. Hm. Und dein Papa?«

»Der trommelt im Keller«, gebe ich bereitwillig Auskunft.

Da trippelt Aurora zwischen meinen Beinen durch.

»HAAA! Ein HUHN!«, ruft der eine von den beiden erschrocken und macht einen schnellen Schritt rückwärts.

Fast wäre er die Stufen runtergekullert. (Vielleicht sieht er nicht oft Hühner in seinem Job?)

»Ja«, sage ich freundlich, »das ist ein Huhn, aber es beißt nur ganz selten.«

Die beiden Männer gucken ein bisschen eingeschüchtert.

Hihi, das macht Spaß! Mit einem Hund hätte man denen

wahrscheinlich noch mehr Angst machen können, aber mit einem Huhn geht das auch voll toll.

»Und es hat auch erst zwei oder drei Leuten die Hände durchgepickt«, verkünde ich sehr ernsthaft.

Die beiden Männer stecken ihre Hände eilig in ihre Hosentaschen. »So, so.«

»Kendra? Mit wem sprichst du da?« Papa kommt die Kellertreppe hochgeklackert.

(Ich finde, manchmal kommt Papa *immer* im falschen Moment. Es war grad so lustig mit den beiden Männern.)

Als Papa das Gespräch übernimmt, gehe ich mit Aurora wieder rein. Ist jetzt bestimmt sowieso langweilig.

»Aber das macht doch nichts!«, höre ich Papa sagen. »Natürlich kriege ich das auch allein aufgebaut. Kleinigkeit!«

»Wie gesagt«, meint der eine Mann, »die Anleitung liegt dabei. Na, dann packen wir das alles in den Garten und wünschen eine schöne Feier!«

»Danke!«, sagt Papa und schließt die Tür wieder.

»Das sind die Zelte für die Hochzeit«, erklärt Papa mir dann. »Die Männer hatten es eilig, aber das Aufbauen schaffen wir beide doch auch locker allein, oder Kendra, mein Seesternchen?«

»Klar, Papa, klar!«, versichere ich sofort.

Mein Papa kann nämlich alles. Auch wenn das außer mir und ihm keiner weiß.

Eine halbe Stunde später stehen wir im Garten vor einer Riiiiiesenmenge von riiiiiesig langen Stangen und einem dicken Packen mit dicken weißen Stoffballen.

Ich kenne Partyzelte sonst eigentlich total anders. Die sind nämlich wie richtige Häuser, nicht wie die kleinen Zelte beim Camping. Nur ohne Mauern. Aber Papa wird das schon hinkriegen. Auch wenn es jetzt noch überhaupt gar nicht nach Häusern aussieht.

»Was machen wir denn zuerst, Papa?«, frage ich und mache mich bereit, alles anzupacken, was Papa mir zeigt.

Doch Papa fummelt alleine in dem Haufen rum und antwortet nur voll lahm: »Cornelius, ich heiße …« Dann stockt er mitten im Satz. »Mist, Kendra! Ich glaube, wir brauchen doch noch mehr Männer zum Festhalten!«

»Soll ich Walter holen?«, biete ich an.

Papa nickt. »Ja. Und klingele doch auch bei Gregory. Und wenn Gerold da ist, dann bitte den auch zu kommen.«

»Okay, Papa!« Und ab flitze ich.

Ungefähr zwei Minuten später bin ich mit Walter Walbohm und Gregory wieder zurück. »Goldi war nicht da.«

Papa seufzt. »Okay, Männer! Wenn ich nicht verletzt wäre, würde ich das natürlich problemlos alleine schaffen, aber ihr seht ja …« Er hebt sein verbundenes Bein an. »Von daher bin ich dankbar, dass ihr …«

»Kein Problem«, murmelt Gregory.

»Ist doch selbstverständlich!«, betont Walter und beugt sich schon runter, um eine der langen Stangen hochzuheben.

Aber – huch? Auf halber Strecke bleibt er plötzlich gebückt stehen.

»Ooooh, au!«, ruft er. »Mein Rücken!«

Gregory und ich springen sofort an seine Seite, doch nur gaaanz langsam richtet sich Walter wieder auf.

»Ach, ach, ach«, jammert er und hält sich dabei seinen Rücken, »kommt mal lieber nicht in mein Alter!«

Dann zwinkert er Papa zu. »Oh je, Cornelius, ich glaube, am besten halte ich die Dinger einfach nur fest. In aufrechter Haltung. Du schraubst sie zusammen, und Gregory reicht sie uns hoch.«

Papa und Gregory nicken.

»Und ich?«, frage ich beleidigt. Wie blöd ist das denn? Ich gehöre doch auch zu den Männern!

»*Du,* kleine Kenny«, sagt Walter Walbohm und lächelt mich an, »du passt auf, dass wir keinen Fehler machen. Sobald etwas schief aussieht, rufst du ganz laut! In Ordnung?«

»Klar, Walter, klar«, strahle ich.

Ist das cool oder ist das cool? Das ist ja beinahe der beste Job von allen. Und im laut Rufen bin ich voll gut!

Ich hocke mich auf den Zaun von Walter Walbohm, denn daneben soll das größere von den beiden Partyzelten stehen. Das, in dem wir tanzen wollen. Von hier oben kann ich perfekt sehen, ob irgendwas schief ist.

»Schief, schief, schiiiieef!«, rufe ich begeistert, solange Gregory mit den langen Stangen keuchend rumbalanciert.

»Ist GUT, Kendra!«, sagt Papa, dem schon der Schweiß auf der Stirn steht, obwohl er doch nur einen Schraubenzieher und ein paar Schrauben in der Hand hält. (Aber, okay, es ist heute mal wieder ziemlich heiß.) »Du brauchst nicht die ganze Zeit rufen. *Erst,* wenn die Stangen stehen und ich sie angeschraubt habe.«

»Aber dann sind sie doch gar nicht mehr schief«, gebe ich maulig zurück.

Echt, Papa gönnt mir meinen Job nicht, glaube ich.

Plötzlich – die zusammengeschraubten Stangen haben schon fast die Form von einem Haus, also sind echt schon ganz schön viereckig – schreit Papa auf: »Ich krieg die verdammte Schraube hier nicht rein! Ich glaube, ich halte gerade alle Stangen auf einmal. Walter, kannst du näher zu mir rüber kommen?«

»Wenn ich hier loslasse, bricht hier alles zusammen«, ruft Walter vom anderen Ende des viereckigen Stangenhauses zurück. »Hier fehlt noch eine Stange, um das zu stabilisieren. Gregory? Siehst du die fehlende Stange?«

Gregory wühlt im Eiltempo durch die restlichen Stangen (ungefähr fünfzig), die noch auf dem Boden liegen.

»Ich komm nicht raaaaan!«, brüllt Papa.

Genau da – puh, Aurora ist sooo lieb – kommt unser Huhn zu Papa rübergetockert. So eilig sie ihre Beinchen tragen. Es ist sooo klar, dass sie Papa helfen will. Oh, ist Aurora toll oder ist sie toll?

»Aurora will dir helfen, Papa!«, kichere ich.

»Aurora?«, schreit Papa gar nicht nett und guckt sich hektisch um. »Wo ist sie?«

Dabei ist sie ja schon zwischen seinen Beinen und fängt gerade heftig an, mit den Flügeln zu schlagen.

»WEG!«, schreit Papa. »WEG! Hol sie hier weg, Kendra!«

Jetzt fängt Papa an, komisch rumzutrippeln. Wahrscheinlich, um Aurora aus dem Weg zu gehen. Und jammern tut er auch ein bisschen. Wahrscheinlich, weil er ständig auf seinem Aua-Bein steht, und das will er ja eigentlich nicht.

»HOL DAS VIEH HIER WEG!«, brüllt Papa.

Ich finde es gar nicht schön, wenn Papa Aurora *Vieh* nennt. Besonders, wenn sie so lieb zu ihm ist. Außerdem kann ich im Moment nicht. Ich hab ja einen Job. Und – huhuuuu! – es sieht gerade superduperdoll so aus, als ob dieser Job gleich losgeht.

Oh ja, Papa wackelt und wackelt und trippelt und trippelt und…

»SCHIIIIEEEF!«, brülle ich aus Leibeskräften. »SCHIIEEF!«

Und dann macht es BROMMMM. So hört es sich an, als das jetzt nicht mehr ganz so viereckige Stangending auf den Rasen knallt. Und ein bisschen macht es auch KLING! Das sind die Eisenstangen, die aufeinanderfallen.

Dann hören wir ein sehr lautes »AAAAAAHHHHHH!« von Papa, der irgendwo dazwischen liegt. Die Hände immer noch in der Luft. (Obwohl da gar keine Stange mehr ist, die eine Schraube braucht.)

Danach folgt ein aufgeregtes Tockern und Gackern und das Rauschen von flatternden Hühnerflügeln. Ein Glück! Das bedeutet nämlich, Aurora hat nichts abbekommen.

»CORNELIUS!«, rufen Gregory und Walter gleichzeitig und machen einen Hechtsprung zu Papa rüber.

Ich hüpfe auch ganz schnell vom Zaun und rase zu ihm. »Papa? Musst du jetzt wieder ins Krankenhaus?«

Ich hab meinen Papa ja echt voll lieb. Aber es ist oft ein bisschen schwierig, mit ihm was zu bauen. Er muss nämlich ganz oft mittenzwischendrin ins Krankenhaus. Und danach muss man mit dem, was man gemacht hat, meistens wieder ganz von vorne anfangen. Da geht der Spaß manchmal voll verloren. Das ist schon ein bisschen doof.

»Papa?«, frage ich noch mal.

»CORNELIUS!«, bellt Papa mich an.

Huch? Hab ICH was falsch gemacht?

»Beweg mal deine Beine!«, verlangt Walter Walbohm und sieht dann ziemlich erleichtert aus, als Papa das schafft. Auch wenn Papa die ganze Zeit »Au! Au!« schreit.

»DU machst Sachen!«, stöhnt Walter und schiebt sich seinen Sonnenhut aus dem Gesicht. »Ich glaub, ich brauch was Kaltes zu trinken. Komm, Cornelius, ich helfe dir hoch. Wir probieren einfach morgen noch mal, das Ding aufzubauen.«

»Au! Au!«, jammert Papa immer weiter, als er jetzt an Walters Arm ins Haus humpelt.

Und gerade, als wir uns alle wieder beruhigt haben (und sogar Aurora gemütlich unter dem Küchentisch ein Nickerchen macht), klingelt es schon wieder.

»Das geht ja bei euch zu wie im Taubenschlag!«, wundert sich Walter.

Ich wundere mich auch. Weil Walter manchmal nämlich echt komische Sachen sagt. Was ist denn das? Bei uns werden doch keine Tauben geschlagen!

»Malea und Tessa haben doch einen Schlüssel, oder?«, grummelt Papa und reibt sich sein neues Aua-Bein. (Da werden morgen tausend blaue Flecke drauf sein, hat Papa behauptet. Na, die werde ich aber ganz genau nachzählen!)

»Vielleicht ist es ja jemand anderes«, sage ich und laufe neugierig zum Fenster.

Oh! Da steht ein Taxi auf der Straße.

»Ich geh aufmachen!«, rufe ich schnell und renne zur Tür. Und kann nicht fassen, wer vor mir steht.

»Komm mal schnell, Papa!«, rufe ich. »Guck mal, wer hier ist!«

Oh, ich freu mich! Und wie Tessa sich erst freuen wird, wenn sie gleich nach Hause kommt! Ist das toll oder ist das toll?

»Komm rein, komm rein!«, rufe ich begeistert. »Hast du Hunger? Papa und ich machen heute das Abendessen! Du kommst genau richtig! Es gibt Schokoladenmilchsuppe!«

Tessa

Was mir gerade kajalstifklar geworden ist: Dodo und ich haben etwas sehr wichtiges vergessen in unserem Buch »Flirten, Stylen und andere Lebenstipps von Tessa-Tiara Martini und Dorothea Dunst«. So unschön es auch ist, aber ich fürchte, für alle Fälle sollte doch auch dieses Kapitel dabei sein: »Was die souveräne Lady tun kann, wenn ihr entgegen aller Wahrscheinlichkeit doch mal eine Situation aus den Händen gleitet!«

Den ganzen Nachmittag über war mein Handy heute still. Geradezu märchenhaft still. Fast habe ich mich schon gefragt, ob Javi jetzt eine andere Taktik fährt. Ob er einfach gar nichts mehr von sich hören lässt, bis ich mich melde? Haha, da kann er lange warten – Tessa-Tiara Martini hat immer den längeren Atem!

Oder – kurz mache ich mir doch ein bisschen Sorgen – ob er wirklich … richtig, RICHTIG sauer ist? Puuuuh, bei dem Gedanken kriecht ein kleines, aber sehr ätzend mies-kaltes Gefühl in mir hoch. Mit einem bitteren Angstgeschmack. Nicht schön.

Brrrr! Ich schüttele das ätzende Gefühl schnell ab. Denn so ist Javi natürlich nicht! Er ist ganz bestimmt nicht wirklich, ich meine, ernsthaft …? Und selbst wenn! Er würde mich natürlich nie-nie-niemals verl… – verl…? Nein! Er liebt mich schließlich! Und überhaupt – es ist ja sowieso *casi nada*, praktisch nichts passiert. Javier braucht bestimmt nur ein bisschen Zeit, um das einzusehen.

Si, claro, ganz bestimmt ist das so. Ich werfe meine langen Haare in den Nacken und lächle den Abendhimmel an. Auf Javi kann ich mich verlassen.

Als ich nach Hause komme und meine Flip-Flops (modisches No-go? Oh, no! Die echte Dame ist – immer der Temperatur angemessen – lässig, wenn lässig gefragt ist!) unter die Treppe pfeffere, checke ich mein Handy noch mal. Ich kann es wirklich nicht glauben: noch immer nichts von Javier!

Hm… Schon wieder schleicht sich ein kleines Nagen in meinen Bauch. Bei dieser Handystille kriegt man so ein unangenehmes Ruhe-vor-dem-Sturm-Gefühl.

Qué va – Blödsinn! Javi ist über zweitausend Kilometer weit weg. Selbst wenn er stinksauer wäre, hier bin ich vor jedem Sturm so sicher wie in einer Babywiege.

»Bist DU das, Tessie?«, kräht Kenny aus der Küche.

Schnüffel, schnüffel! Ups, rieche ich was Schokoladiges?

»Wir haben eine Überraschung für dich!«, kräht Kenny fröhlich weiter.

Überraschung? Hey, heute ist mein Glückstag! Erst ist es in der Schule so wunderbar easy mit Henry gelaufen, dann hat Javi endlich mal Pause gemacht und schließlich haben Dodo und ich wunderweltenhübsche Glitzerballerinas zu einem sensationellen Preis bei Madeleine's gefunden. Und jetzt auch noch eine Überraschung von meiner Familie? So soll das Leben sein! Nach dem köstlichen Essen bei Dodos Eltern wäre ein schokoladiger Nachtisch nahezu perfekt.

Ich will gerade gut gelaunt meine Nase in den Raum stecken, da klingelt es direkt hinter mir an der Haustür.

»Ich sag's ja, wie im Taubenschlag!«, höre ich die Stimme von Walter Walbohm aus der Küche.

Walter ist auch hier? Ich lächle. Das ist ja nett! Ich fand es in den letzten Tagen ein bisschen leer bei uns – so ohne Iris und Rema. Und auch ohne Gregory, fällt mir da gerade auf.

Es klingelt noch mal. Ja, doch! Ich reiße die Tür auf und …

OH! Mein Lächeln wird breit wie eine Erdbeerwiese. »Hallo HENRY!«

»Hallooo!«, grinst Henry sein unwiderstehlich spöttisches und gleichzeitig unheimlich anziehendes Grinsen. »Stör ich?«

»Aber überhaupt nicht!«, versichere ich überschwänglich. »Komm rein!«

»Ich dachte«, fängt Henry an zu plaudern, »weil du doch einen Hundecoach brauchst! Und bestimmt ist es besser, wenn ich dir schon jetzt ein bisschen was über Hunde erzähle, ich meine, bevor wir wirklich zum Tierheim gehen.«

»Das ist eine SUPER Idee!«, lobe ich und winke ihn heftig rein. »Komm! Ich glaube, meine Schwester kocht sogar gerade was Leckeres.«

Ich mache die Tür hinter Henry zu, drehe mich zur Küche und …

»WAAAAAAH!!!«

… schreie volle Granate auf.

DA

STEHT

JAVIER!

Direkt vor mir in der Türöffnung.

»Hola!«, grüßt Javier so eiskalt wie die Dusche, unter der ich jetzt gern stehen würde.

Ich spüre die grässliche Gewissheit, dass ich gerade dunkel-, dunkel-, dunkelstrot anlaufe. Ich schätze, ich glühe. (Könnte ich dann bitte auch gleich *verglühen* und für einen kleinen Moment einfach – ähm – weg sein?)

»Hallo Javier!«, grüßt Henry deutlich freundlicher. (Ach, Henry ist einfach in jeder Lebenslage souverän!) »Ich wusste gar nicht, dass du hier bist!«

ICH AUCH NICHT!

Javi beachtet ihn gar nicht. Dafür starrt er mich an, als wolle er mich mit seinen spanischen Blicken aufspießen. *Olé*!

Ich will aber nicht aufgespießt werden. Und schon gar nicht will ich puterrot werden und womöglich die Kontrolle verlieren. Ich verliere NIE die Kontrolle! Angestrengt recke ich meinen Kopf ein paar Zentimeter höher. (In solchen Momenten zählt jeder Millimeter!) Dann atme ich tief und langsam aus. Gaaanz ruhig.

»*Hola* Javi, was machst du denn hier?«, frage ich sehr beherrscht. »D-d-du solltest doch erst am Freitag kommen?«

»Sssollte ich das?«, wiederholt Javier fast drohend mit seinem zischenden katalanischen Akzent.

Madre mía! So habe ich ihn noch nie gesehen. Dämlicherweise fällt mir ausgerechnet jetzt ein, dass Dodo auch erzählt hat, sogar Ramón habe ihn noch nie so wütend gesehen. Mein Atem geht ruckweise und sehr gequetscht. Was vermutlich an dem mies-kalten Angstgefühl liegt, das sich nun doch völlig ungehemmt und mit Lichtgeschwindigkeit in meinem Körper ausbreitet.

Ich muss die Situation unbedingt ein wenig entschärfen.

Reiß dich zusammen, Tessa-Tiara Martini! Wäre doch gelacht, wenn du das nicht mit ein paar Wimpernschlägen hinkriegen würdest!

»Na schön, Jungs!«, versuche ich es gewohnt lockerleicht und gucke Javi genauso freundlich an, wie ich Henry anlächele. »Vielleicht erst mal ein Glas kalten Orangensaft?«

Leider blockiert mein spanischer Freund mit seinem – ähm, etwas angespannten – Körper immer noch den Eingang zur Küche. Daher kann ich im Moment noch nicht fliehen, schluck, will sagen, in die Küche schweben, um den beiden etwas Kaltes und Beruhigendes in die Hände zu drücken.

»Das wäre nett!«, lächelt Henry trotzdem neben mir. »Vielen Dank!«

Ich lächele dankbar zurück. Wenigstens einer, der mir hilft, einen normalen und angemessenen Umgangston beizubehalten.

Javier dagegen sagt keinen Piep und bewegt keinen Muskel. (Ich kann ihn ja schlecht beiseiteschubsen, um in die Küche zu kommen. Oder?)

In diesem Moment klackert Cornelius hinter Henry die Kellertreppe hoch. (Nanu, humpelt er jetzt auf *beiden* Beinen? Und wieso sieht sein nicht verbundenes Bein plötzlich auch so zerschrammt und – huch? – reichlich blau aus?)

»Oh! Henry!« Cornelius nickt Henry etwas überrascht zu. »Suchst du Hase? Ich glaube, Walter sagte vorhin, er liege bei ihm zu Hause mit Aurora unterm Verandadach im Schatten. Gleich nebenan!« Cornelius weist mit dem Kopf zur Haustür. »Du weißt ja, wo Walter Walbohm wohnt!«

Henry lächelt auch Cornelius überaus gelassen und einfach *mucho maravilloso,* nämlich traumhaft nett an. Ich muss direkt wieder mitlächeln. Was für ein Kerl!

»Nein, nein«, antwortet Henry, »Hase findet schon allein nach Hause. Ich besuche heute Abend nur Tessa.«

»Ah!«, macht Cornelius noch verblüffter.

(Wieso glotzt er denn so doof? Dass Henry mich besucht, ist doch wohl *totalmente* normal, oder?)

Javier guckt nicht verblüfft. Javier guckt stocksauer.

Ich mache mutig einen Schritt auf ihn, nein, auf die Küche zu. Es muss jetzt dringend was her! Tee, Kaffee, Orangensaft oder meinetwegen Schokolade. Henry scheint zu ahnen, was ich vorhabe, und macht ebenfalls einen kleinen Schritt nach vorne. Doch Javi weicht immer noch keinen Zentimeter. Also bleiben wir beide wieder unverrichteter Dinge stehen.

Henry guckt kurz von der Seite zu mir rüber. Ich weiß genau, was er mit seinem Blick fragt. Er fragt, was *ich* jetzt für richtig halte. Als Antwort zucke ich hilflos, und hoffentlich unauffällig, mit den Schultern. Da nimmt Henry – ganz Mann von Welt – die Situation selbst in die Hand.

»Könntest du freundlicherweise mal Platz machen?« Er guckt Javi direkt in die Augen. Und – hui – lächeln tut er jetzt nicht mehr. (Meine Güte! Henry kann ja ganz schön forsch sein!)

»Warrrum?«, knurrt Javier.

»Vielleicht, weil ich da durch möchte?« Auf Henrys Gesicht erscheint eine winzige Andeutung von Spott.

Javis Ausdruck ändert sich von stocksauer zu granitdüster. »Interrressiert mich wenig.«

»Kinder, Kinder!«, höre ich Cornelius' beruhigende Stimme, der sich mühsam hinter Henry hochreckt, um überhaupt was sehen zu können. Leider kommt auch Cornelius keinen Humpelschritt weiter, weil unser Flur komplett blockiert ist.

»Also echt, Javier!« Henry wird anscheinend langsam ungeduldig. (Verständlich!) »Bloß weil Tessa mit dir Schluss gemacht hat, musst du doch hier nicht so ne Show abziehen. Warum verziehst du dich nicht einfach, hm?«

Häääh? Wie jetzt?

SCHLUSS gemacht?

Wer, ICH?

Äh, Mooooment, Henry, wovon redest du, bitte?

Javis Augen weiten sich zu einer ungesunden Größe. Zu einer *sehr* ungesunden Größe. Man kriegt die gruselige Vorstellung, sie könnten gleich rausploppen …

Doch Henry legt noch einen drauf. »Geh mir jetzt aus dem Weg, du … du …!!«

Weiter kommt er nicht. Denn in diesem Moment holt Javier aus. Und WIE er ausholt!

»ABER KINDER, KINDER!«, ruft Cornelius hinter Henry. »Das kann man doch auch ganz a… AAAaaaaaaah!«

Mit einem erstaunlich bescheidenen *Wrufff!* geht Cornelius zu Boden.

Danach herrscht mindestens drei Sekunden Schweigen im Flur. Ich bin genauso sprachlos wie alle anderen.

Völlig geschockt starre ich erst meinen k.o. geschlagenen Vater an, dann Henry (der ein beeindruckendes Reaktionsvermögen besitzt, so blitzartig, wie er sich eben geduckt hat – alle Achtung!) und danach Javi, der sich die rechte (vermutlich schmerzende) Faust reibt und ein wenig fassungslos auf Cornelius runterschaut.

Und ich kann eins gestehen: Dass mir der Mund sperrangelweit offen steht, das ist mir das erste Mal in meinem Leben tatsächlich schnurzpiepegal!

Malea

Eins verstehe ich nicht bei all den James-Bond-Filmen: Wie schafft der das, immer und überall zu sein, wo was passiert? Ich schaffe das nicht.

Irgendwas klemmt, als ich versuche, unsere Haustür zu öffnen. Ich muss mich richtig dagegenlehnen, um die Tür wenigstens einen Spalt aufzukriegen.

»STOPP!«, höre ich Kennys Stimmchen von drinnen quietschen. »Da liegt doch Papa!«

Cornelius? Cornelius liegt hinter unserer Haustür?

»Malea?« Das ist Walter Walbohm. »Bist du das? Moment, Kind, wir müssen erst deinen Vater aus dem Weg räumen.«

Aus dem Weg räumen? Bin ich bei der Mafia? Was in der weiten Meerwelt ist passiert?

»Cornelius?« Ich klemme meinen Kopf in den Türspalt, um in den Flur lugen zu können.

Erst sehe ich gar nichts. Außer furchtbar viele Leute. Die meisten davon gehören überhaupt nicht zu unserer Familie. Walter Walbohms Rücken sehe ich. Und Henry (was macht der denn hier?), der an einem Arm von Cornelius zieht. Und da drüben im Eingang zur Küche steht… Ist das Javi? Ist schon Freitag?

»Was ist denn passiert?«, rufe ich.

Hugo ist noch neugieriger. Er quengelt und drückt und ruckelt und plötzlich ist er durch den Spalt durchgeflutscht, so klein, wie er ist. Und – oh, wie er sich freut! Begeistert schleckt er über Cornelius' Gesicht.

»Waaaaaah!« Cornelius freut sich offenbar etwas weniger. »Hiiiilfee!«

»Hierher!«, piepst Kenny. »Komm her, Hugo!«

Im gleichen Moment höre ich ein wildes »Tooooock-tock-tock-toooock!« und sehe Aurora um die Ecke zischen, als wären Meermonster hinter ihr her. Ich hoffe für sie, dass die Küchentür nach draußen offen steht und dass Kenny Hugo am Halsband erwischt hat.

»War das Aurora?«, ruft Walter Walbohms Stimme. »Eben lag sie doch noch mit Hase unter der Veranda?«

Oh, da ist ja auch Tessa! Und auf der untersten Treppenstufe steht Livi. Die guckt allerdings genauso verwirrt wie ich.

Endlich haben Walter und Henry Cornelius ein Stück Richtung Wohnzimmer gezogen, ihn ein wenig aufgerichtet und gegen die Wand gelehnt.

Da die Tür nun frei ist, husche ich eilig ins Haus. »Was ist PASSIERT?«, will ich jetzt endlich wissen.

»Javi hat Papa k.o. geschlagen«, erklärt Kenny feierlich. »Mit nem Faustschlag. Voll unters Kinn.«

»WAAAS?« Ich starre Javi entsetzt an. Spinnt der?

Tessa ist so aufgelöst, wie ich sie selten gesehen habe.

»Das stimmt doch gar nicht!«, widerspricht meine sonst immer so coole große Schwester und läuft wie ein aufgeregter Goldhamster von Cornelius zur Küchentür und wieder zurück. »Javi hat doch nur … Also, eigentlich wollte er …«

»Eigentlich wollte er Henry k.o. schlagen, aber Henry hat sich geduckt«, grinst Kenny. »Und Papa leider nicht.«

Ich verstehe nur Meerbahnhof.

Dann erst sehe ich die fiesen blauen Flecke an Cornelius' Bein. An dem Bein, das bis vorhin noch heil war. Das Blau und Grün sticht krass von seiner kurzen weißen Hose ab. »War das auch Javier?«

»Nö, das war unser Partyzelt«, verkündet Kenny. »Aber das macht nichts. Das stellen wir morgen auf. Jetzt ist ja Javi da!« Sie strahlt Tessas Freund an. »Javi kann das. Oder, Javi?«

Javier seufzt so tief auf, dass man meinen könnte, er wäre selbst k.o. gegangen.

»Nicht, du, Javi, du? Machen wir das oder machen wir das?« Kenny zupft ungeduldig an seinem T-Shirt.

»*Si, si,* ja, ja, kleine Kenny«, nickt Javi abwesend. »*Claro que sí,* das machen wirrr!« Dann seufzt er noch mal. »Aberrr errrst müssen wirrr deinen *padre,* deinen Vaterrr wieder auf die Beine bekommen.«

»Ooouuuiiiii«, macht unser *padre* jetzt und versucht, sich an der Wand entlang aufzurappeln. »Ooooh, aaahhh, auuu, mein Kinn!«

Etwas wackelig hievt er sich schließlich auf die Füße und sieht mich an. »Ah, Malea! Du bist ja auch da.«

»Du solltest dich jetzt eine Weile hinlegen«, rät Walter Walbohm. »Möchtest du ins Wohnzimmer auf die Couch?«

»Iff flaube, meine Pfähne pfackeln!« Mit entsetztem Gesicht fummelt Cornelius plötzlich an seinen Beißern rum.

»Ehrlich? Zeig mal!« Walter Walbohm steckt seinen Kopf praktisch halb in Cornelius' Mund rein. »Aber nein, hier wackelt nichts! Alle Zähne sind noch fest und gesund.«

»Haah«, macht Cornelius. »Sie tun aber weh!«

»Das glaub ich dir gerne!« Walter weiß offenbar nicht, ob er grinsen oder den Kopf schütteln soll. Also tut er beides.

»Unser junger Spanier hier scheint einen kräftigen Schlag zu haben!«

Ein paar tadelnde Blicke treffen Javier, der tatsächlich betreten zu Boden guckt.

Fette Fischsuppe! Da geht man harmlos nachmittags aus dem Haus, und schon kloppen sich alle!

»Wo ist das Telefon? Wo ist das Telefon?«, quiekt Kenny in den höchsten Tönen.

»Wir brauchen keinen Krankenwagen«, versichert ihr Walter Walbohm. »Cornelius wird ein paar Tage Schwierigkeiten beim Kauen haben, das ist alles.«

Javi seufzt schon wieder tief.

»Ooouuuu!«, macht Cornelius und reibt sich das Kinn.

»Ich will gar nicht den Krankenwagen anrufen«, kräht Kenny, »ich will Bentje anrufen! Das ist doch voll fies, wenn sie jetzt alles verpasst!«

Eine halbe Stunde später sitzen wir am Küchentisch. Livi, Tessa, Kenny, Bonbon-Bentje und ich. Mit Cornelius. Ich schätze, es ist ein wahres Glück, dass es tatsächlich Kennys Lieblingsgericht Schokoladenmilchsuppe gibt. Da braucht Cornelius wenigstens nicht zu kauen.

Walter Walbohm hat gemeint, dass er noch zwei Portionen Spargelcremesuppe hat und ob Javier nicht so nett wäre, mit ihm nach drüben zu kommen, damit sie gemeinsam essen könnten. Ich schätze, er wollte Javi unauffällig vom Ort des Geschehens entfernen. Und Javi war so nett und ließ sich abführen.

Natürlich hat er sich vorher sehr reuevoll bei Cornelius entschuldigt, worauf Cornelius ihm bloß freundlich auf den Rücken geklopft und versichert hat, dass das jedem hätte passieren können. (Ich persönlich finde zwar, Cornelius passiert so was ein bisschen zu häufig, aber Eltern kann man nun mal nicht ändern!)

Henry stand noch eine meerstinkig lange Weile bei uns in der Gegend rum, bis Tessa ihm irgendwann vorschlug, vielleicht doch lieber wann anders wiederzukommen, um ihr Hundenachhilfe zu geben.

Hundenachhilfe? Was ist das schon wieder für ein Meermatschquatsch? Seit wann interessiert sich Tessa für Hunde?

Jedenfalls sind wir jetzt nur zu sechst am Tisch. Und schlabbern die tatsächlich superleckere heiße Milchsuppe mit den kleinen Mehlklößchen und den dicken Schokostückchen in uns rein. (Die Schokostückchen lösen sich verdammt schnell in der Milch auf, aber zum Glück kann ich spionenschnell löffeln!)

»Wo ist denn Gregory?«, frage ich Livi, die reichlich trübe auf ihrem Stuhl hockt. »Wollt ihr denn nicht so viel Zeit zusammen verbringen, wir ihr könnt, wenn Gregory in den Sommerferien nach England zieht?«

Aber – ui je! – da muss ich wohl in ein Seeigelnest gestochen haben!

»NEIN!«, faucht Livi mich an. »Das wollen wir NICHT!«

»'tschuldigung!«, murmele ich etwas beleidigt.

Ich meine, ich hab ja nur gefragt. Aber meine Miesmuschel-Schwester ist manchmal echt schwer zu verstehen. Dann schlürfe ich eben still weiter mein Süppchen und hänge meinen eigenen Gedanken nach.

Genug Gedanken gibt es ja, die ich in meinem Kopf hin und her wälze. Was man für die armen Tiere im Tierheim tun könnte zum Beispiel, außer sie spazieren zu führen, meine ich … Ach, ich wünschte, ich könnte mit Rema darüber reden. Rema wüsste bestimmt was Gutes zu sagen.

»Malea?«, fragt Cornelius. »Alles okay? Du bist so still.«

Bentje horcht sofort auf. Wahrscheinlich hofft sie, dass heute noch mehr bei uns passiert.

Aber ich finde, es langt. Ich bin müde und gehe lieber noch ein bisschen hoch in mein Zimmer.

Oben setze ich mich an meinen Schreibtisch, wo immer noch mein Puzzle ausgebreitet liegt. *Einer* Sache würde ich nämlich schon noch gern auf den Meeresgrund gehen. Ich hab doch tatsächlich vorhin auf dem Rückweg mit Hugo vom Tierheim noch einen weiteren Schnipsel von dieser Rechnung unter den Büschen gefunden. Und ich wusste sofort, wo der hingehört.

Auf dem neuen Schnipsel steht: *ug nach B.* Und das *ug* gehört meerwasserklar rechts an die Seite von dem Stück, wo *für einen Fl* steht. Wenn man das also zusammensetzt, steht da: *Rechnung für einen Flug nach B.* HA!

Und okay, das Puzzleteil, auf dem das Wort mit *B* am Anfang weitergehen würde, das fehlt immer noch. Aber was *B* bedeutet, das hat Malea Bond natürlich trotzdem geheimdienstfix kombiniert!

Es wird wohl kaum *Berlin* heißen oder *Belgien.* Das liegt ja beides nicht im Süden. Und *Brasilien* heißt es bestimmt auch nicht. Das ist viel zu weit weg. Aber welche Stadt ist im Süden und fängt mit *B* an? Na?

Eben!

Um seebärensicher zu gehen, muss ich deswegen natürlich ganz dringend mit Javier reden. Wie praktisch, dass er schon heute hier ist statt erst am Freitag!

Nach dem Essen kommt er noch mal zu uns rüber (auch wenn er nachts natürlich, wie immer, bei Walter Walbohm drüben schläft). Gerade, als ich mich von meinem Puzzle losreiße, um runterzugehen, damit Javi meine Vermutung bestätigen kann, höre ich ihn die Treppe hochstapfen. Doch kaum habe ich meine Tür geöffnet, ist er dooferweise schon in Tessas Zimmer verschwunden.

Und jetzt traue ich mich nicht mal zu klopfen. Denn da drin tobt die Meerhölle. Von null auf hundert! MANN, schreien die sich an! Ich dachte, die haben sich lieb?

Krachender Klabautermann! Bin ich froh, dass ich nichts mit all diesem Liebesmatsch zu tun hab! Nee, ich bin lieber noch ne Weile mit mir alleine glücklich. Dann brauch ich mich wenigstens mit niemandem streiten.

Ich gehe zurück in mein Zimmer, hüpfe in mein Muschelbett und warte ein Weilchen. Ein Viertelstündchen später probiere ich es noch mal und schleiche leise rüber zu Tessa. Vor ihrer Tür bleibe ich stehen. Uiii, das klingt aber immer noch nicht viel netter.

»*Carrramba!*«, brüllt Javi gerade. »Wenn du denkst, du kannst mit jedem Jungen rrrumknutschen, solange ich in Spanien bin, dann kannst du das gerrrne machen! Aber OHNE MICH!«

Tessa knutscht mit jedem rum? Das wusste ich ja gar nicht. Ich muss doch mal wieder anfangen, meine Schwestern mehr zu beschatten. Das ist ja der absolute Haihammer! Ich lege mein Ohr an die Tür, um besser lauschen zu können. Denn Tessas leises Antwortfiepsen ist hier draußen echt schwer zu verstehen.

Was hat sie gesagt? Dass sie das überhaupt nicht tut?

»Dieserr Henrrry denkt offensichtlich, errr ist dein neuer Frrreund!«, donnert Javis Stimme.

»Aber NEIN!«, quietscht Tessa.

»MALEA?«

Hui! Ich fahre herum und sehe Cornelius mit einem Berg zusammengefalteter Wäsche die Treppe hochhumpeln. (Wir haben frische Wäsche?)

»Ich … öh … ich wollte eigentlich Javi was fragen«, murmele ich mit etwas schlechtem Gewissen. (Komischerweise ist Cornelius bei manchen Sachen schrecklich altmodisch und gar nicht wie ein Hippie. Ich fürchte, das Lauschen an Türen gehört dazu.) »Aber …« Ich versuche ein entschuldigendes Grinsen. »… ich glaube, ich probiere es morgen noch mal.«

»Ja, das ist bestimmt eine gute Idee«, meint Cornelius und steigt schon die nächste Treppe zu seinem Schlafzimmer hoch. »Gute Nacht, meine kleine Hula-Blume, schlaf schön!«

»Nacht, Cornelius!«

Hula-Blume, ha! Das ist Cornelius' Kosename für mich. Weil ich doch auf Hawaii geboren bin und weil der Hula dort so ein Tanz ist. Was das mit einer Blume zu tun hat, weiß ich zwar nicht. Aber es klingt nett.

Als ich wieder in meinem kuschelig muscheligen Bett liege, fühle ich mich leider nicht so richtig hula-blumig schön. Weil ich immer noch an all das Elend in der Welt in Tierheimen und auch sonst so denken muss. Und weil ich selber so ein schönes Zuhause habe (wo jetzt sogar mal Wäsche gewaschen wird, hihi), wo meine Eltern sogar Kosenamen für mich haben und mich lieben. Da kriegt man fast ein schlechtes Gewissen …

Ich glaube, ich muss morgen mal mit Livi reden. Was Elend angeht, hat sie ja viel Erfahrung. Vielleicht kann *sie* mir helfen?

Wo ich gerade an Livi denke … Sie ist wirklich extrem miesmuschelig komisch in letzter Zeit. Ganz, ganz schrecklich unglücklich sieht sie aus. Ich überlege. Muss natürlich auch wirklich voll Meerschrott sein, wenn der allerbeste Freund plötzlich nach London zieht. Aber dass Gregory ihr SO viel bedeutet, wusste ich nicht.

Hm. Wirklich Meermist. Und noch mistiger, dass Gregorys Eltern das einfach so bestimmen. Warum wollen Erwachsene bloß immer alles bestimmen? Ob es Livi hilft, wenn ich ihr sage, dass ich sie ganz doll lieb hab und dass sie nicht allein sein wird, bloß weil Gregory wegzieht?

Ich fürchte, dann wird sie trotzdem noch traurig sein. Wie blöd ist das eigentlich, dass Sibylle und Gerold nicht kapieren, wie unglücklich sie Livi und Gregory damit machen?

Und überhaupt, ICH finde es eigentlich auch total doof, dass Goldi schon wieder wegzieht, wo er gerade mal ein paar Monate in unserer Stadt wohnt. So einen tollen Schuldirektor kriegen wir nie wieder. Ist Gerold das eigentlich klar?

Genau da kriege ich SCHON WIEDER einen Gedankenblitz! Wilde Welle, das flutscht ja richtig in Malea Bonds Gehirn!

Und über diese fantastische neue Idee muss ich morgen UNBEDINGT mit Tessa reden. Sie muss, *muss*, MUSS mitmachen. Und ganz viele andere auch. Je mehr, desto besser! JAAA!

Ich kuschele mich tief in mein Kissen und fühle mich gleich viel blumiger. Und das Problem mit all dem Elend, das werde ich auch noch irgendwie lösen. Die Welt WIRD gerettet werden, das ist mal meerwasserklar! Denn James Bond und ich, wir geben NIEMALS auf!

Livi

Carpe diem! – Nutze den Tag!

Ich fürchte, Schule schwänzen wird leicht überbewertet. Wenigstens scheint sich der Dauerregen für ein Weilchen verabschiedet zu haben. Es ist genauso sonnig und warm wie gestern. Aber auch genauso langweilig. Ich stelle fest, zwei Vormittage hintereinander sinnlos in der Stadt rumzuhängen, macht einen auch nicht gerade glücklicher.

Doch zur Schule gehen und sechs Stunden lang ununterbrochen Gregory sehen – nein!

Ich habe wieder meinen Laptop aus dem Haus geschmuggelt und sitze seit Punkt neun Uhr im Bella Roma. (Schade, dass die nicht schon um acht aufmachen.) Die haben hier wenigstens WLAN.

Ich surfe ein bisschen im WorldWideWeb rum, aber statt was Produktives zu tun (zum Beispiel die Kälberhaltung bei uns mit der in anderen Ländern vergleichen!), lande ich immer wieder auf süßlich sülzigen Seiten mit Liebesgedichten. Toll, Livi, genau das, was du in deiner Situation brauchst!

Gegen Mittag reiße ich mich endlich zusammen und klicke das letzte – hach, irgendwie doch ziemlich schöne – Gedicht knallhart weg. Und feuere mich zum hundertsten Mal an: Los jetzt, du faule Sumpfsocke, die Milchkühe brauchen dich! Das Leben geht weiter!

»Und? Wie ist das Leben so?«

Huch? Ich hab überhaupt nicht bemerkt, dass sich jemand meinem Tisch genähert hat. Ich war wohl metertief in Gedanken versunken …

Ich blicke auf – und zucke zusammen. *»Gregory!«*

»Wen hattest du denn erwartet?«, grinst Gregory. »Ryan Gosling?«

Ich muss ebenfalls grinsen, obwohl ich mich – ehrlich! – nicht besonders freue. Schließlich sitze ich hier, um Gregory *nicht* zu sehen. (Wen interessiert Ryan Gosling?)

»Oder vielleicht Prinz Harry von England?«, grinst Gregory weiter. »Der ist zumindest noch zu haben, soweit ich weiß.«

Bei dem Wort *England* passt sich mein Gesichtsausdruck sofort wieder meiner tatsächlichen Stimmung an. Und die ist düster.

Das scheint Gregory nicht entgangen zu sein. »Darf ich mich setzen?«, fragt er vorsichtig.

Eine Weile studiert er schweigend die Rückseite meines Laptops. (Zwei Tierschutzaufkleber, sonst nichts.)

Dann hebt er seinen Blick wieder. »Livi, es ist doch nicht *meine* Schuld, dass wir umziehen. Glaub mir, ich hab *alles* versucht, was ich konnte und …«

»Das weiß ich«, unterbreche ich ihn – vermutlich ein *wenig* barsch, »ich bin ja nicht blöd!«

Gregory seufzt und setzt sich dann einfach.

Das finde ich jetzt aber schon ziemlich dämlich. Dann hätte ich ja auch in die Schule gehen können. »Ich wollte eigentlich ungestört hier ein bisschen was über …«

»Und ich wollte wissen, warum du nicht zur Schule kommst«, unterbricht diesmal Gregory mich.

Ich gebe einen Grunzton von mir und starre mürrisch auf die zwei Milchkühe auf meinem Laptop. Die sich gerade zugunsten des Bildschirmschoners verabschieden: Eine gemischte Abfolge von Fotos von Gregory und mir bei der letzten Demo. Geschossen von ein paar unserer Umwelt-AG-Freunden.

»Oh, wow!«, macht Gregory und schaut die Bilder interessiert an. »Die kenne ich ja noch gar nicht!«

»Hatte ich nur – ähm – zufällig hier drauf«, behaupte ich.

Gregory nickt. »Sind aber zufällig ziemlich schön.«

Dann guckt er mich an. »Livi, ich will wirklich wissen, was los ist. Ich kann verstehen, dass du sauer bist und wütend und enttäuscht und vielleicht, möglicherweise …« Er grinst entschuldigend. »… eventuell sogar traurig, aber …« Er grinst nicht mehr, sondern guckt nun fast flehend. »*Mir* haben meine Mutter und Goldi das auch erst vor ein paar Tagen gesagt. Ehrlich! Und ich hab wie blöde mit ihnen darüber gestritten, das musst du mir glauben! Ich hab alles versucht. ICH will auch nicht nach England!«

»Das glaube ich dir«, murmele ich leise und starre weiter auf den Bildschirm. (Gregory und ich beim Schwenken eines Banners. Wir hatten einen tollen Tag, und Gregory lehnt sich so weit rüber zu mir, dass wir Wange an Wange in die Kamera lachen. – Hach. Ich muss direkt aufseufzen.)

»Aber warum bist du dann sauer?«, fragt Gregory.

»Ich *bin* nicht sauer«, versichere ich.

»Aber du gehst mir aus dem Weg.«

»Ich gehe nur nicht zur Schule«, kontere ich. »Das heißt ja nicht, dass ich …«

»Ich bin auch nicht blöd!«, schnaubt Gregory.

Hm. Das stimmt natürlich.

Aber was soll ich sagen? *Ja, du hast recht, ich gehe dir aus dem*

Weg, Gregory. Das klingt doch völlig falsch! Oder: *Ja, ich gehe dir aus dem Weg, aber doch nur, weil ich dich so gern mag, dass es mir wehtut, dich zu sehen.* Nee, vielen Dank, das bringe ich echt nicht. Und klingt ja auch komplett bescheuert.

»Also?«, forscht Gregory weiter.

Ich gebe mich geschlagen. »Ich hab nichts dagegen, dass du hier bist.«

»Vielen Dank«, nickt Gregory ironisch. »Darf ich mir dann eine Apfelschorle bestellen?«

»Wenn du schon zur Theke gehst…«, wage ich frech zu sagen, »ich mag übrigens Maracujaeis sehr gerne.«

»Das weiß ich«, meint Gregory – und kommt mit seinem Glas und einem Becher mit vier Kugeln Eis zurück.

»Ups!«, mache ich. »Eine hätte es aber auch getan!«

»Ich wollte auf Nummer sicher gehen«, meint Gregory und grinst wieder.

Und – okay – da freue ich mich doch ein bisschen, dass er da ist. (Aber der Schmerz kommt ja auch immer erst hinterher…)

Nach dem Bella Roma schlendern wir den halben Nachmittag im Städtchen rum, holen uns zum Mittagessen aus dem Goldenen Hirschen zwei Sahnetörtchen auf die Hand (ich fürchte, allmählich wird Zucker zu meinem Hauptnahrungsmittel), albern in Tessas Lieblingsboutique Madeleine's beim Anprobieren von Hüten rum, streifen durch kleine Gässchen, in denen ich jahrelang nicht mehr (oder noch nie) war, gehen sogar ins Kaufhaus am Marktplatz, um doch noch mal nach einer Hose für Gregory zu gucken (aussichtslos, er ist viiiiel zu wählerisch), und landen schließlich auf den Wiesen am Fluss.

Natürlich haben wir auch immer mal wieder zwischendurch geredet, aber jetzt, in Ruhe, erzähle ich ihm noch ein bisschen mehr. Von all dem, was in den letzten Tagen in meinem Kopf, Herz und Bauch passiert ist.

Gregory nickt viel und sagt wenig.

Ich bin mir nicht sicher, ob er alles versteht, aber ich hoffe es.

»Siehst du, wie das Wasser in der Abendsonne glitzert?«, fragt er plötzlich. »Als ich klein war, dachte ich, das wären Millionen von schimmernden Gute-Nacht-Feen, die mit ihren blinkenden Zauberstäben alle Kinder in die Bettchen rufen.«

Ich muss lachen. »Wie bist du denn darauf gekommen?«

»Walter hat mir das erzählt«, grinst Gregory. »Du weißt doch, meine Mutter war abends immer im Fernsehsender und ich hab meistens bei Walter geschlafen. Und im Sommer haben wir manchmal noch einen kleinen Abendspaziergang zum Fluss runter gemacht. Und weil ich nie müde war, hat er sich wohl einen Trick ausgedacht, um mich wieder nach Hause zu kriegen.«

Ich lächele. »Walter Walbohm ist echt nett.«

Gregory nickt. »Ja.«

»Eigentlich sollte das Leben einfach sein, oder?«

Gregory guckt mich von der Seite an und lacht. »Und das aus *deinem* Mund?«

Ich atme tief aus. Was kann ich darauf sagen?

Ich sage nichts.

Vor mir liegt das idyllischste Bild, das man sich nur wünschen kann. Auf dem Fluss rudern Paare in kleinen, bunten Booten und genießen die Abendsonne. Die Männer und Frauen albern herum oder sitzen eng umschlungen im Boot, die Ruder in den Rumpf gezogen, und lassen sich einfach treiben.

Sich einfach treiben lassen …

Ja, wenn das Leben doch wirklich einfach wäre!

Und außerdem denke ich: glückliche Paare!

»Ja«, sagt Gregory und guckt weiter aufs Wasser.

Huch? Hab ich etwa laut gedacht?

Ich wage nicht, nachzufragen. Stattdessen bringe ich das Gespräch lieber zurück auf unverfänglichere Dinge.

»Willst du… wollen wir gucken, ob bei uns noch Essen da ist?«, frage ich unsicher. (In dieser Iris-losen Woche muss man ja vorsichtig formulieren. Immerhin hat Cornelius zwei Mal angerufen, um zu fragen, wo ich zum Mittagessen bleibe, und dann noch mal, ob ich zum Abendessen komme. Etwas zu essen gab es also, die Frage ist nur *was.*)

Gregory guckt mich erstaunt an. »Vorhin hast du gesagt, du hättest eigentlich Lust, einfach abzuhauen, wegzulaufen.«

Ich blicke etwas beschämt zu Boden. So was Kindisches würde nicht mal meiner Schwester Tessa einfallen. Ich muss echt bescheuert sein, ihm so was anzuvertrauen!

Ich versuche schnell, einen Witz draus zu machen. »Klar! Am liebsten nach Brasilien. Oder auch Mittelamerika. Aber der Mars wäre auch nicht schlecht.« Und damit Gregory auch wirklich kapiert, dass ich natürlich weiß, *wie* lächerlich das ist, grinse ich ihn breit an. »Na, willst du mitkommen?«

Gregory schaut kerzengerade in meine Augen. »Natürlich.«

»Hihihi!« Oh, Himmel! Ich fürchte, mein Kichern klingt *sehr* schlecht geschauspielert.

Gregory kichert nicht. »*Wann* wolltest du denn abhauen?«

Etwas verwirrt zucke ich die Schultern und gucke sicherheitshalber wieder aufs Wasser. »Keine Ahnung.«

»Jetzt?«

»Jetzt, was?«

»Na, abhauen!«

»WIE?« Ich starre Gregory sprachlos an.

Hab ich dieses Mal *seine* Ironie nicht rausgehört? Bin ich ein bisschen schwer von Begriff? Wieso grinst er nicht wenigstens, wenn er mich auf den Arm nimmt?

»Jetzt!«, wiederholt Gregory. »Warum noch warten?«

Mir schwirrt der Kopf. Wie meint Gregory das? Ähm … *Wie – meint – Gregory – das?*

»Wir müssen ja nicht ganz bis nach Brasilien.« Er lächelt irgendwie aufmunternd. »Oder zum Mars. Aber wenn wir uns nach Hause schleichen und unsere Schlafsäcke holen, dann könnten wir weiter unten am Fluss ganz wunderschön übernachten, finde ich.«

Er nickt in die beschriebene Richtung.

Gregory hat recht, es ist schön dort hinten, wo die Stadt aufhört. Nur die Flusswiesen und sonst bloß Äcker, Weiden und der Wald. Nicht mal mehr eine Straße ist in der Nähe.

»Na?« Gregory sieht tatsächlich aus, als könne er es kaum erwarten.

Und plötzlich schießt mir ein kleiner Satz in den Kopf, über den ich gerade neulich was gelesen habe. Ein Satz aus einem über zweitausend Jahre alten lateinischen Gedicht. *Nutze den Tag und vertraue möglichst wenig auf den folgenden!*

Nutze den Tag! heißt im lateinischen Original: *Carpe diem!*

Carpe diem! Carpe diem!, hämmert es in meinem Hirn.

Warum nicht mal etwas wagen? Warum nicht das Heute genießen? Auch wenn das Morgen nicht folgen wird – oder ohne Zweifel sehr wehtun wird.

Ach, schießt in den Wind, ihr klebrigen Karamellbonbons dieser Welt! Ist mir egal, ob ich morgen Zahnschmerzen hab! HEUTE genieße ich! Jawohl! Olivia Martini sagt: CARPE DIEM!

Ich drehe mich zu Gregory und lächele. »Das ist eine super Idee! Los, lass uns die Schlafsäcke holen!«

Malea

Ich bin Geheimagentin, aber ich bin auch Surferin! Ich bin ja auf Hawaii geboren und liebe Wasser und Wärme und natürlich hohe Wellen – so wie James Bond die höchsten Herausforderungen liebt. Vielleicht bin ich die hawaiianische Antwort auf den britischen Agenten 007? Hihi, Geheimagentin 0011! (Bald 12!)

Also, Tessa, was ist? Hilfst du mir?«

Meine große Schwester steht etwas wirr und unschlüssig vor mir in der Küche, wo ich zusammen mit Kenny gerade die letzten dreckigen Teller in die Maschine gestapelt habe. Während Cornelius im Keller so lange seine Drumsticks schwingt, wie die Wäsche braucht, die er vorhin eingeschaltet hat. Dann will er sie aufhängen.

»Wenn jeder seinen Teil erledigt, klappt alles hervorragend!«, sagte er heute immer wieder. Und erledigte dabei selber das meiste. (Ich erkenne meinen eigenen Vater nicht mehr! Was ist bloß in ihn gefahren?)

Tessa hat heute allerdings nicht gerade viel erledigt. (Das wage ich ihr aber nicht zu sagen.)

Leider muss ich immerzu ihr rechtes Auge anstarren. Denn das hat keinen Strich unterm unteren Lid. Was natürlich eigentlich kein großes Ding wäre. Aber erstens habe ich meine perfekte Wimpernschwung-Schwester noch NIE ohne dicken schwarzen Strich unterm Auge gesehen und zweitens HAT das linke Auge einen. Das sieht zusammen – ähm – etwas ungünstig aus.

Aber auch das wage ich ihr nicht zu sagen. Sie ist sowieso schon ziemlich huschig heute. Kaum war sie in der Schule, ist sie auch schon wieder nach Hause gegangen. Nach der zweiten Stunde nämlich. Dodo war so besorgt, dass sie Tessa begleitet hat, wie sie später erzählte.

Ich kann mich nicht erinnern, wann meine größte Schwester schon mal irgendwohin *begleitet* werden musste, weil es ihr nicht gut ging. Tessa ist stark, superstark! Früher, als ich klein war, dachte ich immer, Tessa wäre Superwoman.

Und jetzt diese Schminkmatsche, die ihr offenbar noch nicht mal aufgefallen ist! Mann, Tessa muss es wirklich *richtig* schlecht gehen!

Meine Superwoman-Schwester guckt mich ganz wässrig an. »Was hast du gesagt, Malea?«

»Ich hab gefragt, ob du morgen in der Schule mitmachst?«, wiederhole ich. »Das ist VOLL WICHTIG, das hab ich dir doch erklärt! Dodo ist dabei. Sie bereitet schon heute Abend alles vor, hat sie gesagt. Und aus meiner Klasse machen auch fast alle mit. Brendas Schwester ist in der Siebten und will alle in ihrer Klasse zusammentrommeln, und Carlas Bruder …«

Ich sehe es ihr an: Tessa hört mir gar nicht zu. Sie starrt mit aller Kraft aus dem Fenster, als könne sie dadurch ein Taxi wieder zurückrufen, das gerade eben Richtung Flughafen abgefahren ist. (Und ich hatte nicht mal die kleinste Gelegenheit, mit Javi über *B* zu reden!)

Ich seufze tief. Sozusagen stellvertretend für Tessa.

Aber auch ein bisschen für mich.

»Er kommt doch sicher zur Hochzeit am Wochenende wieder, oder?«, frage ich leise.

Tessa dreht sich um und sieht plötzlich aus wie eines von den unglücklichen Tieren im Tierheim. »NEIN, KOMMT ER NICHT!« Sie holt Luft wie eine Ertrinkende und fügt dann etwas leiser hinzu: »Es ist aus!«

Und damit rennt sie raus aus der Küche und hoch in ihr Zimmer. Das Knallen ihrer Tür ist nicht zu überhören.

Als wäre das ein Signal gewesen, erscheint Cornelius mit einer nassen Ladung Wäsche, um sie draußen aufzuhängen. Die Maschine muss gerade fertig geworden sein. »War das Tessa?«

Ich nicke.

Cornelius setzt den Wäschekorb auf dem Küchentisch ab. »Lass Tessa mal ein Weilchen in Ruhe! Ich glaube, sie braucht Zeit, um ein paar Dinge zu verdauen.« Dann guckt er mich nachdenklich an. »Hat sie was zu dir gesagt?«

»Nur, dass Schluss ist mit Javi«, antworte ich. »Aber das stimmt doch nicht, oder?«

Cornelius guckt betroffen zu Boden. »Tja, doch, Malea, ich fürchte, das stimmt. Ich glaube … Aber nein. Das geht mich nichts an. Das sollte uns alle nichts angehen! Das müssen die unter sich ausmachen.«

»Und Javier kommt nicht zurück am Wochenende?«

»Nein.« Cornelius schüttelt den Kopf. »Ich glaube, es ist ihm ernst damit. Javier und Tessa sind leider kein Paar mehr.«

»Ooooh«, mache ich erschüttert. Ich meine, *wie* meermistig ist das denn?

Cornelius lächelt traurig. »Solche Dinge passieren leider. Das gehört zum Erwachsenwerden dazu. So schade es auch ist!«

Buuuuh-wäh-würg! Ich werde ganz sicher auch später nicht in diese ganze Liebesülze einsteigen. Nee, nicht mit mir – das ist mal meerwasserklar!

Nachdenklich bleibe ich in der Küche stehen und sehe Cornelius dabei zu, wie er jetzt in seinen kurzen weißen Hosen barfuß mit der Wäsche rausgeht und schon wieder fröhlich zu pfeifen anfängt, während er unsere bunten T-Shirts auf die Leine hängt. (Ich mach mir langsam Sorgen. Diese Arbeitswut ist doch nicht normal?)

»Soll ich dir helfen, Cornelius?«, rufe ich raus, weil ich gerade nichts Besseres zu tun habe. (Was mich selbst total überrascht. Arbeitswut ist möglicherweise was Ansteckendes…)

»Du könntest den Rasen sprengen«, ruft Cornelius lächelnd zurück. »Der hat es dringend nötig. Und Remas Beete auch, wenn du magst!«

Wilde Welle, Cornelius ist ja nicht zu bremsen!

Im Garten grinse ich ihn an. »Bist du krank?«

Cornelius guckt erst blöd, dann lacht er. »Warum? Bloß weil ich in unseren Haushalt ein bisschen Schwung bringe?«

Ich nicke.

Cornelius tut empört. »Na, hör mal! Als ob ich sonst auf der faulen Haut liegen würde!«

Hihi! Also, dazu sag ich jetzt lieber nichts. Denn genau das ist ja das ständige Nervthema zwischen ihm und Iris. (Nur, dass Cornelius immer behauptet, dass er, wenn er auf dem Sofa liegt, neue Songs komponiere.)

Ich schnappe mir den Gartenschlauch und fange fröhlich an, den Garten zu wässern. Die Hitze ist so unerträglich, dass es wellenwunderbar ist, wenn einem ab und zu der Schlauch aus der Hand rutscht und man sich selbst (oder andere) *aus Versehen* nass spritzt, hihi!

»Waaaah!«, schreit Cornelius, als ihn der Strahl mit voller Wucht trifft. (Die Wäsche ist ja sowieso noch nass.)

Wir albern so laut rum, dass auch Kenny und Aurora angelaufen kommen. Automatisch gucke ich mich schnell nach Hugo um. Doch der ist heute von dem heißen Wetter so fertig, dass er nur hechelnd unter den Rhododendronbüschen liegt und tatenlos zuguckt.

Ach, gut, ich glaube, er gewöhnt sich allmählich an Aurora. Und Aurora sich an ihn.

Als es Zeit ist, ins Bett zu gehen, muss ich aber noch mal fragen: »Jetzt sag doch mal, Cornelius, warum hast du plötzlich so gute Laune?« (Ich kann ja schlecht fragen: *Warum ackerst du plötzlich so überraschend wild im Haushalt?*)

Da setzt er sich tatsächlich zu mir an mein Muschelbett und verrät mir: »Ich hatte ein sehr nettes Gespräch mit Javier gestern nach dem Abendessen, bevor er zu Tessa hochging.«

Ich bin sofort alarmiert. »Wegen ihm und Tessa?«

Cornelius macht eine abwehrende Handbewegung. »Nein, nein! Mit den beiden hatte das GAR nichts zu tun. Da mische ich mich wirklich nicht ein. Nein, es war ein ganz persönliches und übrigens sehr kurzes Gespräch.«

Ich richte mich auf. Also irgendwie lächelt Cornelius geradezu … *selig.*

»Und worüber habt ihr geredet?«

Da lächelt Cornelius noch mehr. »Och, das ist kein großes Geheimnis. Er hat mir einfach nur seine Telefonnummer gegeben. Von sich zu Hause in Barcelona.«

Jetzt strahlt mein Vater wie die Sonne in der Südsee.

O-hooo! ACHTUNG! Sofort ist Malea Bond hellwach. »Und was wolltest du mit der Telefonnummer?«

Cornelius lacht. »Na, ich dachte, ich rufe mal an!«

»Und?«, fragt Miss Bond, obwohl sie selbstverständlich

schon längst auf der garantiert richtigen Spur ist. Nur noch mal sichergehen! »War es *ein gutes* Gespräch?«

Cornelius lacht noch mehr und strahlt dabei *aus allen Knopflöchern*, wie Remi sagen würde! »Ein *sehr* gutes Gespräch sogar! So …« Cornelius steht auf und geht zur Tür. »… nun muss ich aber weitermachen! Wir wollen doch, dass alles perfekt aussieht am Wochenende, oder?«

Wooohooohoo! Vielen Dank, Malea Bond hat keine weiteren Fragen!

Hurra und meerwasserklar, das Rätsel um Iris und Rema ist gelöst! (Und mit Javi brauche *ich* nun auch nicht mehr sprechen.)

Ich hüpfe trotzdem noch mal schnell zu meinem Schreibtisch und klebe den letzten Papierschnipsel, den ich gefunden habe, an den Rest der Rechnung. Dann rolle ich mich in meinem Bett zusammen und stelle mir vor, wie es wohl jetzt gerade in *B* ist. Als wir alle zusammen mal dort waren, war es nämlich klasse da. Und Tessa hat ihren Javier kennengelernt.

An der Stelle muss ich leider wieder an meine große, traurige Schwester denken. Arme Tessa!

Aber vielleicht hat Cornelius recht? Vielleicht muss da jeder alleine durch? Vielleicht kann bei dieser Art von Traurigkeit keiner helfen? Vielleicht muss Tessa einfach ein paar Tage lang huschig und verwirrt sein und sich schrecklich fühlen?

Trotzdem, eins ist wellenbrecherklar: Wenn das selbst meine Superwoman-Schwester so meermatschig umhaut, dann lohnt sich diese Liebesgrütze echt nicht!

Livi

»Ein Spiegel, er ist mir geworden,
Ich sehe so gerne hinein,
Als hinge des Kaisers Orden
An mir mit Doppelschein.
Nicht etwa selbstgefällig
Such ich mich überall;
Ich bin so gerne gesellig,
Und das ist hier der Fall.«

Diese Sätze stammen von Goethe. Ist schon komisch, was einem manchmal im Kopf rumgeht, ohne dass man es eigentlich richtig versteht…

Der Mond ist schon hell am Himmel zu sehen, während die Sonne – feuerrot – noch am Horizont steht. Es ist immer noch brütend heiß, es scheint heute überhaupt nicht kühler zu werden. Tausend Mücken flirren durch die Luft, doch Gregory und ich haben uns zum Glück mit Insektenzeugs eingesprüht. Nun stinken wir zwar ganz grässlich, aber wir haben noch keinen einzigen Mückenstich, hihi!

Die Schlafsäcke und Isomatten zu holen, war ganz einfach. Auch wenn ich natürlich direkt in Cornelius reingerannt bin, der ständig die Treppen rauf und runter humpelte – mit Bergen von Wäsche in seinen Armen. (Was ist passiert? Hat die Polizei bei uns geklingelt und Cornelius gedroht, seine Töchter ins Heim zu stecken, wenn es hier nicht ordentlicher wird?)

Überhaupt sah das ganze Haus frisch gesaugt aus – und sauberer als an den meisten normalen Tagen. (Also, an den Tagen, an denen Iris und Rema *nicht* weg sind.) Nach einem kurzen Blick in die Küche wäre ich sogar fast umgefallen: Der Tisch – blitzblank. KEIN dreckiges Geschirr irgendwo. (Nicht mal versteckt auf der Fensterbank.) Und auf der Anrichte stand eine große Schüssel mit einem sehr gesund aussehenden Salatrest. Die müssen heute Abend tatsächlich was Nahrhaftes gegessen haben!

»Du kommst aber spät«, hat Cornelius gesagt, als ich ihm auf der Treppe in die Arme lief.

»Ja, und ich geh auch gleich wieder«, hab ich gelächelt. (Obwohl: Sollte man lächeln, wenn man gerade von zu Hause abhaut?)

»Und wohin?«, hat Cornelius gefragt.

»Gregory und ich wollen heute draußen übernachten«, hab ich geantwortet und dabei ja nicht mal gelogen. Doch weil ich ein bisschen Angst hatte, dass Cornelius bei der Vorstellung sofort wild werden könnte (ehrlich, er ist sooo sehr *kein* Hippie!), hab ich noch schnell nachgesetzt: »Du weißt ja, dass Gregory nur noch ein paar Wochen hier sein wird, und wir wollten so gern ...«

Das hat Cornelius sofort milde gestimmt. »Na ja, warum auch nicht? Es ist wunderbar warm draußen, und was soll euch im Garten schon passieren?«

Ich nickte freundlich und rannte schnell weiter zum Dachboden. Genau, was soll uns im Garten schon passieren? Besonders, wenn wir nicht mal im Garten sind!

Zum Glück war Cornelius zu beschäftigt, um zu überprüfen, wo ich wirklich hinging.

»Tschüss!«, rief ich ihm zu, als ich mein Zeug beisammen hatte. »Könnte sein, dass Gregory und ich uns morgen einfach nur ein Brötchen irgendwo auf dem Weg zur Schule holen!«

»In Ordnung, mein Röschen!«, rief Cornelius zurück und humpelte bereits in den Keller, vermutlich um die nächste Ladung Wäsche raufzuholen. (Muss ich mir Sorgen machen?)

Bei Gregory lief es natürlich noch einfacher, denn da war gar keiner zu Hause. Goldi war vermutlich bei sich in der Wohnung und Sibylle ohne Zweifel im Fernsehsender. Und wenn sie nachts nach Hause kommt, prüft sie garantiert nicht nach, ob Gregory auch ordnungsgemäß in seinem Bett ist.

Jetzt liegen wir jedenfalls *hier*. In unseren Schlafsäcken mit den Isomatten drunter. Auf der wunderschönen Flusswiese.

»Puh, ist das heiß!« Ich ziehe den Reißverschluss meines Schlafsacks wieder auf und breite ihn wie eine Decke unter mir aus.

Gregory lacht und tut das Gleiche. »Ja, echt schweineheiß! Aber schön! Nach dem Hammerregen der letzten Wochen …«

»Mhmmm«, nuschele ich und kuschele mich genießerisch hin.

Ja, das hier ist ein kleines Paradies. Eine echte Wohltat nach all den Tagen zu Hause, wo sich niemand um einen kümmert oder Notiz davon nimmt, wie es einem geht. Ich meine, ich liebe meine Schwestern natürlich, aber manchmal … manchmal hasse ich sie auch. Tessa interessiert sich sowieso für nichts anderes als für sich selbst, und sogar Malea ist nur noch mit Klein-Hugo beschäftigt.

Diesen Frust rede ich mir von der Seele (wie schön, dass ich – *noch* – eine Freundin habe!), doch Gregory guckt mich nur erstaunt an. »Findest du?«

Plötzlich setzt er sich ruckartig auf und wechselt das Thema. »Pass auf! Gleich! Gleich versinkt sie!«

Wir gucken der Sonne zu, wie sie fast im Zeitraffer hinter den Hügeln auf der anderen Seite des Flusses untergeht. Dann kuscheln wir uns wieder auf unsere Schlafsäcke.

»Ich wusste gar nicht, wie schnell das geht!«, staune ich.

Gregory nickt. »Ja, wir hätten schon früher mal hierherkommen sollen.«

Ich nicke ebenfalls.

Da dreht Gregory seinen Kopf zu mir. »Vielleicht hätten wir überhaupt schon eine Menge Dinge früher tun sollen?«

Ich lache. »Ach ja? Was denn zum Beispiel? Abhauen?«

»Auf jeden Fall *das*!«, nickt Gregory heftig. »Das hätten wir überhaupt jeden Tag tun sollen!«

Ich kichere. Es macht sooolchen Spaß, mit Gregory hier draußen zu sein!

Und – hey, CARPE DIEM! – womöglich hätten wir das wirklich schon längst tun sollen?

Ach, es gibt so viele Dinge, die ich gern mit meiner besten Freundin unternommen hätte, aber wir haben ja beide immer so wenig Zeit. Und nun wird meine beste Freundin bald in einem anderen Land leben …

»Die Zeit hätten wir uns nehmen müssen«, meint Gregory leise.

Ups, kann er meine Gedanken lesen?

»Du wirst bald weg sein«, erwidere ich noch leiser.

Da richtet sich Gregory auf und hockt sich direkt vor

mich. »Hör mal, Livi, du kannst uns jetzt den Abend vermiesen oder du kannst einfach mal deine Klappe halten mit diesem grässlichen Thema!«

Ich atme tief durch. Es tut eben weh.

»Für dich ist es einfach«, halte ich Gregory entgegen, »du gehst in eine neue Stadt, lernst neue Leute kennen, findest…«

… *eine neue beste Freundin*, wollte ich sage, aber ich verkneif's mir.

»…findest interessante neue Sachen«, fahre ich stattdessen fort, »und hast mich – schwupp – vergessen. Für *mich* aber ist das total anders! Wenn du hier weggehst, dann ist da ein Loch. Ein dickes, fettes Gregory-Loch. Und wer soll das Loch füllen?«

»Ich hoffe, niemand«, antwortet Gregory und lehnt sich wieder zurück auf seine Seite.

(Ich bin etwas unsicher, ob er das ernst meint oder nur Quatsch macht.)

»Du kannst dir wahrscheinlich gar nicht vorstellen, wie ich mich fühle!«, werfe ich ihm an den Kopf.

Doch da wird Gregorys Gesicht todernst. »Echt, Livi, du redest die ganze Zeit nur von dir! Und beklagst dich auch noch darüber, dass deine Schwestern nur an sich denken. Kannst DU dir eigentlich vorstellen, wie ICH mich fühle?«

Puh, er ist ja richtig wütend?

»Denn nur zu deiner Information«, raunzt Gregory, »ICH WILL NICHT nach England. ICH WILL auch NICHT neue Freunde suchen oder mich in einer völlig neuen Stadt zurechtfinden müssen.«

Ich atme hektisch. »Tut mir leid. Klar… klar kann ich verstehen, dass es für dich auch nicht gerade leicht ist.«

»Nicht LEICHT?«, herrscht Gregory mich an. »In ein anderes Land zu gehen mit einer dämlichen Sprache, für die ich im letzten Zeugnis ne fünf bekommen habe …«

An der Stelle zuckt es ein wenig um seine Mundwinkel herum, und ich selbst hab ebenfalls Mühe, mir ein Grinsen zu verkneifen. Gregory ist ja eigentlich der totale Streber, doch was Sprachen angeht, hat er das Talent eines tauben Nashorns.

»Also … jedenfalls«, fährt Gregory fort, »wird das für mich der absolute Horrortrip. Und etwas mehr Mitgefühl hätte ich mir da schon von dir gewünscht. Stattdessen lässt du mich die letzten Tage sogar allein in der Schule hocken!«

Peng. Das hat gesessen.

Bin ich wirklich so auf mich selbst konzentriert, dass ich die anderen um mich herum vergesse?

Gregorys Gesichtsausdruck wird sanfter. »Lass uns diese letzten Wochen zusammen genießen, Livi, ja?« Seine Stimme wird fast bittend. »Und lass uns all das tun, was wir nicht getan haben, aber hätten tun sollen, ja?«

In meinem Bauch kribbelt es.

Ich gebe keine Antwort. Gregory holt tief Luft, aber wird dann auch still. Die Fragen bleiben in der milden Nachtluft hängen und vermischen sich mit dem Rauschen des Flusses.

In meinem Bauch kribbelt es jetzt so doll, dass ich kaum still liegen kann. »Gregory?«

»Ja?«

»Was genau meinst du mit *was wir nicht getan haben?*«

Huch? Seufzt Gregory da? Ich schiele zu ihm rüber. Und treffe direkt in seine Augen.

Er richtet sich wieder auf. »Weißt du noch, als du diese komische Wette mit Tessa am Laufen hattest?«

Uuuuh, mir wird plötzlich schrecklich heiß. Noch heißer, als die Luft sowieso schon ist. Ob ich sagen kann, dass ich mal schnell aufs Klo muss?

»Du erinnerst dich?«, forscht Gregory nach. »Die Wette, die du gewonnen hast?«

»Mhmmm.« Ich räuspere mich.

Das Kribbeln wird jetzt geradezu unerträglich.

Gregory beugt sich rüber zu mir. »Und die hast du gewonnen, weil ich dich …«

Ich bin stocksteif.

Hat er… hat er… etwa gerade meine Lippen geküsst?

Oh Gott, ich fühle mich, als wäre ich neun Jahre alt. Ich weiß überhaupt nicht, was ich tun soll. Also tue ich gar nichts. Sondern liege einfach nur da. Unter dem immer dunkler werdenden Firmament der Welt. Die letzten rötlichen Sonnenstreifen am Horizont verblassen und über uns blinkt der Nachthimmel auf.

Gregory guckt mich prüfend an. Aber ich *kann* einfach immer noch nichts tun oder sagen. Da beugt er sich noch einmal tiefer zu mir und berührt meinen Mund ganz langsam und vorsichtig mit seinen Lippen.

Und… als hätte jemand in meinem Inneren ein Licht angezündet… wird das Kribbeln zu einer weichen Wärme, die von meinem Bauch durch meinen ganzen Körper zieht. So, als ob es gut und richtig ist, Gregory so dicht bei mir zu haben.

Plötzlich grinst er. »Ich möchte nicht *deine Freundin* sein, Livi! Ich bin ein Junge. Schon gemerkt?«

Ich muss gaaaanz tief durchatmen, aber ich grinse auch. »Ja, ich glaub, ich hab's gemerkt.«

Das scheint ihm zu genügen. Er lächelt. »Bist du müde? Wollen wir schlafen?«

Ich nicke und lächele ebenfalls.

Ich fühle mich sehr entspannt. Ganz ohne Angst. Oder Wut oder Schmerz. Und sogar ganz ohne Traurigkeit.

»Gute Nacht, Livi!« Gregory legt sich zurück auf seinen Schlafsack und tastet nach meiner Hand.

Ich drücke sie kurz und halte sie dann fest. »Gute Nacht, Gregory!«

Über uns funkeln eine Million Sterne und ich weiß plötzlich: Niemand – niemand auf der ganzen Welt – kann uns diese Sterne jemals wegnehmen.

Ganz egal, wie weit Gregory jemals wegziehen wird.

Livi

Es passiert durchaus, dass Überraschungen plötzlich auftauchen wie Himbeertorten in der U-Bahn: ein bisschen verrückt und an Orten, wo man sie am wenigsten erwartet hätte.

Gregory und ich haben beschlossen, die Zeit, die er noch in Deutschland ist, ganz normal zu verbringen. Na ja, hmmm, so normal, wie es eben *jetzt* normal zwischen uns ist, hihi! Auf jeden Fall wollen wir nicht vor Frust und Traurigkeit auch noch die kostbaren letzten Wochen verschwenden.

Morgens um sechs waren wir schon wach und haben uns beim Bäcker ofenwarme Zimtwecken gekauft. Jetzt sind wir noch mal zurück zu den Wiesen am Fluss geschlendert.

Wie laut die Vögel um diese Uhrzeit zwitschern und total geschäftig hin und her fliegen, während die Enten unten an der Böschung gerade erst langsam und schlaftrunken ihre Hälse recken! Die Sonne steht noch tief, das Licht ist fast magisch und keine Menschenseele außer uns ist zu sehen. (Außer weit weg auf der anderen Seite des Flusses eine Frau mit zwei Hunden beim frühen Gassigehen, aber die stört uns nicht.) Ich gucke zu Gregory rüber und lächele. Mann, ist das schön, der Welt beim Wachwerden zuzugucken!

Wir haben auch beschlossen, heute zur Schule zu gehen. Immerhin ist Donnerstag und wir wollen die Umwelt-AG nicht verpassen. Auf den letzten Drücker laufen wir zurück zur Kastanienallee, huschen in unsere Häuser, pfeffern die Schlafsäcke in die Ecke und holen unsere Schulsachen. Beim Wieder-raus-Rennen stolpere ich fast über Cornelius, der in einer Ecke hockt und an einem alten Fleck an der Wand rubbelt. (Also, jetzt übertreibt er aber ein bisschen, oder?)

Mein putzverrückter Vater dreht sich um und guckt mich gut gelaunt an. »Na, war es nicht zu kalt im Garten?«

Keine Ahnung, ich war ja nicht im Garten.

»Och«, sag ich freundlich, »es war ganz warm.« (Außerdem hatte ich ja Gregory neben mir.) »'tschuldigung, aber ich muss schnell los, sonst komme ich zu spät zur Schule!«

»Ja, ja, lauf du nur!«, grinst Cornelius. »Tessa und Malea sind schon weg.«

Als ich die Haustür schon fast hinter mir zugezogen habe, zieht Cornelius sie noch mal auf. »Olivia? Du bist ein tolles Mädchen! Das wollte ich dir nur mal sagen!«

»Hä?« Also echt, irgendwas stimmt nicht mit unserem Vater.

Ich werfe ihm eine eilige Kusshand zu, lasse die Tür einfach offen und renne die Stufen runter.

»Manchmal ein bisschen zu gewissenhaft und brav vielleicht«, höre ich Cornelius hinter mir wie zu sich selbst murmeln.

Brav? Hihi! Na ja, Cornelius muss ja nicht alles wissen!

Bester Laune kommen Gregory und ich in der Schule an. Doch als wir durch die Pausenhalle gehen, stutzen wir.

Was ist denn das? Die ganze Pausenhalle ist ein einziger Wald von Plakaten!

Gregory guckt genauso doof wie ich. Haben wir irgendwas nicht mitgekriegt? Dabei sind wir doch sonst immer ganz vorne dabei, wenn es um Protestaktionen geht. Verdutzt fangen wir an zu lesen.

HERR GRÜNBERG MUSS BLEIBEN!, steht auf einem der Plakate.

Auf einem anderen: *Wir wollen unseren SCHULDIREKTOR BEHALTEN!*

Und auf dem nächsten: **WIR STREIKEN, wenn Herr Grünberg geht! SCHULSTREIK FÜR UNSEREN DIREKTOR!**

Ich traue meinen Augen nicht! Was ist das denn? Und warum wissen Gregory und ich nichts von dieser Sache?

Auf einem Schild – ich muss echt kichern – steht: *Gegen den **Direktor-Flop**! Herr **Grünberg** bleibt, denn er ist **topp**!*

Hihi, manche Parolen sind wirklich klasse!

Dann gucke ich mir die Plakate genauer an. Und falle fast in Ohnmacht.

Habe ich gesagt, ich hasse meine Schwestern? Oh, ich LIIIEBE meine Schwestern!

Denn als ich genauer hingucke, kann ich unschwer Tessas geschwungene Handschrift erkennen. Und daneben das unverwechselbare Krikelkrakel meiner Schnüffelschwester Malea.

ICH FASSE ES NICHT!

Oh, die Guten! Die müssen das alles heimlich gemalt und zur Schule geschleppt haben. Mann, habe ich nicht die BESTEN Schwestern der Welt?

»Warum sind *wir* eigentlich nicht auf diese phänomenale Idee gekommen?«, fragt Gregory, als er seine Sprache wiedergefunden hat, und sieht so glücklich aus wie schon seit Tagen nicht mehr. »Das MUSS Goldi einfach beeindrucken!«

In den Pausen tauchen sogar noch mehr Plakate in noch mehr Gängen und Fluren und Räumen auf. Tessa und Malea müssen die halbe Schule zum Mitmachen bequatscht haben!

Überall sieht man Lehrer lesen und tuscheln – einige machen sogar mit ihren Handys Fotos. Doch keinen scheinen die Plakate zu stören. HA! Ich wette, unsere Lehrer wollen auch nicht, dass Goldi geht!

Wie gut, dass wir heute zur Schule gekommen sind, sonst hätten wir das alles ja verpasst!

»Lass uns aber nicht zu doll hoffen, Livi, ja?«, bittet mich Gregory nach der Umwelt-AG, als wir wieder vor unserer Haustür stehen.

Aber ich hoffe trotzdem. Und zwar so doll, wie ich nur kann!

Und am Abend bei Mattes und Katrin Dornkaters Polterabend wünsche ich mir bei jedem Teller, den ich zerdeppere, *genau das:* dass Gerold in unserer Stadt bleibt nämlich. Und mit ihm sein Sohn!

Bitte, liebe Welt, mach, dass Gregory und ich nebeneinander wohnen bleiben können!

Kenny

Tam-tam-ta-taaa! Tam-tam-ta-taaa! Tam-tam-ta-dam-tam-tam-tam-tam-tadaaa! Das ist Bentjes und mein neues Spiel. Ich (oder auch mal Bentje) bin die Braut und Bentje (oder auch mal ich) muss Tam-tam-ta-taaa summen. Mama sagt, das ist der Hochzeitsmarsch. Weil die Braut nämlich zu dieser Musik in die Kirche marschiert. Voll gut! Aurora haben wir die Hochzeitsmarschiererei auch schon beigebracht. Sie fängt sofort ganz aufgeregt an zu flattern, wenn wir anfangen zu summen, hihi!

Spät am Donnerstagabend sind Mama und Remi nach Hause gekommen – hurraaaa! Genau richtig zum Rest vom Polterabend.

Ein Polterabend ist das, was man vor einer Hochzeit macht, nämlich ein voll toll polteriger Abend!

Als Matte und Katrin Dornkater kamen, standen Papa und Livi und Malea und Tessa und ich auf der Treppe vor dem Haus und haben ihnen so viele Teller super polterig vor die Füße gescheppert, dass sie kaum noch Platz hatten, irgendwohin zu treten. Aber das fanden alle genau richtig. Also, ist das toll oder ist das toll?

Doch mitten im schönsten Poltern hielt plötzlich ein Auto mit einem komischen Kennzeichen vor unserem Haus. Und heraus stiegen MAMA und REMA! Oh, da bin ich aber losgesaust und ihnen um den Hals geflogen – beiden gleichzeitig! (Ramón ist übrigens auch ausgestiegen, aber dem hing Dodo schon am Hals.) Und hinter mir her flogen Malea und Livi und Tessa.

Tessa hat sich sogar richtig lange an Mama gedrückt, oder vielleicht hat Mama sie auch nur ganz lange festgehalten. Weiß nicht genau, wie rum. Aber Mama und Tessie hockten dann auch den restlichen Abend ganz dicht beieinander und quasselten die ganze Zeit, und Mama drückte Tessa ganz oft und strich ihr über die Hände und so 'n Kram. Komisch, sonst ist Tessa immer viel zu erwachsen für so was. Aber wir anderen haben toll gefeiert und Spiele gespielt und alles Mögliche.

Gestern am Freitag hatten wir dann noch echt viel zu tun, denn da mussten wir die letzten Sachen für die Hochzeit vorbereiten. Boah, unser Garten sieht vielleicht toll aus! Wie ein richtiger Prinzessinnengarten. Mit zwei riesigen weißen Prinzessinnenzelten. Überall hängen bunte Luftballons, die wir heute Morgen noch aufgepustet haben. Und gestern haben wir schon die Stangen von den Zelten – hihi, die, die zuerst nicht stehen bleiben wollten! – mit langen Rosenketten geschmückt. Das sieht soooo schön aus! Wirklich wie für eine Prinzessin.

Die Prinzessin ist natürlich Katrin Dornkater. (Auch wenn Bentje gerade immer noch rumnölt, dass die einzige Prinzessin hier ihre Schacklien ist. Oh, Bentje soll mal abwarten, bis ich meinen nächsten Frosch unten am Bach fange! Denn dann nenne ich *den* Schack. Und – quack, QUACK! – dann kann sich Prinzessin Schacklien aber warm anziehen!)

Katrin Dornkater ist ja nicht nur Mattes Braut, sondern auch Livis, Maleas und Tessas Lehrerin. Aber wie eine Lehrerin sieht sie heute überhaupt nicht aus! Sie sieht unheimlich jung aus und gleichzeitig ganz feierlich in ihrem auroraweißen Kleid mit glitzernden Perlen am Halsausschnitt und so einem rot-weißen Blumengefummel auf ihren dunklen Haaren. Boah, voll schön!

Ich stehe auf einem Tisch vor den Zelten und halte nach Sinan Ausschau. Der sollte nämlich schon längst hier sein. Der darf doch unsere Hochzeit nicht verpassen!

Zwischendurch gucke ich immer wieder, ob Hugo noch an seiner Leine ist (Papa hat gemeint, das ist sicherer für heute) und ob Aurora immer noch brav unter dem Busch liegt. (Ich will ja nicht, dass Papa womöglich noch auf die Idee kommt, Aurora sollte auch angeleint werden.) Ich muss also ne Menge aufpassen, aber das macht auch Spaß, und von hier oben hab ich einen prima Überblick.

Dort drüben steht Livi mit Gregory und – Schweinebacke! – die halten ja Händchen!

»Boah, Bentje, boah, guck mal!«, rufe ich sofort zu Bentje runter. »Ich glaube, Livi und Gregory gehen jetzt zusammen! Ist das toll oder ist das toll?«

Denn wenn man zusammen geht, dann hält man sich manchmal an den Händen. Das ist so. Das haben Sinan und ich auch schon mal gemacht.

Aurora steht jetzt auf und schüttelt sich. Beinahe wäre ihr Kleid runtergerutscht. Dabei sieht das sooo schick aus! Malea und ich hatten ja schon ein Kleid aus einem weißen Küchenhandtuch gebastelt, das wir mit bunten Herzen angemalt und unter Auroras Bauch mit Sicherheitsnadeln festgesteckt hatten. Das sah auch schön aus. Aber dann kam ja am Donnerstag Rema wieder, und gestern Morgen sagte sie, dass sie noch einen Rest von weißem Tüll hat (das ist so ’n dünnes, fisseliges Zeug, was aber gaaanz doll nach Braut aussieht), und bevor ich fertig war mit einer Runde Radschlagen im Garten, hatte sie schon Auroras Hochzeitskleid fertig. Sogar echte Druckknöpfe hat sie drangenäht. (Jetzt hab ich ZWEI Kleider für Aurora!)

Hihi, Bentje hat vielleicht geguckt, als sie vorhin ankam. Denn Schacklien hat nur ein ganz normales Jeden-Tag-Kleid an! Na, wer ist jetzt hier die Prinzessin, hm?

Ah, gut, Aurora setzt sich wieder. Denn heute soll doch nichts schiefgehen!

Da hinten stehen Malea und Tessa. Tessa hat auch ein supertolles Kleid an mit so bunten Steinchen drauf. Schade, dass Javi nicht hier ist! Dem hätte das bestimmt gefallen. Aber es ist leider nur Ramón hier. Der steht mit Dodo ganz am Ende des einen Zelts, dort, wo es die Getränke gibt.

Ich glaube leider, dass Tessa und Javi nicht mehr zusammen gehen. Das finde ich voll blöde, aber Papa hat gesagt, dass so was im Leben manchmal vorkommt. Ich muss unbedingt nachher mit Sinan reden, denn ich will wirklich nicht, dass das bei Sinan und mir vorkommt.

An einem kleinen Tischchen in der Nähe von den Trinksachen sitzen Rema und Walter Walbohm mit ein paar anderen Leutchen und nippen an irgendwas, was nicht wie Saft aussieht. Rema sieht auch voll schön aus. Aber Rema sieht natürlich immer schön aus.

Jetzt kommen Papa und Mama endlich in den Garten. Hihi, Papa hat das erste Mal seit ganz vielen Wochen lange Hosen an. Sogar einen richtigen Anzug mit einem roten Schlips. Und Mama trägt ein hellrotes langes Kleid, das superprinzessig schimmert.

Dass Papa lange Hosen anhat, ist vielleicht nicht schlecht. Denn die Leute gucken immer ganz komisch, wenn sie Papas Verband an dem einen Bein und die blauen Flecke (die übrigens inzwischen schwarz und grün geworden sind) an dem anderen Bein sehen. So sehen sie jetzt nur Papas blauen Fleck von Javis Kinnhaken, denn der leuchtet noch ganz toll.

Mama war auch total beeindruckt von Papas Beinen und dem Kinn, als sie am Donnerstag wiederkam.

»Wie siehst DU denn aus!«, hat sie ganz laut gerufen, als sie Papa gesehen hat.

Mama und Rema sind übrigens die ganze Zeit bei Javier und seinen Eltern in Barcelona gewesen. Und ist das toll oder ist das toll?

»Das wusste ich«, hat Malea später behauptet.

Aber das ist natürlich Eiermatschquatsch. Das sagt sie nur, weil sie immer so rummacht mit ihrem Schäms Bond und weil sie sowieso ständig behauptet, dass Geheimagenten *immer* alles wissen.

Gerade marschiert ein unheimlich wichtig aussehender Mann in den Garten, den ich gar nicht kenne. Uiii, ich glaube, die Hochzeit geht los! Am besten, ich bleibe hier oben stehen. Das ist voll der gute Platz!

»KENDRA!«, donnert Papas Brüllbärenstimme plötzlich zu mir rüber. »KOMMST DU DA WOHL SOFORT AUS DEN TÖRTCHEN RAUS!«

Hihi, na gut, leckere Törtchen stehen hier auch auf dem Tisch! Aber – ehrlich – ich stehe in keinem einzigen drin. Ich bin gaaanz vorsichtig.

Ah, Mist, okay, dieses hier ist vielleicht etwas angematscht. Und – uff – das dort vielleicht auch. Warum sind die denn auch so dicht nebeneinander? Da hat ja kein Mensch mehr Platz! Aber ich will heute keinen Ärger mit Mama und Papa kriegen, deswegen stecke ich mir alle angematschten Törtchen lieber schnell in den Mund. Dann sieht es gleich wieder ordentlich aus. Uuuuuh – RÜLPS! – sind doch ne ganze Menge matschig gewesen!

»Hallo Kenny!«, ruft Sinan, der plötzlich vor mir steht. »Alles klar?«

»Hapffoo!«, grüße ich zurück. »Ipff pflaube, es pfeht jepft los!«

»Super!«, ruft Sinan und stürmt schon rein ins Zelt, damit wir auch gute Plätze bekommen.

In dem Zelt ohne Trinksachen stehen nämlich unheimlich viele Stühle, aufgereiht wie in einem Theater. Die Theatervorstellung ist natürlich die Trauung von Matte und Katrin Dornkater. Und die geht jetzt wirklich los.

Hihi, die Frau, die neben mir sitzt und die ich nicht kenne, schnieft schon ganz laut in ein Taschentuch, bloß weil Katrin Dornkater am Arm von ihrem Papa (den ich auch nicht kenne) ganz langsam – *tam-tam-ta-taaa* – durch den Gang in der Mitte nach vorne schreitet.

Das hat mir Mama aber erklärt. Dass die Leute nämlich gar nicht traurig sind, wenn sie bei einer Hochzeit weinen. Deswegen lächele ich mal ganz nett zu der Frau rüber.

»Es ist noch überhaupt nichts passiert!«, flüstert Bentje ein bisschen vorwurfsvoll und schubst mich so, als ob dann was passieren würde.

»Das soll es auch nicht!«, zische ich. »Eine Hochzeit ist voll feierlich!«

»Mmmpfff«, macht Bentje und sieht nicht so aus, als ob sie das gut findet. »Langweilig!«

Ich hoffe, das hat die feierlich heulende Frau neben mir nicht gehört. Zur Sicherheit lächele ich ihr noch mal total nett zu.

Und dann steht Katrin Dornkater vor dem wichtig aussehenden Mann und Matte kommt irgendwo von der Seite dazu, und der wichtige Mann fängt an zu reden. Das ist tatsächlich ein bisschen langweilig, deswegen kann ich nur ab und zu zuhören.

»… frage ich dich, Mathias Diebelbach: Willst du die hier anwesende Katrin Agatha Dornkater …«

»Die heißt *Agatha*?«, prustet Bentje neben mir los.

»Schttt!«, mache ich böse.

Doch der wichtige Mann hat schon aufgehört zu reden. Aber nicht wegen Bentje, sondern weil er damit beschäftigt ist, in den Gang zu gucken, wo gerade – ups! – unsere Aurora in ihrem superschönen Hochzeitskleid direkt zu Matte und Katrin nach vorne trippelt (genau so wie man es macht als Braut) und genau zwischen den beiden stehen bleibt.

Ein paar Leute kichern.

Der wichtige Mann grinst auch ein bisschen, doch dann räuspert er sich und redet weiter: »… die hier anwesende Katrin Agatha Dornkater zu deiner angetrauten Ehefrau nehmen, dann antworte mit JA!«

Ich sehe Matte schlucken und sich räuspern und noch mal schlucken, aber … er sagt nichts! Oh, ich weiß aber genau, dass er jetzt was sagen MUSS! Blöder Matte, los doch!

»TOOOOCK!«, macht Aurora da laut und deutlich.

Katrin Dornkater, die während Mattes Schweigen etwas beunruhigt ausgesehen hat, kichert plötzlich. »Siehst du, Mathias? Es ist ganz einfach! Aurora weiß, was du sagen musst!«

Da lachen natürlich alle Gäste.

Matte dreht sich um und grinst endlich auch.

»Psssst!«, macht er zu uns Gästen – vielleicht, weil er jetzt doch was sagen will? Und als alle wieder still sind, dreht er sich zurück zu dem wichtigen Mann und sagt tatsächlich –

oh, so laut und wunderbar: »JA, DAS WILL ICH! Und ob ich das will!«

Das scheint den wichtigen Mann zu freuen. Er strahlt und verkündet: »Dann dürft ihr euch jetzt küssen!«

Doch da hat Matte seine Katrin schon längst im Arm und gibt ihr einen *so* dicken Kuss, dass alle im Raum johlen und klatschen und pfeifen. Hach, ich finde Hochzeiten echt voll nett! Und Bentje sieht allmählich auch sehr zufrieden aus.

Als wir uns alle an die schick gedeckten Tische im anderen Zelt setzen, klopfen ständig Leute an ihre Gläser, was bedeutet, dass alle still sein müssen, weil die Glasklopfer dann nämlich reden wollen. Manche Leute sagen total lustige Sachen, sodass das gar nicht langweilig ist. Aber plötzlich klopft auch Goldi, Gregorys Papa, an sein Glas. Ich glaube, darüber sind die meisten genauso erstaunt wie ich.

»Als Erstes möchte ich natürlich dem Brautpaar von Herzen gratulieren«, fängt Goldi an, »besonders, weil Katrin ja eine meiner besten Lehrerinnen an der Bettina-von-Arnim-Schule ist, an der mich übrigens meine Schüler am Donnerstagmorgen … hmrrrm … sehr gerührt haben … hmrrrm.« Er muss sich fett räuspern. (Was meint er denn mit verrührt?) »Was tatsächlich für mich der Anlass war, über ein paar Sachen noch einmal in Ruhe nachzudenken. Aber bevor ich dazu komme, möchte ich …«

Und dann sagt er voll nette Sachen über Katrin Dornkater, die aber nicht so wichtig sind, bis es wieder spannender wird: »… weswegen ich mir erlaube, schon hier und heute offiziell zu verkünden, dass die Gerüchte, ich würde zurück nach England gehen, sich gerne in Luft auflösen können. Sibylle und ich …« Er nickt Gregorys Mama zu. »… haben beschlossen, dass wir drei, Sibylle, Gregory und ich, genau HIER am glücklichsten sind, und wir werden deshalb …«

Der Rest geht in wildem Klatschen unter, und ich glaube, meine Schwestern klatschen am lautesten. Und puh, Livi laufen sogar Tränen die Backen runter. (Aber so ist das eben auf Hochzeiten!)

Danach sind wir natürlich alle schrecklich hungrig, und als wir uns mit dem leckersten Essen vollgestopft haben, kriegen Bentje und Sinan und ich noch mehr interessante Dinge zu hören. Tessa und Dodo tapsen nämlich auf ihren hochhackigen Tretern mit zusammengesteckten Köpfen durch das Zelt, als ob sie ganz geheim sind, und tuscheln.

Als sie genau vor uns stehen, nuschelt Dodo: »Also, Tess, du kannst jetzt nur eins machen, und zwar abwarten.«

»Ich will aber nicht abwarten«, fiepst Tessa mit heuliger Stimme.

»Du kannst ihm aber echt nicht übel nehmen, dass er sich von dir getrennt hat, nach all dem, was …«

»Aber ich wollte das alles doch nicht!«, jammert Tessa. »Ich hatte NIE ernsthaft vor, was mit Henry anzufangen! Ich weiß überhaupt nicht, wie Henry darauf kommt!«

»Tessa wollte was mit Henry anfangen?«, wispert Bentje aufgeregt in mein Ohr.

»NEIN!«, zische ich böse zu ihr rüber. »Das hörst du doch!« (Bentje soll mir ja meine Schwestern nicht schlecht machen!)

»Ich fand's aber toll, dass du es trotzdem geschafft hast, heute Abend mit deinem Vater und seiner Band zu singen«, meint Dodo. »Ich glaube, deine Familie wäre sonst doch ziemlich enttäuscht gewesen.«

Tessa hat wirklich ganz, ganz toll gesungen vorhin. Wie immer. Und Rainbow waren auch klasse, auch wenn ich ein bisschen sauer war, dass Papa selbst am Schlagzeug sitzen wollte und nicht *mich* gelassen hat!

Tessa seufzt. »Das war echt nicht leicht. Eigentlich möchte ich jeden Tag am liebsten nur durchheulen. Aber…« Sie macht eine Pause, und ich schiele unauffällig unter der Tischdecke raus und sehe, dass sie ihr Gesicht an Dodos Schulter lehnt. »Ach, Dodo! Auch wenn es bei uns manchmal ziemlich chaotisch zugeht, ohne meine Familie hätte ich die letzten zwei Tage nicht überstanden. Und…« Sie fummelt jetzt mit einem Taschentuch unter ihren Augen rum. »…mit meinem Vater auf der Bühne zu stehen, hat wirklich Spaß gemacht. Ehrlich, Dodo, ich bin saufroh…« Tessa grinst jetzt sogar ein bisschen. »…dass ich meine verrückte Familie habe!«

Oh, puuuh, Tessa klingt ja richtig, richtig traurig. Ich glaube, ich muss in nächster Zeit mal ganz besonders nett zu ihr sein.

Als die beiden weitergehen, kommen noch mehr Leute zu uns und ich stecke meinen Kopf schnell wieder unter den Tisch. Manche sagen ganz komisches Zeugs, wie: *»Oh, meine Füße bringen mich um! Ich muss unbedingt für eine Sekunde aus diesen Schuhen raus. Es guckt doch gerade niemand, oder?«* Oder: *»Kannst du nicht mal deinen Bauch einziehen, Hermann? Dein Hemd sieht aus, als ob es gleich platzt!« – »Psst! Wenn dich jemand hört!« – »Wieso sollte mich denn jemand hören? Hier ist doch keiner!«*

Ich muss Bentje dann immer ganz doll boxen, weil Bentje gerne furchtbar laut kichert.

Übrigens hocken wir natürlich nicht unter dem Nachtisch-Buffet, weil wir lauschen wollen, sondern Sinan, Bentje und ich sitzen hier nur ganz zufällig, weil man hier prima all die leckeren Sachen knabbern kann und es voll gemütlich ist. Und okay, interessante Sachen hört man auch.

Gerade stellen sich Mama und Papa auch noch davor.

»Hm, guck mal die Erdbeertörtchen«, ruft Mama. »Hier, Cornelius, nimm mal eins!«

Papa kichert. (Wieso kichert er denn als Antwort?) »Ich nehme lieber dieses Erdbeertörtchen hier!«

Da kichert Mama auch. Aber es klingt etwas komisch, so gepresst.

Jetzt ist es Bentje, die neugierig ihren Kopf unter dem Tischtuch rausstreckt, um was sehen zu können. Und da mache ich das natürlich auch noch mal. Und Sinan auch.

Und – boah – kein Wunder, dass Mama so gepresst klingt, so doll, wie Papa sie drückt. Und so doll, wie er sie küsst! Und wie LANGE! So lange habe ich Mama und Papa noch nie küssen sehen!

Sinans Augen werden ganz groß und ich kriege ein bisschen Angst, dass Sinan denkt, dass man das so machen muss, wenn man zusammen ist.

»Mama und Papa sind *verheiratet*!«, zische ich schnell zu ihm rüber, als wir wieder unterm Tischtuch sind – damit er keine falschen Ideen kriegt!

»Klar, Kenny, klar«, wispert Sinan, aber seine Augen werden immer noch nicht kleiner.

»Es tut mir wirklich so, so leid, Cornelius«, flüstert Mama in Papas Ohr. (Wenn wir nicht so dicht dran wären, hätten wir das natürlich niemals hören können.) »Ich war überhaupt nicht mehr ich selbst! Ich stand so unter Druck mit diesem Buch, aber auch sonst … Ich fühlte mich so anders, und ich wusste nicht, warum. Ich habe einfach totale Ruhe gebraucht, um herauszufinden, was mit mir los ist.«

Papa kichert wieder. »Na, das weißt du ja nun! Bloß gut, dass du in Spanien auf die Idee kamst, einen Schwangerschaftstest zu kaufen! Diese Babyhormone können einen Körper ganz schön umkrempeln …«

»Wem sagst du das!«, kichert Mama.

»Verrate bloß den Mädchen noch nichts!«, bittet sie dann. »Dass die vier nun tatsächlich *noch* ein Geschwisterchen bekommen, können sie auch in ein paar Wochen erfahren.«

WAS IST?

PENG knallt mein Kopf gegen die Tischplatte, als ich vor Schreck hochschieße. »AUTSCH!«

Und klar wird die Tischdecke im gleichen Moment hochgehoben, und Mamas und Papas Augen glotzen ziemlich überrascht in unsere kleine Höhle.

»Hallo!«, grüßt Sinan freundlich.

»Hallo!«, grinst Bentje nett.

Aber ich, ich schreie: »WIR KRIEGEN EIN BABY?«, und wäre vor Aufregung beinahe noch mal gegen die blöde Platte geknallt.

WIE SUPER-DUPER-HIMMELHOCH-TOLL IST DAS DENN?

Und dann stürze ich los. Nach vorne zur Bühne, wo Papa gespielt hat und wo Tessa gesungen hat.

»HAAA-LLOOO!«, brülle ich ins Mikro, bevor mich jemand stoppen kann. »Hallo, hallo, HALLOOO! Ich will jetzt auch ne Rede halten!«

Ich warte noch eine winzige Sekunde, bis mir auch jeder im Zelt zuhört, aber dann lege ich los.

»MAMA KRIEGT EIN BABY!«, knalle ich meine Neuigkeit in den Raum.

WRUUUUMM! Die Nachricht geht ab wie eine Feuerwerksrakete. Es sprüht und funkelt und knallt und zischt überall. Das ganze Zelt lacht und jubelt und klatscht. Sooo laut!

»HURRAAA!«, brülle ich deswegen noch lauter, weil das so gut geklappt hat. »WIR KRIEGEN NOCH EIN MÄDCHEN!«

»Halt, halt, halt, Kenny!«, ruft Mama, aber sie sieht nicht

böse aus. »Wieso glaubst du denn schon wieder automatisch, dass du noch eine Schwester bekommst?«

Na gut, denke ich, vielleicht wird's ja auch kein Mädchen, und rufe deswegen genauso doll ins Mikrofon: »TESSA UND LIVI UND MALEA UND ICH, WIR KRIEGEN EINEN KLEINEN BRUDER!«

Und da lachen schon wieder alle.

Und dann tanzen wir. Bis es stockedusterdunkel draußen ist und es keinen mehr stört, ob wir neben oder unter oder auf den Tischen mit den bunten Törtchen tanzen, hihi!

Kenny

Ich werde große Schwester. Ich werde große Schwester! ICH WERDE GROSSE SCHWESTER!!! Vielleicht von einer kleinen Schwester und vielleicht von einem kleinen Bruder. Irgendwie finde ich es gerade voll toll, mir vorzustellen, dass meine kleine Schwester auch ein Bruder werden könnte. Dann könnten wir ihn nämlich Schack nennen und – HAA – dann könnte Bentje aber gar nichts mehr sagen!

Malea

Ich hab über was nachgedacht nach der Hochzeit: Eigentlich ist es gar nicht so schlecht, eine mittlere Schwester zu sein. Weil es natürlich immer gut ist, in der Mitte zu sein und nicht einsam vorne oder hinten oder am Rand. Ich glaube, das findet Tessa auch. Auch, wenn sie keine mittlere Schwester ist. In der Mitte unserer Familie zu sein, ist einfach supergut. Und es tröstet bei fast allem. Auch wenn es schrecklich viel Elend in der Welt gibt und schrecklich viele traurige Hunde im Tierheim. Aber das Elend kann man ja Stück für Stück anpacken. Und das Stückchen, das ich letzte Woche angepackt habe, das war doch verdammt gute Arbeit, oder? Hihi, es ist so toll, Livi und Gregory wieder lachen zu sehen. Ja, fette Forelle, ich glaube, ich darf stolz auf mich sein. Malea Bond ist die Größte!

Tessa

Oh, ich möchte mich einfach nur verkriechen. Ich hab in der letzten Woche so viel geweint wie noch nie in meinem Leben! Nach der Hochzeit habe ich noch ewig mit Dodo geredet, und okay, ich HABE einen Fehler gemacht. Aber wie kommt Henry bloß dazu, vor Javi zu behaupten, ich wolle jetzt mit ihm zusammen sein und nicht mehr mit Javi?! Doch auch dazu meinte Dodo bloß, das sei meine eigene Schuld. IST es meine eigene Schuld? Tatsache ist, ich fühle mich so schrecklich wie noch nie zuvor. Gestern hatte ich nicht mal mehr Lust auf Shoppen. Der einzige Lichtblick ist momentan meine Familie. Ich bin so froh, dass ich mich von Malea zu dieser Plakate-Aktion hab überreden lassen. Livi endlich mal strahlen zu sehen, lässt mich fast mitlächeln, so wunderbar ist das. Und dann natürlich unser Baby! Aber nun ist Javi weg … und wird das Baby deshalb nie sehen. Hach …!

Stopp – NEIN – ich will mich nicht gehen lassen. Trotzdem hört eine Fragen nicht auf, mich zu martern: Wenn man einen Fehler im Leben macht, wie macht man ihn dann wieder gut?

Livi

Ich wache jeden Morgen auf – und freue mich. Ich gehe die letzten Tage vor den Sommerferien zur Schule – und freue mich. Ich treffe Gregory nachmittags und abends, und wir arbeiten zusammen oder schlendern durch die Gegend oder gucken uns einfach nur an. Und freuen uns! Und bald können wir uns sogar über ein Baby in unserer Familie freuen! Kann das Leben besser sein?